R. Macnish

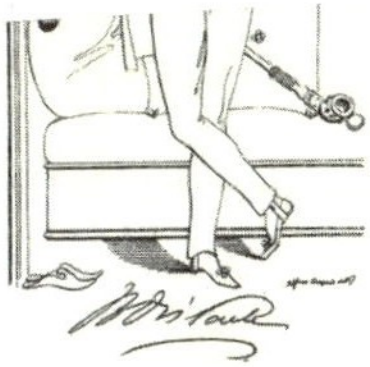

Jane Porter

William Maginn

MANESSE BIBLIOTHEK

Edgar Allan Poe

DIE ERZÄHLUNGEN DES FOLIO CLUB

Aus dem amerikanischen Englisch übersetzt,
herausgegeben und mit einem Nachwort
von Rainer Bunz

MANESSE VERLAG

I. Der Folio Club

Von Macchiavell ein Plan liegt in der Luft,
doch keine Nase riecht den üblen Duft.

Butler[I]

Der Folio Club, das muss ich leider sagen, ist bloß eine Clique von Schwachköpfen. Ich meine auch, die Mitglieder sehen ebenso hässlich aus, wie sie dumm sind. Zudem glaube ich, es ist ihre feste Absicht, die Literatur abzuschaffen, die freie Presse zu untergraben und die Herrschaft von Nomen und Pronomen über den Haufen zu werfen. Dies sind meine privaten Ansichten, die öffentlich zu machen ich mir hiermit gestatte.

Als ich aber vor etwa einer Woche erstmals diesem Teufelsbund beitrat, hätte niemand tiefere Empfindungen der Bewunderung und Achtung hegen können als ich. Warum meine Gefühle in dieser Angelegenheit einen Wandel durchgemacht haben, wird in der Folge überdeutlich zutage treten. Bis dahin werde ich meinen guten Ruf und die Würde der Literatur verteidigen.

Bezugnehmend auf die Urkunden stelle ich fest, dass der Folio Club als solcher am… im… des Jahres… gegründet wurde. Ich fange gern mit dem Anfang an, und für Zeitangaben habe ich eine gewisse Schwäche. Eine Klausel in den damals verabschiedeten Statuten verlangte von den Mitgliedern einzig, gelehrsam und geistreich zu sein, und als erklärte Ziele des Bundes galten «die Belehrung der Gesellschaft und das eigene Ergötzen». Zu letzterem Zweck findet allmonatlich im Haus eines Mitglieds ein Treffen statt, zu dem jeder Einzelne mit einer selbst erfundenen kurzen Prosaerzählung erscheinen soll. Jeden solchermaßen produzierten Beitrag trägt der jeweilige Autor der versammelten Gesellschaft bei einem Glas Wein während des Abendessens vor. Natürlich hat dies manche Rivalität zur Folge – umso mehr, als der Verfasser des «Besten Stücks» zum Präsidenten des Clubs pro tempore ernannt wird: ein mit vielen Ehren und geringem Aufwand dotiertes Amt, das seinem Inhaber so lange erhalten bleibt, bis ein besseres *morceau*[2] ihn davon befreit. Auf der anderen Seite ist der geistige Vater jener Erzählung, der die wenigsten Meriten zugesprochen wurden, verpflichtet, beim nächsten derartigen Treffen der Gesellschaft für Abendessen und Wein zu sorgen. Dies hat sich als ausgezeichnete Methode erwiesen, der Körperschaft hin und wieder ein neues Mitglied zuzuführen, anstelle jenes Unglücklichen, der zwei oder drei Veranstaltungen hintereinander verpatzt hatte und nun natürlich sowohl «höchster Ehre» als auch der Vereinigung eine Absage erteilte. Die Zahl der Clubmitglieder ist auf elf beschränkt. Wofür es viele gute Gründe gibt, welche hier zu erwähnen sich erübrigt, da sie sich jedem denkenden Menschen gewiss von selbst aufdrängen. Einer dieser Gründe ist jedoch, dass sich am ersten April des Jahres dreihundertfünfzig vor der Sintflut genau elf Flecken auf der Sonne befunden haben sollen.

Wie man sieht, habe ich bei dieser rasch skizzierten Beschreibung der Gesellschaft meine Empörung weitestgehend gezügelt, um mit ungewöhnlicher Offenheit und Freiheit reden zu können. Das Exposé, das ich zu verfassen beabsichtige, wird die Vorgänge am vergangenen Dienstagabend hinreichend schildern, da ich mein Debüt als Mitglied jener Körperschaft gab, zu dem man mich anstelle des zurückgetretenen Ehrenwerten Augustus Scratchaway kurzerhand erwählt hatte.

Um fünf Uhr nachmittags begab ich mich verabredungsgemäß zum Haus von Mr. Rouge-et-Noir, einem Bewunderer Lady Morgans[3], dessen Erzählung beim letzten monatlichen Treffen keine Gnade gefunden hatte. Ich traf die Gesellschaft schon im Speisezimmer versammelt an und muss gestehen, dass mich das prachtvolle Feuer, die komfortabel anmutende Wohnung und die exzellente Bestückung der Tafel in gleichem Maß wie das gebührende Vertrauen in meine eigenen Fähigkeiten fürs Erste zu manch köstlicher Betrachtung ermunterten. Man hieß mich aufs Allerherzlichste willkommen, und während ich speiste, beglückwünschte ich mich vielfach dazu, Teil einer so gescheiten Gesellschaft geworden zu sein.

Die Mitglieder waren überhaupt höchst bemerkenswerte Männer. An erster Stelle ist da Mr. Snap, der Präsident, zu nennen, ein sehr hagerer Mann mit Hakennase, der vormals im Dienst der «Down-East Review» stand.[4]

Dann war da Mr. Convolvulus Gondola, ein junger, ziemlich weit gereister Gentleman.

Dann war da De Rerum Naturâ, Esqr., der ein wirklich einzigartiges Paar grüner Augengläser trug.

Dann war da ein sehr kleiner Mann im schwarzen Anzug mit sehr schwarzen Augen.

Dann war da Mr. Solomon Seadrift, der gänzlich wie ein Fisch aussah.

Dann war da Mr. Horribile Dictu[5], der weiße Wimpern hatte und in Göttingen graduiert worden war.

Dann war da Mr. Blackwood Blackwood, Verfasser gewisser Artikel für ausländische Zeitschriften.

Dann war da der Gastgeber Mr. Rouge-et-Noir, der Lady Morgan bewunderte.

Dann war da ein dicker Gentleman, der Sir Walter Scott[6] bewunderte.

Schließlich war da Chronologos Chronology, der Horace Smith[7] bewunderte und eine sehr große Nase hatte, die in Kleinasien gewesen war.

Nachdem man das Tischtuch entfernt hatte, sprach Mr. Snap zu mir: «Ich sehe eigentlich keinen Grund, Ihnen, mein Herr, die Statuten unseres Clubs noch näher zu erläutern. Ich denke, Ihnen ist unsere Absicht bekannt, die

Gesellschaft zu belehren und uns selbst zu ergötzen. Heute Abend aber schlagen wir vor, nur das Letztere zu tun, und rufen Sie auf, sich Ihrerseits entsprechend zu beteiligen. Unterdessen werde ich die Verhandlung eröffnen.» An dieser Stelle zog Mr. Snap, nachdem er die Flasche weggeschoben hatte, ein Manuskript hervor und las wie folgt.

II. Wie man Geld auftreibt oder: Schwindeln als eine der exakten Wissenschaften betrachtet[1]

He, schwindel, schwindel,
Die Katz' und das Kindel.

Aus einem Epos von «Flaccus»[2]

Seit Anbeginn kennt die Welt zwei Jeremiasse. Der eine schrieb eine Jeremiade über den Wucher und hieß Jeremy Bentham.[3] Er wurde von Mr. John Neal[4] sehr bewundert und war ein großer Mann im Kleinen. Der andere, welcher der wichtigsten der exakten Wissenschaften den Namen gab, wurde Jeremy Diddler tituliert. Er war ein großer Mann im Großen – ja, ich darf in der Tat sagen, im Allergrößten.

Das Schwindeln beziehungsweise die durch das Verb «schwindeln» vermittelte abstrakte Idee ist hinreichend bekannt. Doch der Tatbestand, die Handlung, das *Schwindeln* an sich, ist etwas schwieriger zu definieren. Wir können uns aber eine ziemlich deutliche Vorstellung von der in Rede stehenden Angelegenheit machen, wenn wir nicht die Sache, also das Schwindeln an sich, sondern den Menschen definieren: als ein Tier, das schwindelt. Wäre Platon nur auf diesen Einfall gekommen, so wäre ihm die Blamage mit dem gerupften Huhn erspart geblieben.

Man wollte nämlich von Platon wissen, warum es sich bei einem gerupften Huhn, eindeutig «ein Zweibeiner ohne Federn», denn nicht um einen Menschen gemäß seiner Definition handle.[5] Mit solchen Fragen soll man mir aber nicht kommen. Der Mensch ist ein Tier, das schwindelt, und außer dem Menschen gibt es kein Tier, das schwindelt. Um mir das auszureden, braucht es einen ganzen Stall voll gerupfter Hühner.

Bezeichnend für das Wesen, die Sache, das Prinzip des Schwindelns ist, dass es in der Tat der Klasse jener Geschöpfe eigentümlich ist, die Mantel und Hose tragen. Eine Krähe stiehlt, ein Fuchs betrügt, ein Wiesel überlistet, ein Mensch schwindelt. Schwindeln ist seine Bestimmung. «Der Mensch ist zum Trauern geboren», sagt der Dichter.[6] Aber nicht doch – er ist zum Schwindeln geboren. Das ist sein Streben, sein Ziel, sein *Ende*. Und deswegen sagen wir über einen Menschen, der beschwindelt wurde, er sei «völlig am Ende».

Recht betrachtet, ist das Schwindeln ein Konglomerat, dessen Bestandteile Genauigkeit, Interesse, Ausdauer, Einfallsreichtum, Kühnheit, Nonchalance, Originalität, Unverschämtheit und Grinsen sind.

Genauigkeit: Der Schwindler ist genau. Er operiert in kleinem Maßstab. Sein Geschäft ist der Kleinhandel gegen Barzahlung oder sichere Wechsel auf Sicht. Sollte er jemals zu größeren Spekulationen versucht sein, so verliert er sogleich seine eigentümlichen Merkmale und wird zu dem, was wir einen «Financier» nennen. Letzteres entspricht der Idee des Schwindelns in jeder Hinsicht – mit Ausnahme der Größe. Ein Schwindler kann demnach als klammheimlicher Bankier gelten, eine «Finanzoperation» als ein Brobdignag[7]-Schwindel. Das eine verhält sich zum andern wie ein Mastodon zur Maus, wie ein Kometenschweif zum Schweineschwänzchen, wie Homer zu Flaccus, wie die «Ilias» zu Sam Patch[8].

Interesse: Der Schwindler wird von Eigeninteresse geleitet. Seine Verachtung gilt dem, der bloß um des Schwindelns willen schwindelt. Er hat ein Ziel vor Augen: seine Tasche – und deine. Er hat immer die beste Gelegenheit im Blick. Er bringt *seine* Schäflein ins Trockene, um deine eigenen musst du dich schon selber kümmern.

Ausdauer: Der Schwindler lässt nicht locker. Er ist nicht so leicht zu entmutigen. Sollten Banken zusammenbrechen, kümmert ihn das kein bisschen. Unbeirrt verfolgt er sein Ziel, und *ut canis a corio nunquam absterrebitur uncto*[9] lässt er nie von seiner Beute ab.

Einfallsreichtum: Der Schwindler ist genial. Er hat einen ausgeprägten Hang zur Konstruktion. Er versteht es, Ränke zu schmieden. Er findet Wege und Umwege. Wäre er nicht Alexander, so würde er Diogenes sein.[10] Wäre er nicht, was er ist, so würde er Patentrattenfallen herstellen oder Forellen angeln.

Kühnheit: Der Schwindler ist kühn und wagemutig. Er trägt den Krieg nach Afrika. Er erobert alles im Sturm. Er hätte keine Angst vor den Dolchen der Frey-Herren[11]. Mit ein wenig mehr Umsicht hätte Dick Turpin einen guten Schwindler abgegeben, mit etwas weniger Flunkerei Daniel O'Connell und mit einem Pfund oder zwei mehr Gehirn auch Karl XII.[12]

Nonchalance: Der Schwindler ist nonchalant. Er ist überhaupt nicht nervös. Er kennt gar keine Nerven. Er lässt sich nie in Aufregung versetzen. Er gerät nie außer sich – außer man setzt ihn vor die Tür. Er ist kalt – die Kaltblütigkeit selbst. Er ist entspannt – «entspannt wie ein Lächeln von Lady Bury[13]». Er ist locker – locker wie ein alter Handschuh oder die Jungfrauen im antiken Baiae[14].

Originalität: Der Schwindler ist originell – aufs Gewissenhafteste. Er hat seine eigenen Gedanken. Er würde es verächtlich ablehnen, sich derjenigen eines andern zu bedienen. Abgenutzte Tricks sind ihm ein Gräuel. Er würde eine Geldbörse zurückgeben, da bin ich mir sicher, wenn er entdeckte, dass er sie durch einen unoriginellen Schwindel an sich gebracht hätte.

Unverschämtheit: Der Schwindler ist unverschämt. Er schwadroniert. Er stemmt die Arme in die Hüfte. Er stößt die Hände in die Hosentaschen. Er lächelt dir höhnisch ins Gesicht. Er tritt dir auf die Hühneraugen. Er verzehrt dein Abendessen, trinkt deinen Wein, borgt dein Geld, zieht dich an der Nase, tritt deinen Pudel und küsst deine Frau.

Grinsen: Der echte Schwindler wickelt alles mit einem Grinsen ab. Aber das sieht keiner, nur er selbst. Hat er sein Tagewerk vollbracht und erledigt, was er sich vorgenommen hatte, dann grinst er, bei Nacht und im eigenen Kämmerlein, nur zu seinem eigenen Vergnügen. Er kommt nach Hause, schließt seine Tür, entledigt sich seiner Kleider, löscht die Kerze, steigt ins Bett und platziert sein Haupt aufs Kissen. Ist dies alles getan, grinst der Schwindler. Das ist keine Hypothese, sondern eine Tatsache. A priori argumentiert, wäre ein Schwindel ohne Grinsen ja gar kein Schwindel.

Der Schwindel hat seinen Ursprung in der Kindheit des Menschengeschlechts. Vielleicht war ja Adam der erste Schwindler. Auf jeden Fall finden wir bereits in einer sehr frühen Epoche der Antike Spuren dieser Wissenschaft. Die modernen Vertreter haben selbige aber zu einem Grad der Vollkommenheit gebracht, den sich unsere dickköpfigen Vorfahren nie hätten träumen lassen. – Ohne länger bei alten Sprichwörtern zu verweilen, werde ich mich deshalb darauf beschränken, kurz und knapp einige Fallbeispiele aus moderner Zeit zu schildern.

Ein sehr guter Schwindel ist folgender. Nehmen wir an, eine Haushälterin ist auf der Suche nach einem Sofa, und wir beobachten sie, wie sie mehrere Möbelmagazine betritt und wieder herauskommt. Endlich gelangt sie zu einem, das mit einer ausgezeichneten Auswahl aufwartet. Ein höfliches, redegewandtes Individuum am Eingang spricht sie an und bittet sie einzutreten. Sie findet ein Sofa ganz nach ihren Vorstellungen und ist angenehm überrascht, als ihr eine Summe genannt wird, die wenigstens zwanzig Prozent unter dem liegt, was sie erwartet hat. Sie beeilt sich, den Kauf zu tätigen, bekommt eine Rechnung mit Quittung, hinterlässt ihre Adresse mit der Bitte, den Gegenstand so schnell wie möglich zu liefern, und zieht unter den nicht enden wollenden Verbeugungen des Ladenbesitzers von dannen. Der Abend kommt, jedoch kein Sofa. Ein Dienstbote wird geschickt, den Grund für die Verzögerung zu erkunden. Dort will man von der ganzen Transaktion nichts wissen. Niemand hat ein Sofa verkauft, niemand Geld erhalten – außer dem Schwindler, der für einen Augenblick den Ladenbesitzer spielte.

In unseren großen Möbelgeschäften gibt es ja keinerlei Aufsicht, was einen derartigen Trick in jeder Beziehung begünstigt: Besucher treten ein, schauen sich die Möbel an und gehen unbemerkt und ungesehen wieder fort. Will jemand etwas kaufen oder sich nach dem Preis eines Artikels erkundigen, so ist eine Glocke zur Hand, und diese erachtet man als völlig ausreichend.

Auch der folgende ist ein ganz respektabler Schwindel: Ein gut gekleidetes Individuum betritt einen Laden, tätigt einen Kauf im Wert von einem Dollar und entdeckt, sehr zu seinem Ärger, dass er seine Brieftasche in der Tasche eines anderen Mantels hat stecken lassen, und so sagt er zu dem Ladenbesitzer: «Lieber Herr, das ist ja kein Beinbruch! Hätten Sie vielleicht die Freundlichkeit, mir das Paket nach Hause zu schicken? Aber halt!, da fällt mir ein, dass ich auch dort kein Kleingeld habe, nur einen Fünfdollarschein. Sie könnten jedoch zusammen mit dem Paket gleich vier Dollar Wechselgeld schicken, ja?»

«Sehr wohl, mein Herr», antwortet der Ladenbesitzer, der sogleich eine hohe Meinung von der edlen Gesinnung seines Kunden gewinnt. «Ich kenne Leute», sagt er sich, «die hätten die Ware einfach unter den Arm geklemmt und wären fortgegangen, mit dem Versprechen, den Dollar zu bezahlen, wenn sie am Nachmittag wieder vorbeikämen.»

Ein Laufbursche wird mit Paket und Wechselgeld losgeschickt. Unterwegs, welch ein Zufall, begegnet ihm der Käufer, der ausruft: «Ah, ich sehe, da ist mein Paket. Ich dachte, du hättest es schon längst bei mir abgeliefert. Na, lauf weiter! Mrs. Trotter, meine Gattin, wird dir die fünf Dollar aushändigen. Ich habe sie bereits entsprechend instruiert. Das Wechselgeld könntest du mir aber gleich jetzt herausgeben, ich brauche nämlich etwas Silber auf der Post. Sehr gut! Eins, zwei... soll das ein guter Vierteldollar sein?... drei, vier... stimmt genau! Sag Mrs. Trotter, du seist mir unterwegs begegnet. Jetzt aber los und lass dich nicht weiter aufhalten.»

Der Laufbursche lässt sich durch nichts aufhalten, aber er braucht doch sehr lange, bis er von seinem Botengang zurückkehrt – denn eine Dame namens Mrs. Trotter hat er nirgends ausfindig machen können. Er tröstet sich jedoch damit, dass er nicht so töricht war, die Ware gratis herzugeben. Mit selbstzufriedener Miene wieder zurück im Laden, fühlt er sich empfindlich verletzt durch die empörende Frage seines Chefs, was aus dem Wechselgeld geworden sei.

Ein wirklich sehr simpler Schwindel ist folgender. Dem Kapitän eines Schiffs, das gerade lossegeln will, wird durch eine amtlich dreinblickende Persönlichkeit eine ungewöhnlich moderate städtische Gebührenrechnung präsentiert. Froh, so billig davonzukommen, und abgelenkt von hundert anderen Dingen, die alle auf einmal erledigt sein wollen, begleicht er unverzüglich die Forderung. Etwa fünfzehn Minuten später wird ihm eine andere, gar nicht so moderate Rechnung von jemandem überreicht, der ihm schnell deutlich macht, dass der erste Geldeintreiber ein Schwindler war und die erste Geldeintreibung ein Schwindel.

Ganz ähnlich der folgende Streich. Ein Dampfer macht am Pier die Leinen los. Da taucht, den Koffer in der Hand, ein Reisender auf, der in höchster Eile zur Anlegestelle rennt. Abrupt hält er inne, bückt sich und hebt mit Zeichen höchster Erregung etwas vom Boden auf. Es ist eine Brieftasche, und laut ruft er: «Hat einer der Herren seine Brieftasche verloren?» Zwar kann keiner sagen, er vermisse eine solche Brieftasche, doch macht sich große Erregung breit, als sich das Fundstück als wertvoll erweist. Das Schiff darf indes nicht aufgehalten werden.

«Zeit und Gezeiten warten auf keinen», sagt der Kapitän.

«Um Gottes willen, so gedulden Sie sich doch noch ein paar Minuten», sagt der Finder der Brieftasche, «der rechtmäßige Eigentümer muss ja gleich auftauchen.»

«Kann nicht warten!», entgegnet die Autoritätsperson. «Leinen los, ham Sie das nicht gehört?»

«Was soll ich bloß tun?», fragt der Finder in großer Bedrängnis. «Ich bin im Begriff, das Land auf einige Jahre zu verlassen, und kann doch nicht guten Gewissens eine so große Summe einfach für mich behalten. Ich bitte um Verzeihung, mein Herr» – dies ruft er einem Gentleman an Land zu – «aber Sie machen auf mich den Eindruck eines ehrlichen Mannes. Wollen Sie mir einen Gefallen erweisen und diese Brieftasche an sich nehmen – ich *weiß*, ich kann Ihnen vertrauen – und den Fund annoncieren? Es handelt sich, wie Sie sehen, bei den Scheinen um eine sehr beträchtliche Summe. Der Besitzer wird ohne Zweifel darauf bestehen, Sie für Ihre Mühe angemessen zu belohnen ...»

«*Mich ...?* Nein, Sie – *Sie* haben doch die Brieftasche gefunden!»

«Nun, wenn Sie durchaus wollen und um Ihre Skrupel zu zerstreuen, werde ich mir eine kleine Belohnung herausnehmen. Schauen wir mal… aber das sind ja lauter Hundertdollarscheine… Du liebe Güte!, ein Hunderter wäre ja viel zu viel – fünfzig sind mehr als genug, will ich meinen…»

«Leinen los!», ruft der Kapitän.

«Aber einen Hunderter kann ich gar nicht wechseln, und überhaupt wäre es besser, wenn Sie…»

«Ablegen!», ruft der Kapitän.

«Schon gut!», schreit der Gentleman an Land, der eben noch einen langen, prüfenden Blick in seine eigene Brieftasche getan hat. «Schon gut! *Ich* erledige das – hier ist ein Fünfziger von der Bank of North America – werfen Sie mir die Brieftasche herüber.»

Daraufhin nimmt der übertrieben gewissenhafte Finder den Fünfziger mit merklichem Widerstreben entgegen und wirft wie gewünscht dem Gentleman die Brieftasche zu, während der Dampfer sich qualmend und zischend entfernt. Eine halbe Stunde nach der Abfahrt schließlich entpuppt sich die «beträchtliche Summe» als glatte «Vorspiegelung falscher

Tatsachen» und die ganze Angelegenheit als kapitaler Schwindel.

Und nun zu einem kühnen Schwindel: Ein Camp-Meeting[15] oder eine ähnliche religiöse Veranstaltung soll an einer bestimmten Stelle abgehalten werden, die nur über eine Brücke zu erreichen ist. Ein Schwindler postiert sich nun auf der Brücke und macht alle Passanten respektvoll auf eine neue Verordnung aufmerksam, wonach für jeden Fußgänger eine Maut von einem Cent, für Pferde und Esel von zwei Cent und so weiter und so weiter erhoben werden. Einige meckern zwar, aber alle fügen sich, und der Schwindler geht um einige fünfzig oder sechzig wohlverdiente Dollar reicher nach Hause. Allerdings ist die Einnahme der Maut bei einer so großen Menschenmenge eine ausgesprochen mühsame Angelegenheit.

Ein hübscher Schwindel ist folgender. Ein Freund besitzt einen akzeptierten Wechsel des Schwindlers, ordnungsgemäß ausgefüllt und unterschrieben auf einem der üblichen rot bedruckten Formulare. Der Schwindler kauft sich nun ein oder zwei Dutzend dieser Vordrucke, taucht jeden Abend beim Dinner einen in seine Suppe, lässt seinen Hund danach springen und gibt ihn dem Tier als *bonne bouche*[16]. Als besagter Wechsel fällig wird, sucht der Schwindler seinen Freund in Begleitung seines Hundes auf und bringt die Sprache auf das Zahlungsversprechen. Der Freund holt den Wechsel aus seinem *escritoire*[17] und will ihn gerade dem Schwindler überreichen, als dessen Hund hochspringt und ihn umgehend verschlingt. Der Schwindler ist nicht nur überrascht, sondern verärgert, ja erzürnt über das absurde Benehmen seines Hundes und erklärt seine entschiedene Bereitschaft, sein Zahlungsversprechen jederzeit einzulösen – sobald der Beleg dafür wieder zum Vorschein käme.

Ein recht unbedeutender Schwindel geht so: Eine Dame wird auf der Straße von einem Komplizen des Schwindlers beleidigt. Der Schwindler selbst eilt ihr zu Hilfe. Er verpasst seinem Freund eine hübsche Tracht Prügel und besteht darauf, die Dame bis zu ihrer Haustür zu begleiten. Dort verbeugt er sich, die Hand auf dem Herzen, und verabschiedet sich aufs Höflichste. Sie bittet ihn als ihren Retter herein, um ihn ihrem großen Bruder und dem Herrn Papa vorzustellen. Mit einem Seufzer lehnt er ab. «Gibt es denn keine Möglichkeit», säuselt sie, «womit ich Ihnen meine Dankbarkeit bezeugen könnte?»

«Aber ja doch, Madam, die gibt es. Hätten Sie vielleicht die Güte, mir ein paar Shilling[18] zu leihen?»

Im Schreck des ersten Augenblicks entscheidet sich die Dame ohne Umschweife für eine Ohnmacht. Ihr zweiter Gedanke bewegt sie jedoch dazu, ihre Börse zu öffnen und die Münzen hervorzuholen. Wie gesagt, dies ist ein unbedeutender Schwindel – zumal die Hälfte der geborgten Summe an jenen Gentleman abzuführen ist, der sich mit der Beleidigung abmühte und dann stillhalten musste, um sich verprügeln zu lassen.

Ein eher kleiner, aber doch ausgeklügelter Schwindel ist dieser. Der Schwindler geht in einer Kneipe an die Theke und verlangt ein paar Rollen Kautabak. Man gibt sie ihm, dann, nach kurzer Prüfung, sagt er: «Diesen Tabak mag ich nicht besonders. Hier, nehmen Sie ihn zurück und geben Sie mir stattdessen einen Brandy mit Wasser.»

Der Brandy mit Wasser wird bereitgestellt und getrunken, der Schwindler begibt sich zur Tür. Doch die Stimme des Kneipenwirts hält ihn auf: «Ich glaube, mein Herr, Sie haben vergessen, Ihren Brandy mit Wasser zu bezahlen!»

«Meinen Brandy mit Wasser bezahlen ...! Ich habe Ihnen für den Brandy mit Wasser doch den Tabak gegeben! Was wollen Sie denn noch?»

«Aber wenn Sie erlauben, mein Herr, ich kann mich nicht entsinnen, dass Sie den Tabak bezahlt hätten.»

«Was meinen Sie damit, Sie Schuft ...? Habe ich Ihnen Ihren Tabak nicht zurückgegeben? Ist das nicht Ihr Tabak, der da liegt? Glauben Sie, ich bezahle für etwas, was ich nicht genommen habe?»

«Aber mein Herr», sagt der Wirt, nun ziemlich um Worte verlegen, «aber mein Herr ...»

«Kein ‹aber›, mein Herr», unterbricht ihn der Schwindler, offenbar sehr in Rage, knallt die Tür hinter sich zu und sucht das Weite. «Bei mir gibt's kein ‹aber›, mein Herr, und auch keine billigen Tricks gegenüber Reisenden.»

Hier ist noch ein sehr schlauer Schwindel, für den nicht zuletzt seine Einfachheit spricht. Jemand hat tatsächlich eine Geldbörse oder Brieftasche verloren und gibt in einer der Tageszeitungen einer Großstadt eine Anzeige mit ausführlicher Beschreibung auf.

Unser Schwindler kopiert daraufhin die Fakten dieser Anzeige und verändert dabei Überschrift, Stil und Adresse. Angenommen, das Original ist lang, weitschweifig und mit «Brieftasche verloren!» überschrieben und enthält die Bitte, der Finder möge den Schatz beim Eigentümer in der Dick Street Nr. 1 abgeben, so ist die Kopie kurz, mit «Verloren!» überschrieben und nennt als Adresse des Eigentümers Tom Street Nr. 2 oder Harry Street Nr. 3. Darüber hinaus erscheint das Inserat in mindestens fünf oder sechs Tageszeitungen, und zwar nur wenige Stunden nach dem Original. Sollte der Verlierer der Geldbörse die Anzeige lesen, würde er kaum einen Bezug zu seinem eigenen Missgeschick vermuten. Aber natürlich stehen nun die Chancen fünf oder sechs zu eins, dass der Finder sich statt an die Adresse des rechtmäßigen Eigentümers an die vom Schwindler angegebene wendet. Der zahlt die Belohnung, heimst den Schatz ein und macht sich aus dem Staub.

Ein vergleichbarer Schwindel ist dieser hier. Einer vornehmen Dame ist irgendwo auf der Straße ein außergewöhnlich wertvoller Diamantring vom Finger geglitten. Dem Finder bietet sie um die vierzig oder fünfzig Dollar Belohnung, auch gibt sie in ihrer Anzeige eine sehr genaue Beschreibung des Edelsteins und seiner Fassung. Sie erklärt, bei Abgabe des Schmucks in der Avenue Daundda, Nummer soundso werde die Belohnung *auf der Stelle* ausbezahlt und keine einzige Frage gestellt. Ein oder zwei Tage später, als die Dame des Hauses gerade einmal ausgegangen ist, läutet die Glocke an der Haustür von Nummer soundso in der Avenue Daundda. Ein Dienstmädchen öffnet, der Besucher erkundigt sich nach der Dame des Hauses und erfährt zu seinem Erstaunen von ihrer Abwesenheit, woraufhin er sein schmerzlichstes Bedauern ausdrückt. Sein Anliegen sei wichtig und betreffe allein die Dame des Hauses, habe er doch tatsächlich das Glück gehabt, ihren Diamantring zu finden. Aber er könne ja ein anderes Mal wiederkommen. «Auf keinen Fall!», sagt das Dienstmädchen, und «Auf keinen Fall!» sagen auch der Dame Schwester und Schwägerin, die sofort herbeigeholt worden sind. Lautstark wird der Ring identifiziert, die Belohnung ausbezahlt und der Finder zur Tür fast hinausgedrängt. Die Dame kehrt zurück und kann eine gewisse Unzufriedenheit mit ihrer Schwester und ihrer Schwägerin nicht ganz unterdrücken, haben diese doch vierzig oder fünfzig Dollar für ein Faksimile ihres Diamantrings bezahlt – ein Faksimile aus echtem Tombak[19] und falschen Diamanten.

Da es aber Schwindeleien ohne Ende gibt, käme ich mit dieser Abhandlung nie zu einem solchen, selbst wenn ich nur die Hälfte der Varianten und Abwandlungen dieser dafür anfälligen Wissenschaft skizzieren wollte. Ich muss meinen Aufsatz daher notgedrungen beschließen, und dies tue ich am besten, indem ich in geraffter Form einen recht anständigen, allerdings sehr ausgeklügelten Schwindel schildere, der sich vor Kurzem in unserer Stadt abspielte und der später mit Erfolg in Ortschaften der Union wiederholt wurde, wo die Leute noch etwas grüner hinter den Ohren sind. Ein Herr mittleren Alters und unbekannter Herkunft kommt in die Stadt. Er verhält sich auffallend korrekt, zurückhaltend, seriös und vorsichtig. Seine Kleidung ist makellos sauber, obgleich einfach und schlicht. Er trägt ein weißes Halstuch, einen weiten, ganz auf Bequemlichkeit zugeschnittenen Rock, dick besohlte, behaglich aussehende Stiefel und Beinkleider ohne Hosenträger. Er wirkt in der Tat wie ein wohlsituierter, nüchterner, penibler und respektabler Geschäftsmann par excellence, ein äußerlich strenger, innerlich aber weicher Mensch, wie wir ihn zur Genüge aus Komödien kennen, einer jener Typen, auf deren Worte man bauen kann und die mit der einen Hand wohltätig Guineen[20] verteilen, während sie mit der andern um den kleinsten Bruchteil eines Viertelpennys feilschen.

Er macht große Umstände, bis er eine Pension gefunden hat, die ihm zusagt. Kinder mag er nicht. Er braucht Ruhe um sich. Seine Gewohnheiten haben Methode. Am liebsten würde er sich bei einer zurückgezogen lebenden, achtbaren und gottesfürchtigen kleinen Familie einquartieren. Die vertraglichen Bedingungen spielen weiter keine Rolle, nur *muss* er darauf bestehen, seine Rechnung am Ersten jedes Monats (heute ist der Zweite) zu begleichen. Als er schließlich eine Wirtin nach seinem Geschmack gefunden hat, bittet er sie, seine Instruktionen auf gar keinen Fall zu vergessen, ihm vielmehr am *Ersten* eines jeden Monats um Punkt zehn Uhr Rechnung und Quittung zukommen zu lassen und dies unter keinen Umständen auf den Zweiten verschieben.

Nachdem er diese Vorkehrungen getroffen hat, mietet unser Geschäftsmann ein Büro in einem eher respektablen als eleganten Stadtviertel. Nichts verachtet er so sehr wie leeren Schein. «Wo man viel herzeigt», sagt er, «steckt selten etwas Solides dahinter» – eine Beobachtung, die seine Wirtin so sehr bewegt, dass sie sie unverzüglich mit Bleistift in ihrer großen Familienbibel auf dem breiten Rand der Sprüche Salomos festhält. Der nächste Schritt besteht darin, etwa nach folgendem Beispiel in den wichtigsten Zeitungen für die Geschäftswelt zu inserieren; die billigeren Blättchen gelten als «unseriös» – und verlangen zudem Vorauskasse für alle Inserate. Unser Geschäftsmann hält unbeirrt an dem Grundsatz fest, dass Arbeit erst dann bezahlt werden soll, wenn sie geleistet wurde.

«Gesucht! – Die Inserenten, die in dieser Stadt eine umfangreiche Geschäftstätigkeit zu entfalten beabsichtigen, bedürfen der Dienste von drei oder vier intelligenten, qualifizierten Angestellten. Geboten wird ein großzügiges Gehalt, verlangt werden allerbeste Zeugnisse, weniger bezüglich Berufserfahrung als absoluter Zuverlässigkeit. Da die vorgesehenen Aufgaben mit viel Verantwortung verbunden sind und zwangsläufig große Geldmengen durch die Hände der Angestellten gehen, hält man es für angezeigt, von jedem Stellenbewerber eine Kaution von fünfzig Dollar zu verlangen. Zwecklos sind Bewerbungen ohne Hinterlegung der Kaution bei den Inserenten und ohne tadellose Nachweise moralischer Integrität. Junge Herren mit frommer Gesinnung werden bevorzugt. Bewerber wollen sich vormittags in der Zeit von 10 bis 11 Uhr und nachmittags von 4 bis 5 Uhr melden bei den Herren

Boggs, Hoggs, Logs, Frogs & Co.
Dog Street Nr. 110.»

Bis zum Einunddreißigsten des Monats hat diese Anzeige etwa fünfzehn oder zwanzig junge Herren mit frommer Gesinnung ins Büro der Fa. Boggs, Hoggs, Logs, Frogs & Co. geführt. Doch unser Geschäftsmann hat keine Eile, auch nur mit einem von ihnen einen Vertrag abzuschließen – überstürztes Handeln ziemt sich nicht für einen Geschäftsmann –, und erst nachdem man die Frömmigkeit jedes einzelnen dieser jungen Männer dem strengsten Katechismus unterzogen hat, werden seine Dienste in Anspruch genommen und seine fünfzig Dollar quittiert, die lediglich angemessener Vorsicht halber von der ehrenwerten Firma Boggs, Hoggs, Logs, Frogs & Co. vereinnahmt wurden. Am Morgen des ersten Tages des folgenden Monats präsentiert die Vermieterin *nicht* wie versprochen ihre Rechnung – eine Nachlässigkeit, für die sie vom gemütlichen Oberhaupt der auf «ogs» endenden Firma gewiss streng getadelt worden wäre, hätte er sich nur bewegen lassen, zu diesem Zweck noch einen weiteren Tag oder zwei in der Stadt zu bleiben.

Nach Lage der Dinge hatten die Polizisten einigen Kummer auszustehen, mussten hierhin und dorthin laufen, doch können sie letztlich nichts weiter tun, als den Geschäftsmann aufs Entschiedenste zu einem «kleinen Licht»[21] zu erklären – womit sie, wie manche Leute sich einbilden, andeuten, er sei in Wirklichkeit n.e.i., worunter wiederum die sehr klassische Wendung *non est inventus*[22] zu verstehen sei. Mittlerweile haben die jungen Herren allesamt etwas von ihrer frommen Gesinnung eingebüßt, und die Wirtin kauft sich für einen Shilling den besten Radiergummi, um sehr sorgfältig die Bleistiftspuren zu tilgen, die irgendein Narr in ihrer großen Familienbibel auf dem breiten Rand der Sprüche Salomos hinterlassen hat.

III. Der Geisterseher

Ich habe gelebt, und geliebet.
Schiller[1]

Und sterb ich denn, so sterb ich doch
Durch sie – durch sie.
Goethe[2]

Da ist ein Name – ein Klang, welcher mehr als jede andere Musik mein Ohr mit einer köstlichen, zugleich wilden und feierlichen Melodie zum Schwingen bringt. Andächtig bewundert von den wenigen, die lesen, und den ganz wenigen, die denken, kann sich dieser Name zwar noch nicht mit dem Wappenschild der Unsterblichkeit schmücken, gleichwohl wird er, angekündigt in der Art eines tyrischen[3] Feuers, hernach vom Atem der Geschichte lesbar gemacht werden.

Es ist überdies ein Name, den ich aus eigentlich unbedeutenden, tatsächlich jedoch entscheidenden Gründen zu verheimlichen entschlossen bin. Ich will auch nicht durch eine fiktive Benennung die Erinnerung an diesen großen Toten entehren, dessen Leben so wenig verstanden wurde und dessen melancholisches Ende Stoff für böswillige Lästerungen lieferte. Ich gehöre nicht zu jener Sorte Schriftsteller, die irgendwelche euphonischen[4] Beinamen zum Schlussstein ihrer erzählerischen Bögen machen und daher ohne diesen ebenso wenig zum Ende kommen können wie der Architekt ohne jenen.

Unglückseliger, geheimnisvoller Mann!, irregeführt vom Glanz deiner eigenen Fantasie und verzehrt von den lodernden Flammen deiner eigenen Jugend! Abermals sehe ich dich im Geiste vor mir. Noch einmal ist deine Gestalt vor mir erstanden – nicht, o nicht, wie du bist, im kalten Tal und Schatten, sondern wie du sein *solltest*, da du dein Leben in herrlicher Andacht verprasst in jener Stadt der düsteren Visionen, deinem eigenen Venedig, dieser sterngeliebten Stadt am Meer, deren palladische[5] Paläste aus hohen, von mitternächtlichen Lustbarkeiten erleuchteten Fenstern mit traurigem und bitterem Sinn herniederblicken auf die Geheimnisse der stummen Wasser.

Ja, ich wiederhole es, «wie du sein solltest». Es gibt sicherlich andere Welten als diese – andre Gedanken als die Gedanken der Menge; fast möchte ich sagen, auch andre Spekulationen als die Spekulationen des Sophisten[6]. Wer soll also dein Benehmen infrage stellen, wer dich für deine träumerischen Stunden tadeln? Oder jene Beschäftigungen, die doch nur ein Überströmen deiner unerschöpflichen Energie waren, eine Vergeudung des Lebens heißen?

Es war zu Venedig unter dem bedeckten Bogengang, «Ponte di Sospiri» dort genannt, als ich die Person, von der ich spreche, zum dritten oder vierten Mal traf. Nur undeutlich entsinne ich mich der Umstände dieser Begegnung, doch erinnere ich mich – ach!, wie könnte ich das je vergessen! – an die tiefe Mitternacht... die Seufzerbrücke... die Schönheit des Weibes und den Dämon der Romantik, der an jeder Stelle im schmalen Kanale lauerte.

Es war eine Nacht von ungewöhnlicher Dunkelheit. Die große Uhr der Piazza hatte die fünfte Stunde des italienischen Abends geschlagen. Der Platz vor dem Campanile lag still und verlassen, und die Lichter im alten Dogenpalast erloschen rasch nacheinander. Mein Heimweg von der Piazetta führte mich durch den Canal Grande. In dem Augenblick, da meine Gondel auf Höhe der Einmündung des San-Marco-Kanals anlangte, zerriss plötzlich der wilde, hysterische, lang gezogene Schrei einer Frau irgendwo im Hintergrund die Nacht.

Erschrocken sprang ich auf, indes mein Gondoliere das Ruder fahren ließ und es in der pechschwarzen Dunkelheit verlor. Ohne die mindeste Aussicht, es wiederzufinden, waren wir nun der Gnade der Strömung überlassen, die hier vom großen in den kleinen Kanal treibt. Wie ein schwarz gefiederter Riesenvogel trieben wir langsam der Seufzerbrücke zu, als tausend Fackeln in Fenstern und Treppenhaus des Dogenpalasts aufflammten und mit einem Mal die tiefe Dunkelheit in einen gespenstischen, unnatürlichen Tag verwandelten. Ein Kind war den Armen seiner Mutter entglitten und von einem der oberen Fenster des hochragenden Baus in den tiefen, finsteren Kanal gefallen. Die stillen Wasser hatten sich sanft über ihrem Opfer geschlossen, und obgleich außer meiner keine Gondel in Sicht war, suchte schon mancher kräftige Schwimmer in den Fluten vergeblich unter der Oberfläche nach dem

Schatz, der, ach!, im Abgrund allein zu finden war.

Auf den breiten schwarzen Marmorplatten am Eingang des Palasts und einige Stufen über dem Wasser stand eine Gestalt, die wohl niemand, der sie damals sah, je hat vergessen können. Es war die Marchesa Bianca, «die Angebetete von ganz Venedig – die Heiterste der Heiteren», aber ach!, die junge Gattin des alten, ränkevollen Mentoni[7] und die Mutter – die Mutter dieses holden Kindes, ihres ersten und einzigen, das jetzt tief unterm Wasser in Herzensbitternis ihrer sanften Liebkosungen gedachte und sein kleines Leben in dem verzweifelten Versuch erschöpfte, ihren Namen zu rufen.

Sie stand allein. Ihre kleinen, nackten silbernen Füße glänzten im schwarzen Marmorspiegel unter ihr. Ihr Haar, für die Nacht vom festlichen Ballsaalputz erst halb befreit, umwallte inmitten einer Flut von Diamanten ihren klassischen Kopf mit einer Lockenpracht gleich der des jungen Hyakinthos[8]. Ein schneeweißes gazeartiges Tuch schien fast allein ihre zarte Gestalt zu umhüllen, doch die hochsommerlich mitternächtliche Luft war heiß, dumpf und still – und keine Bewegung, nicht der Schatten einer Bewegung in der statuenhaften Gestalt selbst rührte auch nur eine Falte des dunstfeinen Gewandes, das sie umschloss wie schwerer Marmor die weinende Niobe[9].

Ihre großen, glänzenden Augen waren jedoch nicht niederwärts aufs Grab gerichtet, wo ihre teuerste Hoffnung ruhte, sondern blickten gebannt – ach! merkwürdig! – in eine ganz andere Richtung. Das Gefängnis der Stadt ist, glaube ich, das schönste Bauwerk in ganz Venedig; aber wie konnte diese Dame es so unverwandt anstarren, wenn das eigene Kind erstickend zu ihren Füßen lag? Jene dunkle, düstere Nische direkt gegenüber dem Fenster ihres Schlafgemachs – was mochte denn dort sein in deren Schatten, in deren Architektur, was die Marchesa di Mentoni nicht schon tausendmal zuvor bestaunt hätte? Unsinn! Wer weiß denn nicht, dass das Auge in einem solchen Moment wie ein zertrümmerter Spiegel die Bilder des Kummers vervielfältigt und an weit entfernten Orten millionenfach den Jammer sieht, der doch so nah? Viele Stufen oberhalb der Marchesa und im Bogen des Wassertors stand, vollständig bekleidet, die satyrgleiche Gestalt Mentonis selbst.

Er schlug hin und wieder die Saiten einer Gitarre und schien zu Tode gelangweilt, während er dann und wann Befehle zur Wiedergewinnung seines Kindes erteilte.

Betäubt und erschreckt, fehlte mir die Kraft, mich aus der stehenden Haltung zu lösen, die ich gleich beim ersten Hören des Schreis eingenommen hatte. Den Augen der aufgeregten Gruppe muss ich einen gespenstischen und unheilvollen Anblick geboten haben, als ich mit bleichem Antlitz und starren Gliedern in jener Leichengondel zwischen ihnen dahintrieb. Alle Anstrengungen waren vergebens. Schon ermatteten einige der tatkräftigsten Helfer und überließen sich düsterem Gram. Es schien nur noch wenig Hoffnung für das Kind zu bestehen – wie viel weniger denn für die Mutter! Da trat mit einem Mal aus der finsteren Nische, die, wie gesagt, Teil des Gefängnisses der alten Republik ist und dem Gitterfenster der Marchesa gegenüberliegt, eine in einen Mantel gehüllte Gestalt heraus ins Licht, hielt in schwindelnder Höhe am Rand kurz inne und stürzte sich kopfüber in den Kanal. Einen Augenblick darauf stand er, das noch lebende und atmende Kind in den Armen, auf den Marmorplatten neben der Marchesa – sein vom Wasser schwerer Mantel löste sich und offenbarte, indem er ihm in Falten zu Füßen fiel, den verblüfften Zuschauern die anmutige Gestalt eines sehr jungen Mannes, von dessen Namen damals der größere Teil Europas widerhallte.[10] Kein Wort sprach der Fremde. Doch die Marchesa! Sie wird jetzt ihr Kind zurückbekommen – wird es an ihre Brust drücken. Sie wird seine kleine Gestalt umklammern und es mit ihren Küssen ersticken. Aber ach!, die Arme eines andern haben den Kleinen weggenommen, haben ihn unbemerkt fortgetragen in den Palast. Und die Marchesa! Eine Träne sammelt sich in ihren Augen – jenen Augen, die, wie des Plinius' Akanthus, «weich und fast flüssig»[11] sind. Ihre Lippe – ihre wunderschöne Lippe zittert; das ganze Weib erbebt aus tiefster Seele, und die Statue erwacht zum Leben! Die Blässe des marmornen Antlitzes, der schwellende marmorne Busen, die Reinheit der marmornen Füße gar erglühen plötzlich in einer Welle unbeherrschbaren Purpurrots, und ein leichter Schauder umzittert ihre ganze Gestalt, so wie ein sanfter Wind zu Neapel die prachtvollen Lilien im Grase. Weshalb aber errötete die Dame? Auf diese Frage gibt es keine

Antwort, es sei denn, sie hätte, von Hast und Schrecken ihres Mutterherzens getrieben, beim Verlassen ihres Boudoirs versäumt, ihre Füße in die winzigen Pantoffeln zu zwängen, und gänzlich vergessen, über ihre venezianischen Schultern die gebotene Gewandung zu werfen. Welchen Grund könnte ihr Erröten sonst haben...? Der Blick jener großen, flehenden Augen...? Der ungewöhnliche Aufruhr in diesem heftig pochenden Busen...? Der krampfhafte Druck jener zitternden Hand, die zufällig, als Mentoni sich wieder dem Palast zuwandte, auf die Hand des Fremden niedersank...? Oder der leise, einzigartig leise Ton jener unbedeutenden Worte, welche die Dame flüsterte, ehe sie Abschied nahm? «Du hast gesiegt»,[12] sagte sie, wenn mich das Murmeln des Wassers nicht täuschte, «du hast gesiegt, eine Stunde nach Sonnenaufgang – so sei es!»

Der Aufruhr hatte sich gelegt – die Lichter im Palast waren erloschen, und der Fremde, den ich nun erkannte, stand allein auf den Marmorplatten. Er bebte vor unbegreiflicher Erregung, und sein Auge schweifte auf der Suche nach einer Gondel umher. Was konnte ich da anderes tun, als ihm die Dienste meiner eigenen zu offerieren? Er akzeptierte mein höfliches Anerbieten, als wäre er in Eile. Mit einem am Schleusentor ergatterten neuen Ruder machten wir uns gemeinsam auf den Weg zu seiner Wohnung, indes er rasch seine Selbstbeherrschung wiedergewann und unserer früheren flüchtigen Bekanntschaft in ersichtlich großer Herzlichkeit gedachte. Es gibt Themen, deren ausführliche Behandlung mir besondere Freude macht. Die Person des Fremden – ich will ihn weiterhin so nennen, war er doch für alle Welt noch ein Fremder –, die Person des Fremden ist eines dieser Themen. Was seine Körpergröße angeht, so lag sie eher unter als über dem Mittelmaß; gleichwohl gab es Momente heftiger Leidenschaft, wo sich sein Äußeres wahrhaftig ausdehnte und die Behauptung als Täuschung entlarvte. Seine leichtgewichtige, fast schmächtige ebenmäßige Figur verhieß eher jene rasche Entschlossenheit, die er an der Seufzerbrücke bewiesen hatte, als jene herkulische Kraft, über die er, wie man weiß, bei gefährlicheren Gelegenheiten gebot. Mit dem Mund und dem Kinn einer Gottheit, einer Nase gleich jenen zarten Schöpfungen des Geistes, wie man sie nur auf Medaillons der Hebräer findet,[13] vollen Augen, deren Schattierungen von reinstem Haselnussbraun bis zu strahlendem Schwarz reichten, und einer Fülle schwarzen Lockenhaars, unter dem eine ziemlich niedrige Stirn, ganz Licht und Elfenbein, zuweilen hervorleuchtete. Das waren seine Gesichtszüge, und klassisch ebenmäßiger habe ich keine gesehen, außer vielleicht den marmornen des Kaisers Commodus[14].

Dennoch gehörte sein Gesicht zu jenen, die jeder irgendwann in seinem Leben schon einmal, danach aber nie wieder gesehen hat. Es hatte keinen besonderen – man verstehe mich recht –, keinen festen, vorherrschenden Ausdruck, der sich dem Gedächtnis eingeprägt hätte: ein Gesicht, das man sieht, um es sogleich wieder zu vergessen – aber zu vergessen mit dem vagen, intensiven und unaufhörlichen Verlangen, sich seiner wieder zu erinnern. Wohl warf das Wesen einer jeden flüchtigen Leidenschaft sein deutliches Bild auf den Spiegel jenes Antlitzes, jedoch blieb auf diesem Spiegel – wie es Spiegeln eigen ist – keine Spur der Leidenschaft zurück, sobald diese verflogen war.

Als ich mich in der Nacht unseres Abenteuers von ihm trennte, bat er mich inständig, ihn am nächsten Morgen in aller Frühe aufzusuchen. Kurz nach Sonnenaufgang fand ich mich also in seinem Palazzo ein, einem jener riesigen Gebäude voll düsterer, gleichwohl fantastischer Erhabenheit, die sich turmhoch über den Wassern des Canal Grande erheben. Man wies mich eine breite, mosaikbesetzte Wendeltreppe hinauf und in ein Gemach, dessen unvergleichliche Pracht wie blendende Helle aus der sich öffnenden Tür hervorbrach und mir ob seiner Üppigkeit Übelkeit und Schwindel verursachte. Ich wusste, dass mein Bekannter wohlhabend war. Über seine Besitztümer waren Berichte in Umlauf gesetzt worden, die ich als geradezu lachhafte Übertreibungen zu bezeichnen gewagt hatte. Als ich mich nun jedoch umblickte, schien es mir unmöglich, dass das Vermögen irgendeines Menschen in Europa für noch mehr fürstlichen Prunk, als er ringsum gleißte und glänzte, hätte sorgen können. Obwohl die Sonne, wie gesagt, bereits aufgegangen war, erstrahlte der Raum noch in blendender Helle. Aus diesem Umstand sowie aus gewissen Anzeichen der Erschöpfung im Antlitz meines Freundes schloss ich, dass er während der ganzen vorigen Nacht nicht zur Ruhe gekommen war.

Mit der Architektur und Ausstattung des Gemachs hatte man offenbar die Absicht verfolgt, zu blenden und zu verblüffen. Nur wenig Rücksicht hatte man auf Geschmack oder nennen wir's stilistische Einheitlichkeit genommen noch auf nationale Eigentümlichkeiten. Das Auge wanderte von einem Gegenstand zum andern und blieb auf keinem ruhen – weder auf den Grotesken der griechischen Maler[15] noch auf den Skulpturen der besten Epochen Italiens noch auf den riesigen Schnitzereien des ungeschulten Ägypten.

In jedem Teil des Raums erzitterten kostbare Draperien unter den Schwingungen einer leisen, melancholischen Musik, deren unsichtbare Quelle sich zweifellos hinter den Aussparungen des korallenroten Gitterwerks verbarg, welches die Raumdecke überzog. Die Sinne wurden erdrückt von einem Gemisch einander bekämpfender Düfte aus sonderbar arabesken Räuchergefäßen, die auf monströse Weise lebendig schienen, da die mehrfarbigen Flämmchen sie aufwärts und abwärts und ringsum in extravaganten Formen umschlängelten. Die Strahlen der Morgensonne ergossen sich über das Ganze – durch Fenster, deren jedes aus einer einzigen riesigen Scheibe karminrot getönten Glases bestand – und vermischten sich, in tausenderlei Reflexen hie und da aufblitzend, auf Vorhängen, die von ihren Karniesen[16] wie Ströme geschmolzenen Silbers herabwallten, endlich aufs Launigste mit dem künstlichen Licht und wälzten sich gebändigt auf einem üppigen Teppich, dessen Tuch flüssigem Golde glich.

Hier hatte in der Tat ein Genie Hand angelegt. Ich sah eine Wildnis, ein Chaos der Schönheit vor mir; und meiner Seele bemächtigte sich der Eindruck einer traumverlorenen, zusammengewürfelten Grandezza und ließ mich verstummen.

«Hahaha – hahaha!», lachte der Herr des Hauses, als er mich zu einem Sitz geleitete und sich dann auf eine Ottomane warf. Ich glaubte seinem Lachen eine Andeutung von Bitterkeit zu entnehmen und konnte mich nicht sogleich mit der *bienséance*[17] eines so sonderbaren Empfangs befreunden.

«Hahaha – hahaha!», lachte er weiter. «Ich sehe, Sie staunen über mein Gemach, meine Statuen, meine Gemälde … meinen originellen Geschmack in der Architektur … und bei den Polstermöbeln! Sie sind von meiner Pracht absolut betäubt…! Hahaha! Verzeihen Sie mir, mein lieber Herr, verzeihen Sie mir… ich muss lachen oder sterben… vielleicht beides.» Er machte eine kurze Pause, um nachdenklich fortzufahren: «Wissen Sie übrigens, dass zu Sparta, dem jetzigen Paleochori,[18] in Sparta, sage ich, westlich der Zitadelle unter kaum sichtbaren Ruinen eine Art Sockel steht, auf dem noch die Lettern ‹ΛΑΞΜ› lesbar sind? Sie bilden, wie ich wahrhaftig glaube, einen Teil des Wortes ΓΕΛΑΞΜΑ[19]. Doch gab es für so viele Gottheiten Tempel in Sparta, und es ist doch seltsam, dass der Altar des Lachens alle andern überdauerte! Nun habe ich jedoch gewiss nicht das Recht, mich zu verwundern ob Ihres Erstaunens. Europa, ja die Welt kann nichts bieten, was meinem königlichen Kabinett gleicht. Meine anderen Räumlichkeiten sind jedoch ganz sachlich und nüchtern – das Äußerste an modischer Fadheit. Dies hier ist besser als die Mode, nicht wahr? Und doch genügte ein einziger Blick, schon wäre es der letzte Schrei; das heißt bei denen, die es sich unter Preisgabe ihres gesamten Erbes leisten könnten. Solche Profanierung habe ich aber zu verhindern gesucht. Mit einer einzigen Ausnahme» – hier überzog Todesblässe sein Antlitz ebenso rasch, wie sie sich wieder verzog – «mit einer einzigen Ausnahme sind Sie das einzige menschliche Wesen außer mir, das je seinen Fuß in diese imperiale Stätte setzte.»

Ich verneigte mich dankbar, denn sein so unerwartet exzentrisches Reden und Benehmen hatten mich derart verblüfft, dass ich für meine Bewunderung nicht die Worte fand, die ich ansonsten in ein Kompliment gefasst hätte.

«Hier», sagte er, erhob sich und führte mich, auf meinen Arm gestützt, im Zimmer herum, «hier sind Gemälde aus allen Zeiten, von den Griechen bis zu Cimabue[20], von Cimabue bis zur Gegenwart. Wie Sie sehen, ist bei der Auswahl den Ansichten von *vertù*[21] kaum Rechnung getragen worden. Hier sind auch Chef d'Œuvres unbekannter Größen und hier unfertige Entwürfe von Leuten, die zu ihrer Zeit berühmt gewesen, deren Namen aber sogar nun der Scharfblick der Akademien der Vergessenheit und mir überlässt. Was halten Sie», fragte er, sich mir zuwendend, «was halten Sie von dieser Madonna della Pietà?»

«Sie ist ein echter Guido»,[22] sagte ich mit all der Begeisterung, deren ich fähig bin, denn ihre unvergleichliche Lieblichkeit war mir sofort aufgefallen. «Sie ist ein echter Guido! – Wie sind Sie nur dazu gekommen? Sie ist unzweifelhaft für die Malerei, was die Venus für die Bildhauerei ist.»

«Oh», sagte er gedankenvoll, «die Venus... die schöne Venus...! *Die* Venus schlechthin...! Die Venus Medici...! Das Werk des Kleomenes[23], Sohn des Atheners – und doch ebenso sehr das Werk meiner eigenen Hände...! Ein Teil des linken Arms und der ganze rechte sind restauriert; und in der Koketterie dieses rechten Arms liegt, finde ich, die Quintessenz aller Affektation. Auch der Apoll – Sie sprachen von Apoll! – ist eine Kopie, daran besteht keinerlei Zweifel. Ich selbst, Sir, werde diesem Irrtum nie verfallen – denn bei dem viel gepriesenen Apollo, obgleich er geschwärzt ist vom Alter, vermag ich Inspiration nicht zu entdecken und finde, ein Dutzend davon wiegen den Antinoos[24] nicht auf. War es nicht Sokrates, der sagte, der Bildhauer finde seine Statue schon im rohen Marmorblock? Michelangelo war jedenfalls nicht der Erste mit seinem Gedicht:

‹Non ha l'ottimo artista alcun concetto
C'un marmo solo in sé non circonscriva.›»[25]

Es ist oft bemerkt worden – oder hätte jedenfalls bemerkt werden sollen –, dass im Auftreten eines echten Gentlemans stets etwas liegt, was ihn vom Benehmen des großen Haufens unterscheidet, ohne dass man sogleich genau benennen könnte, worin jener Unterschied besteht. Durfte man diese Bemerkung schon auf das äußere Verhalten meines Freundes in vollem Umfang anwenden, so erkannte ich an diesem ereignisreichen Morgen, dass sie weit stärker noch auf seine moralische Veranlagung und seinen Charakter zutraf. Auch vermag ich jene eigentümliche geistige Natur, die ihn von allen andern menschlichen Wesen so streng zu scheiden schien, nicht besser zu definieren, als wenn ich sie ein zur Gewohnheit gewordenes intensives und andauerndes Denken nenne, das selbst seine gewöhnlichsten Handlungen durchzog, sich in die Stunden seines Müßiggangs drängte und in seine heitersten Augenblicke einnistete, jenen Nattern gleich, die sich aus den Augen der grinsenden Masken an den Gesimsen der Kybele[26]-Tempel winden.

Indessen konnte ich nicht umhin, in dem halb leichtfertigen und halb feierlichen Ton, in dem er sich geschwind über höchst unwichtige Dinge ausließ, zu wiederholten Malen eine gewisse Verzagtheit, eine Art nervöser Unruhe wahrzunehmen, die mir unerklärlich schien und die mich deshalb einige Male mit Bestürzung erfüllte.

Auch hielt er häufig mitten in einem Satze inne, dessen Anfang er anscheinend vergessen hatte, und schien mit gespanntester Aufmerksamkeit zu horchen, als erwarte er jeden Augenblick einen Besucher oder vernehme Töne, die nur in seiner Fantasie allein existieren konnten. Während einer dieser offenkundigen Träumereien oder Pausen der Zerstreutheit blätterte ich in Politians schöner Tragödie «Orfeo»[27], die neben mir auf einer Ottomane lag, und fand eine mit Bleistift unterstrichene Stelle. Es war eine Stelle gegen Ende des dritten Aktes, eine Stelle des erschütterndsten Pathos, eine Stelle, die, ihrer Unreinheit entkleidet, kein Mann lesen kann, ohne zu erschauern – und kein Weib, ohne zu seufzen. Die ganze Seite war mit frischen Tränen getränkt; und auf dem gegenüberliegenden Durchschussblatt[28] standen folgende, englisch geschriebene Verse in einer Handschrift, die so sehr von der eigentümlichen, wuchtigen meines Bekannten abwich, dass ich sie nur mit Mühe als die seine erkennen konnte:

Du warst für mich das alles, Lieb,
Wonach sich meine Seele sehnt;
Im Meer ein grünes Eiland, Lieb,
Ein Brunnen und ein Schrein
Mit wilden Blumen all umkränzt,
Und alle Blumen waren mein!

Doch dieser Traum, er währte nicht;
Du, Hoffnungsstern, gingst auf,
Nur um bedeckt zu sein!
Die Stimme aus der Zukunft ruft:
«Voran!», doch über dem Vergang'nen
(Düst'rer Abgrund!) schweb ich, ein Geist,
Stumm – reglos – und entgeistert!

Denn ach! ach! Strebsamkeit
Ist mir – so ganz – entglitten;
«Nie mehr… nie mehr… nie mehr…»
(So spricht die See zum Sand in feierlichem
Ton am Uferstrand.)
Soll blüh'n der blitzgetroff'ne Baum
Und steiget hoch der wundgeschlag'ne Aar!

Und all die Stunden mein sind Trancen,
Und all die Träume mein in Nächten
Sind da, wo deine dunklen Augen strahlen –
Und wo dein Fuß bezaubert
In Tänzen, so ätherisch,
Und an Italiens Flüssen fern!

Verflucht sei, ach!, nur diese Zeit,
Da sie auf salz'ger Woge dich entführten,
Weg von mir zu lasterhaftem greisem Stand
Auf ein unheil'ges Kissen –
Weg von Lieb' und unserm neblig
Himmelsstrich,
Wo Silberweiden weinen.[29]

Dass diese Verse in Englisch geschrieben waren – in einer Sprache, mit der ich ihren Verfasser nicht vertraut geglaubt hatte –, überraschte mich nicht sonderlich. Kannte ich doch seine vielfältigen Begabungen ebenso wie die seltsame Freude, sie vor der Welt zu verbergen, nur zu gut, als dass mich eine solche Entdeckung erstaunt hätte. Aber ich muss gestehen, dass der Datierungsort des Manuskripts mir doch ganz ungewöhnlich erschien. Ursprünglich stand dort «London» geschrieben, was nachher sorgfältig durchgestrichen worden war, freilich nicht mit solchem Nachdruck, dass ein scharfer Blick es nicht doch hätte erkennen können. Ich sage nochmals, dass mir dies ganz ungewöhnlich schien – denn ich erinnerte mich sehr wohl, dass ich ihn einmal gefragt hatte, ob er der Marchesa di Mentoni (die einige Jahre vor ihrer Heirat in England gelebt hatte) jemals in London begegnet sei, und seiner Antwort entnahm ich, dass er Großbritannien noch nie besucht hatte. Ich muss hier noch erwähnen, dass ich mehr als einmal gehört habe – ohne natürlich einem derart unwahrscheinlichen Bericht je Glauben zu schenken –, die Person, von der ich hier spreche, sei nicht nur von Geburt, sondern auch von Bildung ein Engländer.

«Da ist noch ein Gemälde», sagte er, mit sichtlicher Bewegung an mich gewandt, während ich das Buch wieder auf die Ottomane legte, «da ist noch ein Gemälde, das Sie noch nicht gesehen haben.» Und den Vorhang beiseiteschlagend, enthüllte er das lebensgroße Porträt der Marchesa Aphrodite.

Menschenkunst könnte nicht mehr vollbringen in der genauen Abbildung übermenschlicher Schönheit! Dieselbe sylphengleiche Gestalt, die in der vergangenen Nacht auf den Stufen des Dogenpalasts vor mir gestanden war, stand abermals vor mir. Doch im Ausdruck des vor Lächeln strahlenden Gesichts lauerte schon jener unbegreifliche Zug der Melancholie, der, wie ich glaube, mit vollendeter Schönheit stets untrennbar verbunden ist. Auf einer Schriftrolle, die ihr zu Füßen lag, standen die Worte «Ich warte nur auf dich». Ihr rechter Arm lag angewinkelt über ihrem Busen, und mit dem linken wies sie hinab auf eine seltsam geformte Vase. Ein allein sichtbares Feenfüßchen berührte kaum den Boden – und in der glänzenden Atmosphäre, die so viel Anmut zu umschließen und zu verwahren schien, schwebte ein Paar zart angedeuteter Silberschwingen.

Mein Blick schweifte von dem Gemälde zu meinem Freund, und unwillkürlich erbebten meine Lippen unter den monumentalen Worten aus Chapmans «Bussy d'Ambois»[30]:

«Da droben stehe ich
gleich einer römischen Statue – Und werde dort stehn,
bis Tod ihn marmorn macht.»

«Kommen Sie», sagte er endlich und trat auf einen Tisch aus massivem Silber zu, worauf einige emaillierte Kelche in wunderschönen Farben nebst zwei großen etruskischen Vasen standen, die vermutlich mit Vin de Barac[31] gefüllt waren und dieselbe außergewöhnliche Form hatten wie jene im Vordergrund des Porträts.

«Kommen Sie», sagte er schroff, «trinken wir! Es ist früh – aber trinken wir dennoch! – Es ist tatsächlich früh», fuhr er versonnen fort, als ein Cherub mit schwerem goldenem Hammer die erste Stunde nach Sonnenaufgang schlug und der Widerhall den ganzen Raum erfüllte. «Es ist tatsächlich früh – doch was tut's? Trinken wir! Bringen wir, wie echte Perser, der großen feierlichen Sonne, die diese Lampen und Räucherbecken so gern überstrahlen möchte, ein Opfer dar!» Und nachdem er mich zum Anstoßen genötigt hatte, schüttete er in rascher Folge mehrere Becher Wein hinunter.

«Träumen», fuhr er fort, nun wieder im Ton zwangloser Unterhaltung, während er eine der prächtigen Vasen gegen das helle Licht eines Räucherbeckens hielt, «Träumen war das Geschäft meines Lebens. Darum habe ich mir, wie Sie sehen, dieses Traumgemach eingerichtet. Hätte ich hier, im Herzen Venedigs, etwas Besseres erschaffen können? Es ist wahr, rundherum sehen Sie einen Mischmasch architektonischer Verschönerung. Die Keuschheit Ioniens wird durch vorsintflutliche Erfindungen beleidigt, und Ägyptens Sphingen räkeln sich auf goldenen Teppichen. Und doch wird nur der Einfältige die Wirkung als störend empfinden. Korrektheit hinsichtlich Ort und vor allem Zeit, das sind die Schreckgespenster, welche die Menschen von der Betrachtung des Schönen abhalten. Einstmals war ich selbst ein Dekorist, aber solche Veredelung der Narrheit hat meine Seele verdrossen. All dieses eignet sich jetzt umso mehr für meinen Zweck. Gleich den Arabesken jener Räucherbecken windet sich meine Seele im Feuer, und das wirbelnde Delirium der ganzen Szenerie bereitet mich auf die noch fantastischeren Visionen jenes wahren Traumlandes vor, dem ich jetzt zueile.»

Nach diesen Worten und dem Eingeständnis, dass der Wein stark war, warf er sich der Länge nach auf eine Chaiselongue. Man hörte jetzt von der Treppe her hastige Schritte und gleich darauf ein lautes Klopfen an der Tür. Um einer zweiten Störung zuvorzukommen, eilte ich dorthin, da stürzte ein Page der Marchesa di Mentoni ins Zimmer und stammelte mit vor Erregung halb erstickter Stimme die abgerissenen Worte: «Meine Herrin…! Bianca…! Gift…! Grauenvoll! Grauenvoll!»

Verwirrt stürzte ich zu dem Schläfer hin und versuchte ihm diese Schreckensnachricht zu Bewusstsein zu bringen. Aber seine Lippen waren bleifarben… seine Glieder starr… seine herrlichen Augen im Tod erblindet.

Ich taumelte zurück an den Tisch… meine Hand fiel auf einen zersprungenen, schwarz angelaufenen Becher… und jäh blitzte da die Erkenntnis der ganzen furchtbaren Wahrheit in meiner Seele auf.

IV. Ein geplatzter Handel

Wenn der heidnische Philosoph Verlangen trug, Weinbeeren zu essen, so öffnete er die Lippen, indem er sie in den Mund steckte; damit wollte er sagen, Weinbeeren wären zum Essen gemacht und Lippen zum Öffnen.

Shakespeare[1]

Im Jahr *** lebte Pedro Garcia[2], ein Metaphysiker, in der ***-Straße in Venedig. Umstände höchst privater und heiliger Natur verbieten mir, mich bezüglich Datum und Wohnort näher festzulegen. Mit seinen geistigen Eigenschaften war unser Held ein Gigant, der auch hinsichtlich seines Körperumfangs keinen Grund zur Klage hatte, obwohl vier Fuß fünf das Nonplusultra des Philosophen bezüglich seiner Rektaszension[3] waren.

Nun, Pedro entstammte einer florentinischen Adelsfamilie; und doch betrachtete er nur mit geringer Sorge, dass während jedes Aufbrodelns der revolutionären Suppe (wobei, wie Macchiavelli sagt, stets der Abschaum zuoberst ist)[4] ihm seine großen Ländereien still und leise entglitten. In der Tat, seit frühester Jugend war Pedro Garcia geradezu süchtig nach den extremsten Abstrusitäten. Er hatte in Padua, Mailand und Göttingen studiert. Er – aber behalten Sie das für sich –, er ist es, dem Kant seine Metaphysik in erster Linie verdankt. Ich habe Manuskripte in meinem Besitz, die ausreichend belegen, was ich sage.

Die Lehren unseres Freundes wurden durchaus nicht allgemein verstanden, obgleich sie keineswegs schwer zu begreifen waren. Gewiss war er kein Platoniker, im strikten Sinne auch kein Aristoteliker,[5] noch vermochte er, wie Leibniz[6], Unvereinbares in Einklang zu bringen. Er war ein entschiedener Pedronist – ionisch, aber auch italisch. Er urteilte a priori und urteilte a posteriori. Seine Ideen waren angeborene oder erworbene. Er glaubte an Georg von Trapezunt ebenso wie an Bessarion.[7] Von seinen übrigen Neigungen ist wenig überliefert. Es heißt, er habe Catull dem Homer vorgezogen und Sauternes dem Médoc.[8]

Doch selbst diese umfassende Philosophie

erwies sich als unzureichender Schutz gegen die Spitzen der Verleumdung und Bosheit. Niederträchtige Männer in Venedig verwehrten bereits die bloße Andeutung, dass die Lehren gewisser Leute weder die Reinheit der Akademie noch die Tiefe des Lyzeums erkennen ließen.

Die große Glocke von Sankt Markus hatte bereits Mitternacht geschlagen, doch unser Held war noch nicht zu Bett gegangen. Er saß allein in der kleinen Kammer, seiner Studierstube, erlöst von Schmutz und Hetze des Tages. Ich schenke Kleinigkeiten, die der Erhabenheit einer ernsthaften Erzählung unwürdig sind, keine besondere Aufmerksamkeit; ansonsten könnte ich mich hier nach dem Vorbild von Romanautoren über das Thema Kleidung und andere rein äußerliche menschliche Angelegenheiten auslassen. Ich könnte sagen, dass unser Patrizier sein Haar kurz trug, leicht in die Stirn gekämmt und überragt von einer violetten konischen Kappe mit Quasten; dass sein grünes Wams aus Barchent[9] nicht der damaligen Mode des venezianischen Adels folgte, dass die Ärmel tiefere Schlitze aufwiesen, als die herrschende Kleidungsvorschrift zuließ, und dass die Schlitze nicht, wie in jenen barbarischen Zeiten üblich, mit zweifarbiger Seide, sondern mit dem schönen, roten marokkanischen Leder verbrämt waren; dass sein Stilett ein handwerkliches Meisterstück aus der Werkstatt des Pan Ispan in Damaskus war, des Yatagan-Schmieds vom Effendi;[10] dass seine kurios filigranen, zartlila Hausschuhe aus Japan hätten stammen können, wären da nicht die exquisit ausgestellten Zehen gewesen und der Umstand, dass Baptista, der spanische Flickschuster an der Rialtobrücke, sich gegenteilig geäußert hatte; dass seine Beinkleider aus weißem Satin, sogenanntem Celeste waren; dass sein himmelblauer Überwurf oder Umhang in der Form jener Absonderlichkeit glich, die man Morgenrock heißt, und, reich besetzt mit roten und gelben Flicken, seine Schultern wie ein Nebelhauch umschwebte; und dass dies *tout ensemble*[11] die Improvisationskünstlerin Benevenuta zu dem bemerkenswerten Ausspruch veranlasste, nichts und niemand ähnele «einem Sittich auf einer gewissen Kathedrale so sehr wie Pedro, der Metaphysiker». Wäre ich ein Romancier, könnte ich all dies und noch mehr im Detail beschreiben. Aber dank St. Urano[12] bin ich das *nicht*, was auch immer ich sonst bin. Deshalb halte ich bei all diesen Themen lieber den Mund.

Die Kammer, in der unser Held saß, war von einzigartiger Schönheit. Weil Sommer herrschte, war der Boden mit einer Flechtmatte aus seltenem und wertvollem siamesischem Schilfrohr[13] bedeckt, die im strahlendsten Hellgelb leuchtete. Überall hingen die üppigsten purpurnen Samtvorhänge von der Decke, die ihrerseits aus braunem glänzend poliertem Eichenholz gefertigt war. Ihre unendlich verwinkelten Wölbungen, Schnitzereien und mäandrischen Verzierungen rundeten sich zu einem dichten Schattengebilde, aus dessen tiefer Düsternis eine mit fantastischen Arabesken verzierte Lampe aus reinem Silber herabhing, die an ihrer dünnen, großgliedrigen Goldkette hin- und herschwang. Eine schwarze schwere und seltsam getäfelte Tür, die sich nach innen öffnete, wurde nach damaliger Mode mit einem ziselierten Messingriegel geschlossen. Ein einziges sehr großes, vergittertes Bogenfenster ging auf die blitzenden Wasser des Adriatischen Meeres hinaus.

An kleineren Einrichtungsgegenständen wies

der Raum eigentlich nur eine Fülle elegant gebundener und im Lichte stehender Bücher auf, hier und da in klassischer Unordnung verstreut auf Tischen, dem Boden und zwei oder drei luxuriösen Sesseln, welche ganz wie mohammedanische Ottomanen aussahen.

Die Nacht war dunkel und stürmisch. Der Regen ergoss sich wasserfallartig; schlaftrunkene Bürger, aus Sintfluträumen erwacht, starrten auf die tobende See, die schäumend und brüllend Einlass in die stolzen Türme und marmornen Paläste begehrte. Wer hätte gedacht, dass die tagsüber träge schlummernden Fluten zu solch stürmischer Leidenschaft fähig wären? An einem Alabastertischchen, das unter der Last der gewichtigen Bücher wankte, saß der Held unserer Geschichte.

Er achtete nicht auf das Klirren der halb erloschenen Lampe, die über seinem Kopf unter den Luftstößen schepperte, noch hörte er das Gebrüll der See. Ein umfangreiches Manuskript, das am nächsten Tag in Druck gehen sollte, erhielt von seinem Autor den allerletzten Schliff. Leider floss in unsere Aufzeichnungen nichts aus diesem wertvollen Werk ein, welches unzweifelhaft Opfer einer klerikalen Intrige wurde. Immerhin kenne ich den Titel, «Vollständige Darstellung des nicht Darstellbaren», und weiß, dass als Motto eine Zeile von Pulci[14] diente, die ein moderner Satiriker fröhlich so übersetzte:

«Brüder, zurück bin ich aus fernem Land,
und hab als Narren euch erkannt.»

Der Sturm tobte immer heftiger und furchtbarer. Pedro, ganz in seine Arbeit vertieft, die linke Hand auf einem schwarz eingebundenen Buch, bemerkte nicht den blauen Blitz, der mit unheilvoller Schnelligkeit durch dessen Blätter sauste.

«Mir eilt es ganz und gar nicht, Signor Pedro», flüsterte eine sanfte Stimme im Raum.

«Teufel auch!», stieß da unser Held hervor, sprang auf, stieß das Alabastertischchen um und spähte erstaunt im Zimmer umher.

«Stimmt genau», antwortete die Stimme in größter Ruhe.

«Stimmt genau! Was stimmt genau? Wie kamen Sie hier herein?», schrie der Metaphysiker, als sein Blick auf einen Mann mit einem außerordentlich schmalen Gesicht fiel, der lang ausgestreckt auf der Ottomane in einer Zimmerecke lag.

«Ich habe gesagt», fuhr die Gestalt fort, ohne auf Pedros Fragen einzugehen, «ich habe gesagt, dass ich es nicht eilig habe. Das Geschäft, um dessentwillen ich so frei war, Sie zu besuchen, ist nicht von so großer Dringlichkeit – ich kann also warten, bis Sie Ihre Erörterung vollendet haben.»

«Meine Erörterung! Woher wissen Sie, dass ich eine Erörterung schreibe? Gütiger Himmel!»

«Pst!», antwortete die Gestalt mit etwas schrillem Unterton, sprang vom Sofa und machte einen Schritt auf unseren Helden zu. Dabei hörte die Arabeskenlampe an der Decke jäh zu schwingen auf und verharrte reglos.

Sein Erstaunen hinderte den Philosophen nicht daran, Erscheinung und Kleidung des Fremden genau zu mustern. Die Umrisse einer das gewöhnliche Maß weit überragenden Gestalt wurden verwischt und undeutlich gemacht durch den üppigen Faltenwurf einer schwarzen römischen Toga. Über dem linken Ohr trug der Fremde, ganz wie ein moderner Sekretär, ein Instrument, das dem Stilus[15] der Alten ähnelte. Vom linken Arm hing ein purpurner Beutel aus einem unserem Helden völlig unbekannten, leuchtenden Material herab. Ebenfalls ein Mysterium war dem Patrizier ein weiteres Kleidungsstück: Die am Hals offene Toga ließ eine sorgfältig geschlungene Halsbinde und einen gestärkten Hemdkragen von 1832 erkennen. All diese Dinge erregten Pedros Aufmerksamkeit indes nicht sonderlich, denn sein antiquarischer Scharfblick war sogleich auf die *Sandalen* des Eindringlings gefallen, bei welchen er das exakte, von Rabbi Vathek in der «Ptolemaiad»[16] mit präziser Genauigkeit beschriebene Muster erkannte, das vor der Sintflut üblich war.

Aus meinen Nachforschungen in bestimmten venezianischen Archiven schließe ich, dass «der Metaphysiker Garcia zwar ein über die Maßen kleiner, aber auch kampflustiger Mann» war. Demgemäß folgte unser Held dem Beispiel seines Besuchers, als dieser einen Stuhl zum Bogenfenster zog, das aufs Meer blickte.

«Wirklich gescheit, Ihr Buch, Pedro», sagte der Fremde und klopfte unserem Freund wissend auf die Schulter.

Pedro machte große Augen.

«Es ist ein Werk ganz nach meinem Sinn», fuhr Ersterer fort, «ich nehme an, Sie kannten Konfuzius[17].»

Unser Held war jetzt doppelt erstaunt.

«Was ist das doch heutzutage für eine traurige Narrentruppe! Philosophie ist zum bloßen Geschwätz verkommen. ὁ νοῦς ἔςτιν ἀῦλόςό νοῦς ἔςτιν ἀῦλός, wie einige zu Recht bemerkten und damit αυγος meinten.[18] Um jedoch die Wahrheit zu sagen, viel besser ging es damals nicht zu. Tatsächlich, Garcia», hier senkte der Fremde die Stimme zu einem Flüstern, «die Menschen wissen nichts von diesen Dingen. *Ihre* Lehre bringt es aber besser auf den Punkt als alle anderen, die ich kenne. Mir *gefällt* Ihre Lehre, Signor Pedro, und ich bin von weit her gekommen, um Ihnen das zu sagen.»

Die Augen des Philosophen strahlten. In großer Hast tastete er auf dem Boden im Kehricht nach seinem verworfenen Manuskript. Nachdem er es gefunden hatte, entnahm er einem elfenbeinernen *escritoire*[19] eine Karaffe köstlichsten Sauternes-Weins, die er neben das schwarz eingebundene Buch auf dem Alabastertisch stellte, worauf er diesen zum Besucher zog und selbst wieder an dessen Seite Platz nahm.

An dieser Stelle sei all jenen Lesern, die wissen möchten, weshalb unser Held sich die Mühe machte, auf den kleinen Tisch ein so ominöses Buch wie dies schwarz eingebundene zu legen, zur Antwort gegeben, dass Pedro Garcia alles andere als ein Narr war. Folglich war er schon sehr bald zu dem Schluss gekommen, dass sein gewitzter Freund nicht mehr und nicht weniger als Seine Erhabene und Satanische Majestät war. Nun, es haben sich schon größer gewachsene Personen vor unbedeutenderen Umständen gefürchtet, und Pedro bewies bei gewissen schicksalhaften Fügungen (wie zum Beispiel dem Besuch einer Spinne, einer Ratte oder eines Arztes) auch nicht immer philosophische Gelassenheit, Teufelsangst jedoch war ihm noch nie in den Sinn gekommen. Um die Wahrheit zu sagen, war er mehr als befriedigt, dass ihm ein so hochgeschätzter Herr einen Besuch abstattete. Er schmeichelte sich damit, eine höchst angenehme Stunde zu verbringen, und so setzte er eine pfiffige Miene auf, als er dem Besucher mit einem dessen Bildung und Geschmack bestens angepassten Buch entgegenkam.

«Ich muss allerdings sagen», fuhr der Fremde fort, der von Pedros Arrangements keine

Notiz nahm, «ich muss allerdings sagen, dass Sie, mein Freund, in bestimmten Fragen falschliegen, ganz falsch, ja sogar völlig *daneben*, wie der Gauner Sanchuniathon[20] zu sagen pflegte – hahaha! – armer Sanchuniathon!»

«Bitte, mein Herr, als wie alt... würden... Sie... sich selbst bezeichnen?», erkundigte sich augenzwinkernd der Metaphysiker.

«Alt, mein Herr? Wie bitte? Ach, nicht der Rede wert. Wie ich gerade sagte, vertreten Sie in Ihrem Buch einige recht extravagante Ansichten. Was meinen Sie eigentlich mit all dem Humbug über die Seele?»

«Die Seele», antwortete Pedro mit Bezug auf sein Manuskript, «ist zweifellos...»

«Nein, mein Herr!»

«Unbedingt...»

«Nein, mein Herr!»

«Nachweislich...»

«Nein, mein Herr!»

«Und ganz fraglos...»

«Nein, mein Herr. Die Seele ist nichts von alledem.»

«Was ist sie denn?»

«Mal dies, mal das, Signor Pedro», erwiderte der Fremde nachdenklich. «Ich habe manche sehr schlechte, aber auch manche ziemlich gute Seele gekostet … will sagen, kennengelernt.»

Hier leckte sich der Fremde die Lippen; und da er unbewusst seine Hand auf das schwarz eingebundene Buch hatte sinken lassen, wurde er von einem heftigen Niesanfall gepackt, in dessen Folge unser Held nach seinem Notizbuch langte und folgendes Memorandum hineinsetzte: *«N.B. Divorum inferorum cachinnatio sternutamentis mortalium verisimillima est.»*[21]

Der Fremde fuhr fort: «Die Seele des Kratinos war … annehmbar, die des Aristophanes … pikant, die des Platon … köstlich! Nicht die Ihres Platons, sondern die des Lustspieldichters Platon – bei Ihrem Platon hätte sich selbst dem Zerberus der Magen umgedreht, pfui! Also weiter! Catull und Naso und Plautus und Quinty – so nannte ich den guten Quintus Flaccus[22], als er mir, während ich ihn wohlgemut auf einer Gabel röstete, zu meinem Spaß ein ‹Carmen saeculare›[23] sang. Aber es fehlt ihnen an Geschmack – ein fetter Grieche ist ein Dutzend dieser Römer wert, hält sich, nebenbei, auch länger, was man von einem Quiriten[24] nicht behaupten kann … Terenz[25] war jedoch eine Ausnahme – festfleischig wie ein Eskimo und saftig wie ein Deutscher –, wenn ich an den Kerl nur denke, läuft mir schon das Wasser im Mund zusammen... Kosten wir mal den Sauternes.»

Unser Held, der sich mittlerweile zum *nil admirari*[26] durchgerungen hatte, füllte das Glas des Besuchers wieder auf. Dabei bemerkte er ein eigenartiges Geräusch in der Kammer, als wedelte da ein Schwanz. Aber er nahm nicht weiter davon Notiz, gab nur dem großen, unter seinem Stuhl schlafenden Wasserhund[27] einen Tritt und befahl ihm, sich zu kuschen.

Der Fremde sprach weiter: «Doch wenn ich ein Faible habe, Signor Pedro, wenn ich ein Faible habe, dann für den Philosophen. Aber das sage ich Ihnen, mein Herr, nicht jeder Teuf..., ich meine, nicht jeder Gentleman versteht es, einen Philosophen richtig auszusuchen. Die Langen sind nicht gut, und die Besten geraten, wenn sie nicht sorgfältig ausgeschält werden, wegen der Galle oft ein wenig ranzig.»

«Ausgeschält?»

«Ich meine damit natürlich, dem Körper entnommen.»

«Wie denken Sie über Ärzte?»

«Kein Wort über die», hier würgte der Fremde heftig, «pfui! Ich habe nur einen probiert, diesen elenden – pfui! – Hippokrates[28]. Er roch nach Asafoetida[29] – pfui! pfui! –, gab mir auch große Mühe mit dem Gauner... holte mir einen üblen Schnupfen, als ich ihn im Styx wusch... und am Ende hat er mir noch Morbus Cholera angehängt.»

«Dieser Lump, diese Missgeburt von einer Pillenschachtel», stieß Pedro, eine Träne vergießend, hervor und griff nach einer weiteren Flasche Sauternes. In rascher Folge leerte er drei große Gläser, und der Fremde folgte seinem Beispiel.

«Schließlich», fuhr der Fremde fort, «wenn ein Teuf... wenn ein Gentleman leben will, muss er mehr als ein oder zwei Talente haben; und bei uns gilt ein feistes Gesicht als Ausweis diplomatischer Fähigkeiten.»

«Wieso?»

«Nun, zuweilen sind unsere Reserven sehr knapp. Sie müssen wissen, dass es in einem Klima, das so glutheiß ist wie das meine, häufig gar nicht möglich ist, eine Seele länger als zwei oder drei Stunden am Leben zu erhalten. Und wenn sie nicht sofort nach dem Tod eingepökelt wird – besonders gut schmeckt eine gepökelte Seele allerdings nicht –, dann fängt sie an zu riechen… Sie verstehen… hm? Verwesung ist immer zu befürchten, wenn uns die Seelen auf dem gewöhnlichen Weg geliefert werden.»

«Ach du lieber Gott! Wie kommen Sie denn da zurecht?»

In diesem Moment begann die Arabeskenlampe mit doppelter Macht hin und her zu schwingen. Der Fremde sprang halb von seinem Sitz auf, gewann mit einem leisen Seufzer jedoch sogleich seine Fassung wieder und wandte sich mit gesenkter Stimme an unseren Helden: «Ich sage Ihnen was, Pedro Garcia, mit Fluchen ist es ein für alle Mal vorbei.»

Pedro stürzte wieder ein volles Glas hinunter, und der Besucher fuhr fort: «Also man kann auf verschiedene Weise vorgehen. Die meisten unter uns hungern, einige begnügen sich mit Gepökeltem; ich meinerseits ziehe es vor, die Seelen *vivente corpore*[30] zu erwerben, denn auf diese Art sind sie sehr haltbar.»

«Aber der Leib, lieber Herr, der Leib!», zeterte der Philosoph, dem der Wein ein wenig zu Kopf gestiegen war, und griff nach einer neuen Flasche Sauternes.

«Der Leib – gut, was ist mit dem Leib? Oh, ach ja, ich verstehe. Also der Leib wird bei der

Transaktion in keiner Weise versehrt. Solange ich bin, habe ich zahllose Geschäfte dieser Art getätigt, und nie erlebten die Partner irgendwelche Unannehmlichkeiten. Ich nenne nur Kain, Nimrod, Nero, Caligula, Dionysos, Peisistratos und... und den Juden[31]... und... und tausend andere, auf ihre Art alles gute Menschen, die freilich im letzten Lebensabschnitt schon nicht mehr wussten, was eine Seele war. Dennoch waren diese Männer eine Zierde der Gesellschaft. Warum ist eigentlich V., den Sie ja ebenso gut kennen wie ich, nicht dort – jetzt? Ist er nicht im Vollbesitz seiner geistigen und körperlichen Kräfte? Wer schreibt geschliffenere Epigramme? Wer urteilt mit mehr Witz? Wer... aber halt!, die betreffende Vereinbarung steht ja in meinem Notizbuch.» Mit diesen Worten entnahm er dem leuchtenden Beutel ein mit einer Karneolschließe versehenes Buch und diesem wiederum ein Bündel Papiere. Pedro erhaschte hier und da einen Blick auf Buchstabenfolgen wie «Machia», «Maza», «Richel», auch auf die Wörter «Domitian» und «Elisabeth».[32] Der Gast suchte aus den Papieren einen schmalen Pergamentstreifen heraus und las laut vor:

«In Anbetracht gewisser geistiger Gaben, welche gesondert aufzuführen nicht nötig ist, und ferner in Anbetracht der Summe von eintausend Louisdor vermache ich, der ich ein Jahr und einen Monat alt bin, hiermit und vom heutigen Tag an dem Inhaber dieser Bürgschaft alle Rechte, Titel und Besitzansprüche an jenem als ‹meine Seele› bezeichneten Schatten.

Ausgefertigt zu Paris

am… Tag des Monats… im Jahre unseres Herrn…

François Marie Arouet[33].

«Ein gescheiter Bursche, das», fuhr der Fremde fort, «aber mit dem Schatten hatte er unrecht. Die Seele ein Schatten! Völliger Blödsinn, Signor Pedro. Man stelle sich das nur einmal vor, ein frikassierter Schatten!»

«Man stelle sich das nur einmal vor, ein frikassierter S-c-h-a-t-t-e-n!», echote unser Held, dessen Geist soeben aufs Herrlichste erleuchtet wurde. «Verdammich», fuhr er fort, «Herr – hup! – 'dammich (Schluckauf), als ob ich solch ein – hup! – Trottel wäre! Meine Seele, Herr – hup! – o ja, meine Seele.»

«Ihre Seele, Signor Pedro?»

«O ja, meine Seele ist… ist… ist… kein Schatten, verdammt noch mal!»

«Es täte mir sehr leid, Signor Pedro, wenn ich annehmen müsste…»

«Ja, Herr, meine Seele eignet sich ganz besonders für… für… einen Eintopf, 'dammich!»

«Aha!»

«Ein Ragout…»

«Hm?»

«Ein Frikassee…»

«In der Tat.»

«Oder (Schluckauf) ein Kotelett – und das kriegen Sie zum Sonderpreis.»

«Kommt nicht infrage», sagte der Fremde ruhig und erhob sich. Pedro starrte ihn an.

«Im Moment bin ich bestens versorgt…»

«Hä?»

«Habe gerade kein Bargeld bei mir…»

«Was?»

«Außerdem wäre es sehr unfein…»

«Hup!»

«…wenn ich irgendeinen Vorteil ziehen wollte…»

«Mein Herr!»

«…aus Ihrer derzeitigen speziellen Verfassung.»

Hierauf verbeugte sich der Fremde und verschwand, auf welche Weise, konnte unser Philosoph nicht genau ermitteln; doch bei einem wohlkoordinierten Versuch, eine Flasche auf den Halunken abzufeuern, riss die an der Zimmerdecke hängende dünne Kette, und die herabstürzende Lampe streckte den Metaphysiker nieder.

V. Siope – Eine Fabel
(In der Manier der Psychologischen Autobiografisten)

Wir leben in einer Welt der Worte: Still heißen wir das Schweigen – das leiseste Wort von allen.

«Al Aaraaf»[I]

«Höre mich an», sagte der Dämon, als er seine Hand auf mein Haupt legte, «es gibt eine Stelle auf dieser verfluchten Erde, die du noch nie erschaut hast. Und hast du sie vielleicht doch erschaut, muss es in einem jener lebhaften Träume gewesen sein, die wie der Samum[2] dem Gehirn des Schläfers zusetzen, der sich zum Schlaf unter die verbotenen Sonnenstrahlen legte – unter die Sonnenstrahlen, sage ich, die von den erhabenen Säulen der trübsinnigen Wüstentempel ausgehen. Die Gegend, von der ich spreche, ist eine trostlose Gegend in Libyen an den Ufern des Flusses Zaire[3]. Und dort ist nicht Ruhe noch Schweigen.

Die Wasser des Flusses sind von safrangelber

und kränklicher Farbe – und sie strömen nicht dem Meer zu, sondern erzittern immer und ewig unter dem roten Auge der Sonne in tosend krampfhafter Bewegung. Zu beiden Seiten des schlammigen Flussbetts dehnt sich meilenweit eine fahle Wüste gigantischer Wasserlilien. Sie seufzen einander zu in dieser Einsamkeit und recken ihre langen gespenstischen Hälse gen Himmel und nicken mit ihren ewigen Häuptern auf und ab. Und ein dumpfes Murmeln geht von ihnen aus, das dem Rauschen unterirdischer Wasser gleicht. Und sie seufzen einander zu.

Aber ihr Reich hat eine Grenze – die Grenze des dunklen, schrecklichen hohen Waldes. Gleich den Wogen um die Hebriden ist dort das niedrige Unterholz in immerwährender Bewegung. Und doch regt sich am ganzen Himmel kein Wind. Und die hohen urzeitlichen Bäume schwanken ewig mit machtvollem Ächzen hin und her. Und von ihren hohen Wipfeln fällt Tropfen auf Tropfen unaufhörlich der Tau. Und an ihren Wurzeln winden sich fremdartig giftige Blüten in unruhigem Schlummer. Und über ihren Häuptern jagt graues Gewölk rauschend und lärmend auf ewig gen Westen, um schließlich wie ein Wasserfall am feurigen Wall des Horizonts herabzustürzen. Und doch regt sich kein Wind am ganzen Himmel. Und an den Ufern des Flusses Zaire ist weder Ruhe noch Schweigen.

Es war Nacht, und der Regen fiel; und fallend war es Regen, doch gefallen war es Blut. Und ich stand im Sumpf inmitten der hohen Lilien, und der Regen fiel auf mein Haupt – und die Lilien seufzten einander zu in ihrer feierlichen Verlassenheit.

Und plötzlich ging der Mond hinter dem dünnen, geisterhaften Nebel auf und färbte sich blutrot. Und meine Augen fielen auf einen riesigen grauen Felsen, der am Ufer des Flusses stand und vom Licht des Mondes erhellt wurde. Und der Felsen war grau und gespenstisch und groß – und der Felsen war grau. Auf der Vorderseite waren Schriftzeichen in den Stein gehauen; und ich schritt durch den Seerosensumpf bis dicht ans Ufer, um die Schriftzeichen auf dem Stein lesen zu können. Aber ich vermochte sie nicht zu entziffern. Und ich war auf dem Weg zurück in den Sumpf, als der Mond in vollerem Rot aufleuchtete, da wandte ich mich um und blickte wieder auf den Felsen und auf die Schriftzeichen – und diese bildeten das Wort VERLASSENHEIT.

Und ich blickte nach oben, und da stand ein Mann auf dem Gipfel des Felsens, und ich verbarg mich inmitten der Wasserlilien, um den Mann bei seinem Tun zu beobachten. Und der Mann war groß und von würdevoller Gestalt und von den Schultern bis zu den Füßen in eine altrömische Toga gehüllt. Und undeutlich waren die Umrisse seiner Gestalt – seine Gesichtszüge jedoch glichen denen einer Gottheit; denn die Schleier der Nacht und des Nebels und des Mondes und des Taus hatten die Züge seines Antlitzes nicht verdeckt. Und seine Stirn zeugte von hohen Gedanken, und sein Blick war wild und fürsorglich zugleich; und die wenigen Furchen auf seinen Wangen sprachen von Kummer, Müdigkeit, Menschenekel und Sehnsucht nach Einsamkeit. Und der Mond schien auf sein Antlitz und auf die Züge seines Gesichts, und ach, sie waren schöner als die luftigen Träume, die über den Seelen der Töchter von Delos[4] schwebten!

Und der Mann setzte sich auf den Felsen und stützte sein Haupt in die Hand und blickte hinaus auf die Verlassenheit. Er blickte hinab in das niedrige, unruhige Gesträuch und hinauf zu den hohen Urwaldbäumen und höher hinauf zum rauschenden Himmel und zu dem blutroten Mond. Und ich lag nahebei, beschützt von Lilien, und beobachtete das Tun des Mannes. Und der Mann erbebte in der Einsamkeit – aber die Nacht schwand, und er saß auf dem Felsen.

Und der Mann wandte seine Aufmerksamkeit vom Himmel ab und blickte auf den trüben Fluss Zaire – und auf das gelbe gespenstische Wasser und auf die Legionen fahler Wasserlilien. Und der Mann lauschte den Seufzern der Wasserlilien und dem Murmeln, das von ihnen ausging. Und ich lag nahebei in meinem Versteck und beobachtete das Tun des Mannes. Und der Mann erbebte in der Einsamkeit – aber die Nacht schwand, und er saß auf dem Felsen.

Dann begab ich mich in die Tiefen des Sumpfes und watete weit durch die Lilienwüstenei und rief nach den Flusspferden, die im Fenn in ihren sumpfigen Schlupfwinkeln hausten. Und die Flusspferde hörten meinen Ruf und kamen mit dem Behemoth[5] bis zum Fuß des Felsens und brüllten laut und angstvoll unter dem Mond. Und ich lag nahebei in meinem Versteck und beobachtete das Tun des Mannes.

Und der Mann erbebte in der Einsamkeit – aber die Nacht schwand, und er saß auf dem Felsen.

Dann verfluchte ich die Elemente, und ein entsetzlicher Sturm braute sich am Himmel zusammen, wo vorher kein Wind gewesen war. Und je gewaltiger der Sturm, desto bleifarbener wurde der Himmel... und der Regen trommelte herab auf das Haupt des Mannes... und herab stürzten die Fluten des Flusses... und der Fluss wurde zu Schaum gepeitscht... und die Wasserlilien schrien in ihren Betten... und der Wind zermalmte die Bäume... und der Blitz zuckte... und der Donner rollte... und der Fels erzitterte in seinen Grundfesten. Und ich lag nahebei in meinem Versteck und beobachtete das Tun des Mannes. Und der Mann erbebte in der Einsamkeit – aber die Nacht schwand, und er saß auf dem Felsen.

Da packte mich der Zorn, und ich verfluchte mit stummem Fluch den Fluss und die Lilien und den Wind und den Wald und den Himmel und den Donner und die Seufzer der Wasserlilien. Und sie wurden verflucht – und waren *still*. Und der Mond hielt inne auf seiner taumelndem Himmelsbahn... und der Donner verstummte... und der Blitz zuckte nicht mehr... und die

Wolken hingen reglos... und die Wasser kehrten in ihr Bett zurück und blieben dort... und die Bäume hörten auf zu schwanken... und die Wasserlilien seufzten nicht mehr... und man hörte kein Murmeln mehr von ihnen... und auch sonst nicht den Schatten eines Tons in der ganzen weiten, unendlichen Wüste. Und ich blickte zum Felsen auf die Schriftzeichen, und es waren andere – und sie bildeten das Wort SCHWEIGEN.

Und meine Blicke fielen auf des Mannes Gesicht, und sein Gesicht war bleich vor Entsetzen. Und er erhob den Kopf von der Hand und stand auf dem Felsen – und lauschte. Aber in der ganzen weiten, unendlichen Wüste vernahm man keine Stimme, und die Buchstaben auf dem Felsen bildeten das Wort SCHWEIGEN.

Und der Mann schauderte... und wandte sein Gesicht ab... und floh hinweg in weite Ferne... und ich sah ihn nimmermehr.»

Es stehen schöne Geschichten in den Büchern der Magier – in den eisenbeschlagenen, trübsinnigen Bänden der Magier. Darin, sage ich, stehen herrliche Geschichten vom Himmel und von der Erde und dem machtvollen Meer – und von den Genien, die das Meer und die

Erde und den erhabenen Himmel beherrschten. Auch in den Worten der Sibyllen[6] war viel Weisheit – und hochheilige Dinge vernahm man seit alters her von den matten Blättern, die rund um Dodona erzitterten... Aber, beim Leben Allahs, die Fabel, die mir der Dämon erzählte, als er zu Baalbek[7] an meiner Seite im Schatten des Grabes saß, dünkt mich die wundersamste von allen! Und als der Dämon seine Geschichte beendete, sank er in das Grabloch zurück und lachte. Und ich konnte, obwohl ich es wollte, nicht mit dem Dämon lachen, und er verfluchte mich, weil ich nicht lachen konnte. Und der Luchs, der in der Höhle beim Grabe haust, kam aus seinem Versteck hervor und blickte dem Dämon, sich ihm zu Füßen legend, unverwandt ins Gesicht.

VI. Das Manuskript in der Flasche

Ein nasses Segel und eine bewegte See

Cunningham[1]

Von meiner Heimat und meiner Familie weiß ich wenig zu sagen. Schlechte Behandlung und der Lauf der Zeit haben mich aus dem einen vertrieben und dem andern entfremdet. Ererbter Wohlstand gewährte mir eine Erziehung von nicht gewöhnlicher Art, und eine kontemplative Neigung meines Geistes befähigte mich, die in frühen Studien fleißigst angesammelte Wissensfülle methodisch zu ordnen. Vor allen Dingen bereiteten mir die Werke der deutschen Moralisten großen Genuss; nicht aufgrund unbesonnener Bewunderung ihrer beredten Narreteien, sondern wegen der Leichtigkeit, mit der mich meine strengen Denkgewohnheiten zur Entlarvung ihrer Falschheit befähigten. Man hat die Nüchternheit meines Geistes oft getadelt, Mangel an Fantasie wurde mir wie ein Verbrechen zur Last gelegt, und der Pyrrhonismus[2] meiner Ansichten hat mich schon seit jeher in Verruf gebracht. In der Tat hat eine starke Vorliebe für Naturphilosophie meinen Verstand, fürchte ich, mit einem in unserer Zeit sehr verbreiteten Irrtum befleckt – ich meine die Angewohnheit, Ereignisse, auch wenn ein solcher Bezug nicht im Mindesten gerechtfertigt ist, auf die Prinzipien dieser Wissenschaft zurückzuführen. Alles in allem konnte man mir weniger als jedem anderen zur Last legen, ich ließe mich von den *ignes fatui*[3] des Aberglaubens aus den ernsten Bezirken der Wahrheit weglocken.

Ich hielt es für angemessen, so viel vorauszuschicken, damit die unglaubliche Geschichte, die ich erzählen möchte, nicht als krude Fantasterei, sondern als auf Tatsachen beruhende Erfahrung eines Geistes erachtet wird, dem fantastische Träumereien nur tote Buchstaben und sonst gar nichts bedeuteten.

Nach vielen Jahren des Herumziehens in der Fremde reiste ich im Jahr 18** von Batavia[4], der Hafenstadt der reichen und dicht bevölkerten Insel Java, an Bord eines Segelschiffs zum Archipel der Sundainseln. Ich fuhr als Passagier, hatte ich doch keinen anderen Anlass als eine gewisse nervöse Unrast, die mich wie ein Teufel verfolgte.

Unser Fahrzeug war ein wunderschönes Schiff von etwa vierhundert Tonnen, mit Kupfer beschlagen und in Bombay aus Teakholz von der Malabarküste[5] gebaut. Die Fracht bestand aus Baumwolle und Öl von den Lakkadiven[6]. Ferner hatten wir Kokosbast, ostindischen Rohrzucker, Butterfett, Kokosnüsse und ein paar Kistchen mit Opium an Bord. Die Ladung war ungeschickt verstaut, und das Schiff neigte sich folglich stark zur Seite.

Als wir in See stachen, ging kaum ein Lüftchen. Tagelang trieben wir an der Ostküste Javas entlang, ohne dass ein anderer Vorfall die Monotonie unserer Fahrt belebt hätte als die gelegentliche Begegnung mit ein paar kleinen Zweimastern vom Archipel, zu dem wir unterwegs waren.

Eines Abends, als ich mich über die Heckreling beugte, bemerkte ich eine sehr sonderbare vereinzelte Wolke gegen Nordwest. Sie fiel sowohl wegen ihrer Farbe auf als auch weil sie die erste war, die wir seit unserer Abfahrt von Batavia gesehen hatten. Ich verfolgte sie aufmerksam bis Sonnenuntergang, wo sie sich plötzlich nach Osten und Westen ausbreitete und den Horizont mit einem schmalen Dunststreifen umgürtete, was wie eine lange, flache Strandlinie aussah. Kurz danach wurde meine Aufmerksamkeit vom düsteren Rot des Mondes und dem eigentümlichen Charakter des Meeres angezogen. Letzteres durchlief eine rapide Veränderung, und das Wasser wirkte viel durchsichtiger als gewöhnlich. Obwohl ich den Meeresboden deutlich erkennen konnte, zeigte mir das ausgeworfene Lot, dass sich das Schiff in fünfzehn Faden[7] tiefem Wasser befand. Die Luft wurde jetzt unerträglich heiß und war erfüllt von wirbelnden Dampfschwaden, wie sie von heißem Eisen aufsteigen. Als es Nacht wurde, erstarb jeder Windhauch, und es herrschte eine Ruhe, wie sie vollkommener nicht vorstellbar ist. Die Flamme einer Kerze auf der Achterhütte brannte, ohne auch nur im Geringsten zu flackern, und ein zwischen Daumen und Zeigefinger gehaltenes langes Haar hing herab, ohne im Mindesten zu zittern.

Gleichwohl behauptete der Kapitän, er könne kein Anzeichen von Gefahr erkennen, und da wir längsseits auf das Ufer zutrieben, befahl er, die Segel zu bergen und Anker zu werfen. Es wurde keine Wache aufgestellt, und die hauptsächlich aus Malaien bestehende Mannschaft verteilte sich ungezwungen an Deck. Ich ging nach unten – nicht ohne eine starke Vorahnung kommenden Unheils, bestätigten mir doch in der Tat alle Anzeichen, dass ein Samum zu befürchten war. Ich teilte dem Kapitän meine Sorge mit – aber er schenkte meinen Worten keinerlei Aufmerksamkeit und ging nach unten, ohne mich einer Antwort zu würdigen. Mein Unbehagen hinderte mich jedoch am Einschlafen, und gegen Mitternacht stieg ich an Deck. Als ich meinen Fuß auf die oberste Stufe der Kajüttreppe setzte, erschrak ich vor einem lauten, summenden Geräusch, wie es die schnelle Umdrehung eines Mühlrads verursacht, und ehe ich mir noch über seine Bedeutung klar werden konnte, spürte ich, wie das Schiff in seinem Innersten erbebte. Im nächsten Augenblick wurde es von einer wild schäumenden Woge zur Seite geschleudert, die von vorn nach hinten über uns hereinbrach und vom Heck bis zum Bug über das Deck hinwegfegte.

Der unmäßigen Wut der Sturmböe verdankte das Schiff in hohem Maß seine Rettung. Obschon gänzlich mit Wasser vollgeschlagen, tauchte es, da all seine Masten über Bord gegangen waren, nach einer Minute schwerfällig aus dem Meer wieder auf und schwankte noch eine Weile unter dem ungeheuren Druck des Orkans, bevor es sich endlich aufrichtete.

Durch welches Wunder ich der Vernichtung entging, kann ich unmöglich sagen. Betäubt vom Anprall des Wassers, fand ich mich, als ich wieder zur Besinnung kam, eingeklemmt zwischen Achtersteven und Ruder. Nur mit großer Mühe kam ich wieder auf die Füße, wo ich, benommen umherblickend, uns zunächst mitten in der Brandung wähnte, war doch der Strudel des berghoch aufschäumenden Ozeans, in den wir gestürzt waren, so furchtbar, dass selbst wildeste Fantasie versagte. Nach einer Weile vernahm ich die Stimme eines alten schwedischen Seemanns, der sich kurz vor dem Ablegen mit uns eingeschifft hatte. Ich rief ihn an, so laut ich konnte, und er kam sogleich nach achtern geschwankt. Schnell entdeckten wir, dass wir das Unglück als Einzige überlebt hatten. Uns beide ausgenommen, waren alle, die sich an Deck befunden hatten, über Bord gefegt worden; der Kapitän und die Maate mussten im Schlaf umgekommen sein, denn ihre Kabinen standen gänzlich unter Wasser. Ohne Hilfe bestand wenig Aussicht, für die Sicherheit des Schiffs etwas tun zu können, zumal unsere Bemühungen zunächst von der Erwartung unseres eigenen Untergangs gelähmt wurden. Unser Ankertau war natürlich beim ersten Atemstoß des Orkans wie Bindfaden gerissen, andernfalls wären wir im Nu gekentert. In furchterregendem Tempo floh unser Schiff vor der See, während das Wasser in Brechern über uns hereinstürzte. – Das Heckgebälk war grässlich zertrümmert, und in fast jeder Hinsicht waren wir übel zugerichtet – die Pumpen jedoch fanden wir zu unserer größten Freude unverstopft, sodass wir ohne große Mühe lenzen konnten. Die ärgste Wut des Samums hatte sich bereits gelegt, und wir befürchteten wenig Gefahr von der Heftigkeit des Windes – sahen aber mit Bestürzung seinem gänzlichen Abflauen entgegen, wohl wissend, dass wir bei unserem ramponierten Zustand in der nachfolgenden Dünung unweigerlich zugrunde gehen mussten.

Aber diese sehr berechtigte Besorgnis schien sich keineswegs bald bewahrheiten zu wollen. Denn ganze fünf Tage und Nächte lang – während derer unsere einzige Nahrung aus einer kleinen, mit großer Mühe aus dem Vorderschiff besorgten Portion Jagre[8] bestand – flog unser Schiffsrumpf in einem jeder Berechnung spottenden Tempo dahin, getrieben von rasch aufeinanderfolgenden Windböen, die zwar nicht die Heftigkeit des ersten Orkans erreichten, aber doch schrecklicher waren als jeder Sturm, den ich zuvor erlebt hatte. Während der ersten vier Tage liefen wir, mit geringfügigen Abweichungen, auf Südsüdostkurs, und eigentlich hätten wir an der Küste von Neuholland[9] entlangtreiben müssen. Am fünften Tag wurde es extrem kalt, obwohl der Wind einen Strich weiter auf Nord gedreht hatte. Die mit kränklich gelbem Schein aufgehende Sonne kletterte nur ganz wenige Grade über den Horizont – und gab kaum rechtes Licht. Wolken waren keine sichtbar, doch ein Wind kam auf und blies wütend in unregelmäßigen Stößen. Gegen Mittag – nach unserer Schätzung – nahm der Anblick der Sonne wieder unsere Aufmerksamkeit gefangen. Von ihr ging kein Licht im eigentlichen Sinn mehr aus, sondern nur ein trüb-dumpfes Glimmen ohne Widerschein. Kurz bevor sie im aufgeschwollenen Meer versank, ging ihr Zentralfeuer so plötzlich aus, als ob es von einer unerklärlichen Macht hastig gelöscht worden wäre – nur noch ein matter silberner Reif, der in den unergründlichen Ozean hinabstürzte.

Wir warteten vergeblich auf den Anbruch des sechsten Tages; für mich ist dieser Tag noch nicht angebrochen – für ihn wird er nie anbrechen. Von da an umgab uns pechschwarze Nacht, sodass wir nichts, was auch nur zwanzig Schritt entfernt gewesen wäre, hätten erkennen können. Fortwährend umfing uns ewige Dunkelheit, gänzlich enthoben des phosphoreszierenden Meeresleuchtens, an das wir in den Tropen so gewöhnt waren. Und obschon der Sturm mit unverminderter Heftigkeit weiterwütete, stellten wir fest, dass das gewohnte Erscheinungsbild von Gischt und Schaum, das uns bis dahin begleitet hatte, nicht mehr auszumachen war. Alles um uns herum war Schrecken und dichte Düsternis und brütend heiße Wüstenei, so schwarz wie Ebenholz. Abergläubisches Grauen beschlich mehr und mehr den Geist des alten Schweden, und meine eigne Seele hüllte sich in stummes Erstaunen. Da wir es ohnehin verloren geben mussten, kümmerten wir uns nicht weiter um das Schiff, sondern spähten, nachdem wir uns so gut es ging am Stumpf des

Besanmasts gesichert hatten, voll Bitternis in den weiten Ozean hinaus. Wir verfügten weder über Mittel zur Zeitmessung, noch konnten wir unsere Position auch nur annähernd erraten... Uns war jedoch völlig klar, dass wir weiter südwärts vorgedrungen waren als je ein Seefahrer vor uns, und wir fanden es höchst verwunderlich, dass wir nicht auf die üblichen Hindernisse aus Eis stießen. Unterdessen drohte jeder Augenblick unser letzter zu sein – jede berghohe Woge sputete sich, uns zu verschlingen. Die Dünung überstieg alles, was ich mir je hätte vorstellen können, und dass wir nicht sogleich begraben wurden, ist ein Wunder. Mein Gefährte wies auf die leichte Ladung hin und erinnerte mich an die vortrefflichen Eigenschaften unseres Schiffs – ich aber konnte nicht anders, als die völlige Hoffnungslosigkeit jeglicher Hoffnung zu empfinden, und bereitete mich trübsinnig auf den Tod vor, den nichts noch länger als eine Stunde aufschieben konnte, wie ich glaubte, da mit jedem Knoten, den das Schiff zurücklegte, die Dünung des atemberaubend schwarzen Meers immer schrecklicher und beängstigender wurde. Bald rangen wir, höher in die Lüfte erhoben als der Albatros, nach Atem, bald schwindelte uns bei dem rasenden Sturz in die Wasserhölle, wo die Luft stillstand und kein Laut den Schlummer der Kraken störte. Ganz unten bei einem dieser Abgründe angelangt, zerriss ein jäher Schrei meines Gefährten furchterregend die Nacht. «Sieh! Sieh!», schrie er kreischend in meine Ohren. «Allmächtiger Gott! Sieh! Sieh!» Bei seinen Worten gewahrte ich einen matten, trüben Lichtschein, der gewissermaßen an den Wänden des weiten Schlundes, wo wir lagen, herunterströmte und stoßweise Glanz über unser Deck verteilte. Indem ich meinen Blick nach oben richtete, wurde ich eines Schauspiels gewahr, bei dem mir das Blut in den Adern gefror. In schauerlicher Höhe direkt über uns und unmittelbar am Rand des jähen Abgrunds hing ein riesiges Schiff von fast viertausend Tonnen. Obgleich aufgerichtet auf dem Kamm einer Welle, die seine eigene Höhe millionenfach übertraf, schien mir seine Größe immer noch die eines jeden Linienschiffs oder Ostindienfahrers zu übersteigen. Sein mächtiger Rumpf war von tiefem, schmutzigem Schwarz und wies keine der bei Schiffen üblichen Schnitzereien auf. Aus offenen Geschützpforten lugte eine einzige Reihe von Messingkanonen, deren blank polierte Oberflächen die Lichter zahlloser, in der Takelage hin- und herschwingender Gefechtslaternen zurückwarfen. Am meisten in Staunen und Schrecken versetzte uns aber, dass das Schiff der übernatürlichen See und dem unbändigen Orkan zum Trotz alle Segel gehisst hatte. Als wir es entdeckten, war zunächst nur sein gewaltiger Bug zu sehen, dann erst trieb es, einem Dämon der Tiefe gleich, langsam aus dem ewigen Schlund nach oben. Für einen Augenblick tiefsten Schreckens hielt es in schwindelnder Höhe inne, als wollte es seine eigene Erhabenheit bedenken, dann erbebte und wankte es und stieß herab.

In diesem Augenblick erlangte ich auf unerklärliche Weise meine Fassung wieder. Taumelnd arbeitete ich mich so weit wie möglich nach achtern durch und harrte ohne Furcht des unausweichlichen Verderbens. Unser eigenes Schiff gab den Kampf nun allmählich auf, und sein Vorderteil senkte sich ins Meer. Die Wucht der abwärtsdrängenden Masse drückte folglich auf jenen Teil des Rumpfs, der bereits unter Wasser war, und als Resultat wurde ich zwangsläufig mit unaufhaltsamer Gewalt in die Takelage des fremden Schiffs geschleudert.

Als ich fiel, drehte das Schiff mit dem Bug durch den Wind und wendete; dem anschließenden Durcheinander schob ich es zu, dass die Mannschaft mich nicht bemerkte. Ohne große Schwierigkeit fand ich unbemerkt meinen Weg zur teilweise offenen Hauptluke und alsbald eine Gelegenheit, mich im Schiffsraum zu verbergen. Weshalb ich dies tat, kann ich nicht so recht erklären. Die unbeschreibliche und grenzenlose Ehrfurcht, die mich beim ersten Anblick des Schiffs erfasst hatte, war vielleicht der Hauptgrund, dass ich ein Versteck aufsuchte. Jedenfalls war ich nicht willens, mich einer Sorte Mensch anzuvertrauen, die bereits meinem flüchtigen Blick zu viel Fremdartiges, Dubioses und Besorgniserregendes geboten hatte. Ich hielt es daher für ratsam, mir im Schiffsraum einen Unterschlupf herzurichten. Ich tat dies, indem ich einige wenige Schalbretter so entfernte, dass zwischen den wuchtigen Spanten des Schiffs eine bequeme Zuflucht für mich entstand.

Ich hatte mein Werk kaum vollendet, als mich Schritte im Schiffsraum auch schon zwangen, davon Gebrauch zu machen. Ein Mann ging mit wackligem und unsicherem Schritt an meinem

Versteck vorbei. Ich konnte sein Gesicht nicht sehen, hatte aber Gelegenheit, seine Gesamterscheinung zu betrachten. Sie lieferte den Beweis für hohes Alter und Gebrechlichkeit. Seine Knie wankten unter der Last der Jahre, und sein ganzer Körper zitterte ob der Bürde. Mit leiser, gebrochener Stimme murmelte er sich selbst ein paar Worte in einer Sprache zu, die ich nicht verstehen konnte, und kramte in einer Ecke in einem Haufen sonderbar aussehender Gerätschaften und modriger Seekarten. Sein Gebaren war eine wilde Mischung aus kindischer Verdrießlichkeit und der feierlichen Würde eines Gottes. Schließlich ging er wieder an Deck, und ich sah ihn nie wieder.

Meiner Seele hat sich ein Gefühl bemächtigt, für das ich keinen Namen habe, eine Empfindung, die keine Analyse erlaubt und der alle Lehren vergangener Zeiten nicht genügen und zu der mir auch die Zukunft, wie ich fürchte, keinen Schlüssel liefern wird. Für einen Geist, der so beschaffen ist wie der meine, sind solche Betrachtungen von Übel. Hinsichtlich der Natur meiner Auffassungen werde ich nie, gewiss niemals zufrieden sein. Es ist ja nicht verwunderlich, dass diese Auffassungen so unbestimmt sind, entspringen sie doch gänzlich neuartigen Quellen. Ein neuer Sinn, eine neue Wesenheit hat sich meiner Seele beigesellt.

Es ist lange her, seit ich erstmals das Deck dieses furchtbaren Schiffs betrat, und mir scheint, die Strahlen meines Geschicks bündeln sich nun im Brennpunkt. Unbegreifliche Menschen! Versunken in Überlegungen einer mir unergründlichen Art, gehen sie an mir vorbei, ohne Notiz von mir zu nehmen. Absolut töricht wäre es, mich zu verstecken, da diese Leute nicht sehen *wollen*. Gerade erst ging ich direkt vor den Augen des Maats vorbei; kurz zuvor hatte ich mich sogar in des Kapitäns Privatkajüte gewagt und von dort das Material mitgenommen, das mir seitdem zum Schreiben dient. Ich werde von Zeit zu Zeit dieses Tagebuch fortführen. Es stimmt, dass ich vielleicht keine Gelegenheit finden werde, es an die Welt weiterzureichen, aber ich will es wenigstens versuchen. Im letzten Moment werde ich das Manuskript in einer Flasche verschließen und diese ins Meer werfen.

Ein Vorfall hat sich ereignet, der mir neuen Stoff zum Nachdenken gibt. Sind solche Dinge das Werk blinden Zufalls? Ich hatte mich an

Deck gewagt, und mich, ohne dass es jemand aufgefallen wäre, auf einen Haufen Webleinen und alter Segel am Boden der Jolle hingeworfen. – Über die Einmaligkeit meines Geschicks nachsinnend, strich ich unbewusst mit einem Teerpinsel über die Ränder eines ordentlich gefalteten Leesegels, das neben mir auf einem Fass lag. Dieses Leesegel bläht sich jetzt über dem Schiff, und aus den gedankenlos versprengten Tupfern des Pinsels ist das Wort ENTDECKUNG geworden.

Ich habe unlängst viele Beobachtungen über die Bauart des Schiffs angestellt. Obschon gut bewehrt, ist es, wie ich glaube, kein Kriegsschiff. Seine Takelage, Bauweise und allgemeine Ausstattung lassen eine solche Vermutung allesamt nicht zu. Was sie *nicht* ist, kann ich leicht erkennen, was sie *ist*, fürchte ich, kann man aber unmöglich sagen. Ich weiß nicht, wie es kommt, aber wenn ich seine seltsame Gestalt genau betrachte, die sonderbare Form der Spieren, seine riesige Größe, die übertrieben vielen Segel, den einfachen Bug und das altmodische Heck, dann durchzuckt meinen Geist bisweilen der Eindruck vertrauter Dinge, und immer mischt sich in solch schattenhaftes Erinnern, wenn man es überhaupt so nennen kann, die vage Reminiszenz an alte ausländische Chroniken und längst vergangene Zeiten.

Ich habe mir inzwischen das Rippenwerk des Schiffs angesehen. Es wurde aus einem mir fremden Material erbaut. Dem Holz eignet ein recht sonderbarer Charakter, weshalb es mir für den Zweck, zu dem man es verwendet hat, ungeeignet erscheint. Ich spreche von seiner extremen Porosität, ganz abgesehen vom wurmstichigen Zustand, der eine Folge der Seefahrt in diesen Meeren ist und übrigens auch von altersbedingter Fäulnis. Man mag es vielleicht für eine etwas vorwitzige Beobachtung halten, aber dieses Holz hätte alle Besonderheiten der spanischen Eiche, wäre jene durch irgendein widernatürliches Verfahren ausgedehnt oder zum Aufquellen gebracht worden.

Wenn ich den letzten Satz lese, kommt mir wieder ganz deutlich ein kurioser Spruch eines wettergegerbten alten holländischen Seemanns in den Sinn: «Das ist so gewiss», pflegte er zu sagen, wenn irgend Zweifel an seiner Wahrhaftigkeit laut wurden, «so gewiss, wie es ein Meer gibt, wo das Schiff selbst an Masse zunimmt wie der lebendige Leib des Matrosen.»

Vor ungefähr einer Stunde war ich so kühn und drängte mich in eine Gruppe von Seeleuten. Sie achteten in keiner Weise auf mich und waren sich meiner Anwesenheit, obgleich ich mitten unter ihnen stand, offenbar gar nicht bewusst. Wie derjenige, den ich im Schiffsraum als Ersten gesehen hatte, trugen sie die Zeichen weißhaarigen Greisenalters. Ihre Knie zitterten vor Schwäche, ihre Schultern krümmten sich vor Hinfälligkeit, und ihre schrumplige Haut schlackerte im Wind; ihre Stimmen waren leise, dünn und gebrochen, ihre Augen glänzten vom Schleim der Jahre, und ihre grauen Haare flatterten entsetzlich im Sturm. Und um sie herum verstreut lagen überall an Deck nautische Instrumente von höchst wunderlicher und veralteter Konstruktion.

Vor Kurzem erwähnte ich das Setzen eines Leesegels. Seitdem hält das vor dem Wind herjagende Schiff seinen furchtbaren Kurs nach Süden. Gehisst hat es jeden Fetzen Leinwand, von den Flaggenknöpfen[10] bis zu den unteren Leesegelbäumen, und jeden Augenblick tauchen ihre Bramsegelrahnocken in die schaudervollste Wasserhölle, die Menschengeist sich vorstellen kann. Ich bin gerade von Deck zurück, wo ich mich außerstande sah, auf den Beinen zu bleiben, während die Mannschaft anscheinend keine große Mühe damit hatte. Mir kommt es wie das Wunder aller Wunder vor, dass unser riesiges Schiff nicht sofort und für immer untergegangen ist. Sicherlich sind wir dazu verdammt, immerdar am Rande der Ewigkeit dahinzuschweben, ohne den Sprung in den Abgrund zu tun... Von Wogen, tausendmal ungeheuerlicher als ich sie je gesehen, gleiten wir weg mit der Leichtigkeit der pfeilschnellen Seemöwe, und die kolossalen Wasser recken ihre Häupter über uns wie Dämonen der Tiefe, wie Dämonen indes, die sich mit einfachem Drohen begnügen müssen, weil zu vernichten ihnen verboten ist. Dies veranlasst mich, unser häufiges Entrinnen aus nahender und tödlicher Gefahr der einzigen natürlichen Ursache zuzuschreiben, die solche Wirkung erklären kann: Ich muss annehmen, dass das Schiff irgendeiner starken Strömung oder einem heftigen Sog ausgesetzt ist.

Ich habe den Kapitän gesehen, von Angesicht zu Angesicht und in seiner eigenen Kajüte – aber wie erwartet, schenkte er mir keine Beachtung. Obgleich für einen zufälligen Beobachter an seiner Erscheinung nichts war, was sein Menschsein mehr oder weniger bezeugte, mischte sich doch in die Empfindung unabweislicher Ehrfurcht und Hochachtung das Gefühl der Bewunderung, mit welchem ich ihn betrachtete. An Größe erreicht er fast meine Länge, das heißt etwa fünf Fuß acht Zoll[11]. Sein Körperbau ist wohlproportioniert und massiv, weder grob noch sonst irgendwie bemerkenswert. Doch es ist der so einzigartige beherrschende Ausdruck auf seinem Gesicht, es ist der starke, wundersame, erregende Beweis für ein hohes, ein überaus hohes Alter, was mich in meinem Innersten trifft wie der Schlag einer galvanischen Batterie[12]. Seiner Stirn, obwohl kaum gefurcht, scheint der Stempel einer Myriade von Jahren aufgeprägt. Seine ergrauten Haare sind Zeugen der Vergangenheit und seine noch graueren Augen Sibyllen der Zukunft. Auf dem Boden der Kajüte lagen dicht verstreut seltsame Folianten mit eisernen Schließen, verrottende wissenschaftliche Instrumente und veraltete, längst überholte Seekarten. Den Kopf in die Hände gestützt, grübelte er mit feurigem, unstetem Blick über dem Papier, das ich für ein Patent hielt und das jedenfalls die Unterschrift eines Monarchen trug. So wie der erste Seemann, den ich im Schiffsraum gesehen hatte, murmelte auch er leise vor sich hin, brummte Silben in einer fremden Zunge, und obgleich der Sprecher fast meinen Ellbogen berührte, schien seine Stimme aus meilenweiter Entfernung an mein Ohr zu dringen. Das Schiff und alles, was es beherbergt, ist getränkt vom Geist des Greisentums. Wie Gespenster zu Grabe getragener Jahrhunderte gleitet die Besatzung hin und her, begierig-banges Trachten in den Augen. Kreuzen ihre Gestalten meinen Weg im wilden Schein der Gefechtslaternen, dann empfinde ich ein nie zuvor empfundenes Gefühl, obschon ich mich mein ganzes Leben mit Antiquitäten abgab und an den Schatten gestürzter Säulen zu Baalbek, Tadmor und Persepolis[13] labte, bis meine Seele selbst zur Ruine wurde.

Blicke ich mich um, schäme ich mich meiner früheren Befürchtungen. Wenn ich schon vor dem Sturm zitterte, der uns bisher begleitete, wie soll ich da nicht die Fassung verlieren angesichts eines Kampfes von Wind und Ozean, der mit den Wörtern «Tornado» und «Samum», so nichtssagend und schwach, wie sie sind, nur unzureichend beschrieben werden kann? In unmittelbarer Nachbarschaft herrscht überall die Finsternis ewiger Nacht und das Chaos schaumlosen Wassers, doch in der Entfernung von etwa einer Meile kann man, undeutlich und in Abständen, zu beiden Seiten des Schiffs enorme Eiswälle erkennen, die in den trostlosen Himmel aufragen und aussehen wie die Mauern des Universums.

Meine frühere Annahme erwies sich als richtig: Das Schiff liegt in einer Strömung, falls dies die passende Bezeichnung für eine Flut sein sollte, die heulend und kreischend am weißen Eis vorbeidonnert, immer gen Süden und mit dem Tempo eines jäh herabstürzenden Katarakts.

Sich das Grauen meiner Empfindungen vorzustellen ist, wie ich annehme, ein Ding der Unmöglichkeit – dennoch überwiegt die Neugier, die Geheimnisse dieser schaudervollen Regionen zu ergründen, selbst noch meine Verzweiflung und versöhnt mich mit dem grässlichsten Aspekt des Todes. Offensichtlich eilen wir irgendeiner erregenden Erkenntnis entgegen – einem Geheimnis, das niemals preisgegeben werden darf und dessen Enträtselung Untergang bedeutet. Vielleicht führt uns jene Strömung direkt zum Südpol selbst. Man muss sich eingestehen, dass diese vermeintlich so wilde Spekulation alle Wahrscheinlichkeit zu ihren Gunsten hat.

Die Besatzung geht unruhig und mit wackligen Schritten an Deck hin und her, doch auf ihren Gesichtern liegt eher ein Ausdruck angestrengter Hoffnung als verzweifelter Apathie.

Mittlerweile bläst der Wind noch immer von achtern, und da wir eine Menge Segel gehisst haben, wird das Schiff zuweilen buchstäblich aus dem Wasser gehoben – o Grauen über Grauen! Das Eis öffnet sich plötzlich zur Rechten, und auch zur Linken, und in schwindelerregenden, riesigen konzentrischen Kreisen wirbeln wir um und um am Rand eines gigantischen Halbrunds, dessen Mauergipfel sich in Dunkelheit und Ferne verlieren. Aber mir wird jetzt nur wenig Zeit bleiben, um über mein Geschick nachzusinnen, die Kreise werden rasch enger, wie rasend stürzen wir in des Strudels Umklammerung... und inmitten des Gedröhns und Gebrülls und Geschreis von Ozean und Sturm beginnt das Schiff zu beben, o Gott!, und... geht unter.

VII. METZENGERSTEIN

Pestis eram vivus – moriens tua mors ero.

Luther[I]

Grauen und Verhängnis sind und waren Heimsuchungen allezeit und überall. Warum also ein Datum nennen für die Geschichte, die ich erzählen will? Ich tu's nicht, kann ich doch auch aus anderen Gründen nicht ganz offen sein. Es mag genügen, wenn ich sage, dass man zu der Zeit, von der ich spreche, im Innern Ungarns fest, wenn auch nur insgeheim, an die Lehre der Metempsychose[2] glaubte. Über die Lehre selbst – das heißt ihre Unrichtigkeit oder Unwahrscheinlichkeit – sage ich nichts. Ich behaupte jedoch, dass unsere Ungläubigkeit großenteils, wie La Bruyère es für all unser Elend konstatiert, *«vient de ne pouvoir être seul»*.[3]

Doch es gab einige Punkte im ungarischen Aberglauben (bei den Römern *religio* genannt), die geradezu an Irrsinn grenzten. Sie, die Ungarn, unterschieden sich darin wesentlich von den östlichen Autoritäten. «Die Seele», sagten sie zum Beispiel (ich zitiere hier wörtlich einen scharfsinnigen und geistreichen Pariser), *«ne demeure qu'une seule fois dans un corps sensible – au reste – ce qu'on croit d'être un cheval – un chien – un homme – n'est que la ressemblance peu tangible de ces animaux.»*[4]

Die Familien Berlifitzing und Metzengerstein lagen seit Jahrhunderten im Streit. Niemals zuvor sind zwei so erlauchte Häuser wechselseitig so erbittert und tödlich verfeindet gewesen. Tatsächlich bemerkte bereits zu jener Zeit, als sich diese Geschichte ereignete, eine hagere Alte von finsterem Aussehen, dass eher Feuer und Wasser sich verbänden, als dass ein Berlifitzing einem Metzengerstein die Hand reiche. Der Ursprung dieser Feindschaft scheint in den Worten einer alten Prophezeiung zu liegen: «Einem hochmögenden Geschlecht wird ein bänglicher Fall beschieden sein, wenn wie der Reiter über sein Ross die Sterblichkeit der Metzengerstein über die Unsterblichkeit der Berlifitzing triumphiert.»

Die Worte an sich hatten zwar wenig oder gar nichts zu bedeuten – aber trivialere Ursachen haben schon (und das vor gar nicht langer

Zeit) zu gleichermaßen ereignisreichen Folgen geführt. Überdies bestand zwischen den beiden benachbarten Häusern seit Langem ein Wettstreit um den größeren Einfluss auf die Staatsgeschäfte. Zudem sind enge Nachbarn selten Freunde, und die Bewohner des Schlosses Berlifitzing konnten von ihren hohen Söllern geradewegs in die Fenster des Château Metzengerstein hineinschauen. Und am allerwenigsten trug die solcherart erspähte, mehr als feudale Pracht dazu bei, die gereizten Gemüter der weniger ahnenreichen und weniger begüterten Berlifitzing zu besänftigen. Was Wunder also, dass die Worte jener Weissagung, wie töricht auch immer, ewige Feindschaft zwischen zwei ohnedies durch ererbte Eifersucht streitlustigen Familien zu säen vermochten? Die Worte der Prophezeiung deuteten, sofern sie überhaupt etwas andeuteten, den endgültigen Triumph seitens des bereits mächtigeren Hauses an und wurden natürlich seitens des schwächeren und weniger einflussreichen mit umso bittererem Groll im Gedächtnis bewahrt.

Graf Wilhelm Berlifitzing war, obgleich von edler und hoher Abkunft, zu Zeiten dieser Erzählung bereits ein gebrechlicher, hilfloser

Greis, an dem nichts weiter bemerkenswert war als seine zügellose, eingefleischte Abneigung gegen die Familie seines Rivalen und eine so leidenschaftliche Liebe zu Pferden und zur Jagd, dass weder körperliche Schwäche, hohes Alter noch Schwachsinn ihn davon abhielten, sich täglich den Gefahren des Jagdvergnügens auszusetzen.

Baron Frederick Metzengerstein hingegen war noch nicht einmal mündig. Sein Vater, der Minister G., starb jung. Seine Mutter, Lady Mary, folgte ihm rasch nach. Damals war Frederick fünfzehn Jahre alt. In einer Stadt sind fünfzehn Jahre keine lange Zeit – ein Kind mag immer noch in seinem dritten Lustrum[5] sein –, in einer Wildnis aber, in einer so prächtigen Wildnis wie jener alten Grafschaft, sind fünfzehn Jahre von weit tieferer Bedeutung.

Die schöne Lady Mary …! Wie konnte sie nur sterben …? Und ausgerechnet an der Schwindsucht! Aber ich habe darum gebetet, ihr auf diesem Weg folgen zu dürfen. Ich wünschte mir, dass alle, die ich liebe, an diesem sanften Leiden sterben. Wie herrlich, in der Blüte der Jugend fortzugehen: Leidenschaft im Herzen … Feuer im Geiste … voller Erinnerungen an glücklichere Tage ... im sich neigenden Jahr und auf ewig begraben unter der Pracht herbstfarbener Blätter. So starb Lady Mary. Der junge Baron Frederick stand am Sarg der Mutter, ohne einen lebenden Verwandten zur Seite. Er legte seine Hand auf ihre friedliche Stirn. Kein Schauder durchbebte seinen zarten Körper ... kein Seufzer entrang sich seinem zarten Busen ... nichts kräuselte seine königlichen Lippen. Herzlos, eigenwillig und ungestüm seit Kindertagen, hatte er nach einem von Gefühlskälte, Liederlichkeit und schamloser Ausschweifung geprägten Werdegang das bereits angesprochene Alter erreicht und gegen alle heiligen Gedanken und edle Erinnerungen eine Barrikade errichtet.

Aufgrund besonderer Umstände bezüglich der Verfügungen seines Vaters übernahm bei dessen Ableben der junge Baron unmittelbar die ausgedehnten Besitzungen. Niemals zuvor hatte ein ungarischer Edelmann je solche Güter besessen. Seine Schlösser waren ohne Zahl – und das bedeutendste an Pracht und Größe war Château Metzengerstein. Wo die exakten Grenzen seiner Herrschaft verliefen, blieb im Ungewissen, doch umfasste allein sein fürstlicher Park einen Umkreis von hundertfünfzig Meilen.

Der Übergang eines so unvergleichlichen Vermögens in den Besitz eines so jungen Mannes mit einem so wohlbekannten Charakter ließ nicht viel Raum für Spekulationen hinsichtlich seines künftigen Lebenswandels. Und in der Tat, noch waren keine drei Tage vergangen, da stellten die Taten des Erben sogar die des Herodes in den Schatten[6] und übertrafen selbst die Erwartungen seiner überschwänglichsten Bewunderer. Schändliche Ausschweifungen, niederträchtigste Treulosigkeiten, unerhörte Gräueltaten gaben seinen zitternden Vasallen schnell zu verstehen, dass hinfort weder knechtische Unterwerfung ihrerseits noch irgendwelche Gewissensbisse seinerseits Schutz böten vor den blutrünstigen und unbarmherzigen Fängen des Möchtegern-Caligula[7]. In der Nacht des vierten Tages gingen die Stallungen des Schlosses Berlifitzing in Flammen auf – und einmütig setzte die Nachbarschaft das Verbrechen der Brandstiftung auf die bereits furchteinflößende Liste der Untaten und Gräuel des Barons. Während des Aufruhrs, den dieses Ereignis mit sich brachte, saß indes der junge Edelmann, anscheinend tief in Gedanken versunken, droben in einem weiten, öden Gemach des Stammschlosses derer von Metzengerstein. Auf den kostbaren, obgleich verblichenen Wandteppichen, die düster vor den Wänden schwangen, zeigten sich majestätisch und schattenhaft die Gestalten von wohl tausend erlauchten Vorfahren. Hier in kostbaren Hermelin gekleidete Priester und päpstliche Würdenträger, in trauter Runde mit dem Autokraten und Souverän, die ihr Veto gegen die Wünsche eines irdischen Königs einlegten oder mit dem Bannstrahl päpstlichen Supremats dem rebellischen Zepter des Erzfeinds Einhalt geboten. Dort die mit ihrer kraftstrotzenden Haltung an den robustesten Nerven zerrenden dunklen, hohen Gestalten der Fürsten Metzengerstein, deren muskulöse Kriegsrosse die Leichname gefallener Feinde zertrampelten. Und hier wiederum die sinnlichen, schwanengleichen Gestalten der Edelfrauen aus längst vergangenen Zeiten, die im Trubel eines unwirklichen Tanzes zum Klang einer imaginären Melodie vorüberglitten.

Während der Baron noch dem sich rapide steigernden Aufruhr in den Ställen von Schloss Berlifitzing lauschte – oder zu lauschen vorgab oder vielleicht wie Nero über eine noch entschiedenere Dreistigkeit nachsann –, hefteten sich seine Augen unwillkürlich an die Gestalt eines riesigen Pferdes von unnatürlicher Färbung, das auf dem Wandteppich als einem sarazenischen Vorfahren der rivalisierenden Familie zugehörig dargestellt war. Das Ross selbst stand reglos und statuarisch im Vordergrund des Bildes, während dahinter sein gefällter Reiter am Dolchstich eines Metzengerstein dahinstarb. Ein teuflisches Lächeln umspielte die Lippen des jungen Frederick, als er die Richtung gewahrte, die sein Blick wie von selbst genommen hatte. Er wandte ihn aber nicht ab, im Gegenteil, je länger er starrte, desto unmöglicher schien es ihm, seine Augen vom Zauber des Wandvorhangs je wieder abzuwenden. Nur mit Mühe konnte er dieses traumhafte und sonderbare Empfinden mit der Gewissheit, wach zu sein, in Einklang bringen. Und ganz unmöglich konnte er sich die nie gekannte, intensive und erstickende Angst erklären, die sich wie ein Leichentuch auf seine Sinne legte.

Als aber der Aufruhr draußen mit einem Mal heftiger wurde, lenkte er mit einer Art erzwungener und erbitterter Anstrengung seine Aufmerksamkeit auf den gleißenden rötlichen Lichtschein, den die lodernden Flammen von den Ställen her durch die Fenster seines Gemachs warfen. Doch das währte nur einen Augenblick, dann wanderte sein Blick mechanisch zur Wand zurück. Zu seinem äußersten Schrecken und Erstaunen hatte der Kopf des Riesenhengstes inzwischen seine Stellung geändert. Der Hals des Tiers, zuvor zu dem am Boden liegenden Herrn wie aus Mitgefühl herabgebeugt, streckte sich nun in voller Länge dem Baron entgegen. Die Augen, zuvor unsichtbar, hatten jetzt einen energischen und menschlichen Ausdruck; sie funkelten in feurigem, ungewöhnlichem Rot, und die aufgeworfenen Lippen des offenbar wutentbrannten Tiers entblößten sein widerliches Leichengebiss.

Betäubt vom Schrecken, wankte der junge Edelmann zur Tür. Als er sie aufstieß, warf ein roter Lichtstrahl, der sich weit ins Zimmer ergoss, seinen klar umrissenen Schatten gegen den zitternden Wandbehang. Und als er an der Schwelle kurz stolperte, bemerkte er schaudernd, dass jener Schatten genau die Stellung des unbarmherzigen, triumphierenden Mörders jenes sarazenischen Berlifitzing einnahm und dessen Umriss haargenau ausfüllte.

Um sein Gemüt von der Bedrückung zu erleichtern, eilte der Baron hinaus ins Freie. Am Haupttor des Châteaus traf er auf drei Stallmeister. Mit großer Mühe und unter drohender Lebensgefahr versuchten sie, dem wilden Toben eines riesigen, feuerfarbenen Rosses Einhalt zu gebieten.

«Wessen Pferd ist das? Wo habt ihr es her?», verlangte der Jüngling mit mürrisch-rauer Stimme zu wissen; denn ihm war sofort aufgefallen, dass der geheimnisvolle Hengst im Zimmer mit den Wandteppichen das genaue Gegenstück des wütenden Tiers hier vor seinen Augen war.

«Es ist doch Euer Eigentum, Herr», antwortete einer der Stallmeister, «zumindest beansprucht es kein anderer als Besitz. Wir fingen es ein, als es dampfend und schäumend vor Wut aus den brennenden Ställen von Schloss Berlifitzing davonjagte. Da wir annahmen, es gehöre zum Stall der ausländischen Pferde des alten Grafen und habe sich verirrt, führten wir's zurück. Aber die Stallknechte dort bestreiten jeden Anspruch auf das Tier, was recht seltsam ist, ist es doch unverkennbar und nur mit knapper Not den Flammen entkommen.»

«Außerdem sind auf seiner Stirn sehr deutlich die Buchstaben ‹W. v. B.› eingebrannt», unterbrach ihn ein zweiter Stallmeister. «Natürlich hielten wir sie zunächst für die Initialen Wilhelm von Berlifitzings.»

«Höchst eigenartig», bemerkte grüblerisch der junge Baron, offenbar tief in Gedanken versunken. «Es ist, wie ihr sagt, ein beachtliches Pferd – ein ungeheures Pferd! Wenn auch, wie ihr zu Recht bemerkt, mit einem misstrauischen und unergründlichen Charakter. Es soll mir gehören, sei's drum», setzte er nach einer Pause hinzu, «vielleicht kann ein Reiter wie Frederick von Metzengerstein sogar diesen Teufel aus den Ställen der Berlifitzing zähmen.»

«Da unterliegt Ihr anscheinend einem Irrtum, mein Herr. Das Pferd stammt – wie wohl bereits erwähnt – nicht aus den Ställen des Grafen. In jenem Fall wären wir nicht so pflichtvergessen gewesen, es vor einen Edlen Eures Namens zu bringen.»

«Allerdings!», bemerkte der Baron trocken; und in diesem Augenblick kam ein Kammerdiener mit hochrotem Gesicht und eiligem Schritt aus dem Château herbeigelaufen. Er flüsterte seinem Herrn einen Bericht ins Ohr, wonach ein kleines Stück Wandbehang in einem Gemach, das er genau bezeichnete, auf wundersame Weise plötzlich verschwunden sei – dabei erging er sich weitschweifig in nebensächlichen Einzelheiten, hielt seine Stimme während des Vortrags jedoch stets gesenkt, sodass nichts zu hören war, was die Neugier der Stallmeister befriedigt hätte.

Der junge Frederick indes schien während der Unterredung von den verschiedensten Gefühlen aufgewühlt. Bald aber fand er seine Fassung wieder, und ein Ausdruck entschlossener Boshaftigkeit trat auf sein Antlitz; gebieterisch befahl er, ein gewisses Gemach unverzüglich zu verschließen und ihm den Schlüssel sogleich auszuhändigen.

«Habt Ihr schon vom unglückseligen Tod des Jägers Berlifitzing gehört?», fragte ein Vasall den Baron, als nach der Angelegenheit mit dem Kammerdiener das riesige, geheimnisvolle Ross, das der Edelmann sich angeeignet hatte, mit verdoppelter und übernatürlicher Wut die lange Allee vom Château zu den Stallungen der Metzengerstein hinunterstürmte.

«Nein!», rief der Baron und wandte sich abrupt dem Sprecher zu. «Tot, sagst du?»

«O ja, Herr, und, ich könnte mir denken, es

ist keine unwillkommene Nachricht für einen Edlen Eurer Familie.»

Ein flüchtiges und sonderbar unverständliches Lächeln huschte über das schöne Antlitz des andern. «Wie starb er?»

«Bei seinen gewaltigen Anstrengungen, seine Lieblingsjagdpferde zu retten, ist er selbst elendiglich in den Flammen umgekommen.»

«Tat-säch-lich!», stieß der Baron hervor, als dämmerte ihm erst langsam und allmählich die ganze Wahrheit eines erregenden Gedankens.

«Tatsächlich», pflichtete ihm der Vasall bei.

«Grauenhaft!», sagte der Jüngling ruhig und kehrte ins Château zurück.

Von diesem Tag an vollzog sich ein deutlicher Wandel im Betragen des zügellosen jungen Barons Frederick von Metzengerstein. In der Tat enttäuschte sein Benehmen alle Erwartungen und stand, wie sich zeigte, kaum im Einklang mit den berechnenden Plänen so mancher Mama. Mehr noch als bisher wichen seine Manieren und Gewohnheiten von denen der nachbarlichen Aristokratie ab. Er wurde nur noch selten und nie mehr außerhalb der Grenzen seines eigenen Besitzes gesehen. Es gibt in dieser geselligen Welt nur wenige, die gar keinen Gefährten haben – er war anscheinend so einer; es sei denn, das unnatürliche, ungestüme feuerfarbene Pferd, das er hinfort beständig ritt, hätte tatsächlich irgendein geheimnisvolles Anrecht auf den Freundestitel gehabt. Gleichwohl trafen seitens der Nachbarschaft Einladungen so zahlreich ein wie eh und je. «Wird der Baron uns auf einem Jagdausflug Gesellschaft leisten?», «Wird der Baron unser Fest mit seiner Anwesenheit beehren?». «Baron Frederick jagt nicht», «Baron Frederick kommt nicht», lauteten seine hochmütig-lakonischen Antworten.

Solch wiederholte Beleidigungen konnte sich ein stolzer Adel nicht gefallen lassen. Die Einladungen wurden weniger herzlich, weniger zahlreich – und blieben schließlich ganz aus. Die Witwe des unglücklichen Grafen Berlifitzing hatte angeblich sogar der Hoffnung Ausdruck verliehen, der Baron möge «zu Hause sein, wenn er gar nicht zu Hause sein will, da er doch die Gesellschaft von seinesgleichen verachtet – und ausreiten, wenn er nicht auszureiten wünscht, da er doch die Gesellschaft eines Pferdes vorzieht». Das war natürlich ein recht alberner Ausbruch hereditären Grolls und bewies nur, wie höchst unsinnig unsere Rede gerade dann wird, wenn wir ihr besonderen Nachdruck verleihen möchten.

Dessen ungeachtet schrieben die Nachsichtigeren die Veränderung im Benehmen des jungen Edelmanns dem natürlichen Kummer eines Sohnes zu, der seine Eltern vorzeitig verlor, vergaßen dabei aber sein ruchloses und rücksichtsloses Verhalten während der kurzen Zeit unmittelbar nach jenem Verlust. Es gab tatsächlich auch solche, die alles mit übertriebenem Hochmut und Eigendünkel erklärten, und wiederum andere (genannt sei unter diesen der Hausarzt), die rundheraus von krankhafter Melancholie und ererbten Gesundheitsschäden sprachen. Beim großen Haufen waren indes dunkle Andeutungen von noch zweideutigerer Art im Umlauf.

Ja, die perverse Anhänglichkeit des Barons an sein kürzlich erworbenes Reitpferd, eine Anhänglichkeit, die aus jedem frischen Beweis für die wilden, dämonenhaften Wesenszüge des Tiers neue Kraft zu gewinnen schien, wurde mit der Zeit in den Augen aller Vernünftigen eine scheußliche und unnatürliche Leidenschaft. Ob glühender Mittag, ob finsterste Nacht, ob krank oder gesund, ob Sturm oder Windstille, bei Mondlicht oder im Schatten – stets schien der junge Metzengerstein wie verwachsen mit dem Sattel jenes Riesenrosses, dessen unbändige Wildheit so gut zu seinem eigenen Wesen passte. Es gab zudem Umstände, die im Verein mit jüngsten Geschehnissen der Manie des Reiters und den Fähigkeiten des Rosses eine überirdische und unheilvolle Bedeutung verliehen. Man hatte die Weite eines einzigen Sprungs genau nachgemessen und festgestellt, dass sie sogar die wildesten Schätzungen der Fantasiebegabtesten in unglaublichem Maß überstieg; vom roten Blitz wurde behauptet, er sei bei langen und ungestümen Galoppritten sehr strapaziert worden.

Der Baron hatte übrigens keinen besonderen Namen für das Tier, obschon sich alle übrigen Pferde seiner beträchtlichen Sammlung durch charakteristische Benennung unterschieden. Der ihm zugewiesene Stall lag abseits der anderen Ställe, und keiner hatte es je gewagt, dem Besitzer die persönliche Pflege des Hengstes und andere notwendige Dienste streitig zu machen oder jenen besonderen Teil der Stallungen auch nur zu betreten. Bemerkenswert war zudem, dass es den drei Stallmeistern, die das Pferd bei seiner Flucht vor der Feuersbrunst auf Berlifitzing eingefangen hatten, zwar gelungen war, es mittels Kettenhalfter und Schlinge in seinem Lauf aufzuhalten, aber keiner der drei mit Bestimmtheit versichern konnte, dass er während dieses gefährlichen Kampfes oder irgendwann danach tatsächlich seine Hand auf den Leib der Bestie gelegt hatte.

Im ganzen Gefolge des Barons jedoch zog kein Einziger je die Inbrunst der außerordentlichen Zuneigung in Zweifel, die der junge Edelmann für das feurige Wesen seines Pferdes aufbrachte; nicht einer, außer einem armseligen, verkrüppelten kleinen Pagen, dessen Missgestalt jedem im Weg und dessen Meinung von geringstmöglichem Gewicht war. Er besaß (wenn seine Gedanken hier überhaupt einer Erwähnung wert sind) die Unverschämtheit zu behaupten, dass sein Herr nie ohne einen unerklärlichen, kaum wahrnehmbaren Schauder in den Sattel steige; und bei der Rückkehr von seinem gewohnten Ausritt, auf dem das Untier, obgleich keuchend und blutend[8], noch nie sein Ungestüm verloren habe, während er selbst keinerlei Anzeichen von Erschöpfung zeige, sei jeder Zug seines Gesichts in triumphierender Bosheit verzerrt.

Diese ominösen Umstände waren nach Meinung aller Leute schlimme Vorzeichen eines drohenden schrecklichen Unheils. Und tatsächlich stürzte der Baron in einer stürmischen Nacht wie ein Wahnsinniger aus seinem Zimmer, schwang sich hastig auf sein Pferd und sprengte ins Labyrinth des Waldes davon.

Ein so gewöhnliches Vorkommnis erweckte keinerlei besondere Aufmerksamkeit, seiner Rückkehr allerdings harrten die Bediensteten mit tiefer Besorgnis, da man nach einigen Stunden Abwesenheit entdeckt hatte, dass die gewaltigen, prachtvollen Zinnen von Château Metzengerstein unter dem Einfluss einer dichten und bleigrauen Masse entfesselten Feuers bis in ihre Grundfesten krachten und wankten. Weil aber die Flammen, als man sie bemerkte, schon so fürchterlich wüteten, dass alle Bemühungen, nur einen Teil des Gebäudes noch zu retten, offenkundig zwecklos waren, stand die überraschte Nachbarschaft, in apathisch-stummes Staunen versunken, müßig herum. Doch ein neuer und furchteinflößender Gegenstand zog alsbald die Aufmerksamkeit der Gaffer auf sich und bewies, dass der Anblick menschlicher Todespein in einer Menschenmenge Gefühle weckt, die als weit erregender empfunden werden denn alle noch so beängstigenden Schauspiele unbeseelter Materie.

Auf der langen Allee uralter Eichen, die vom Wald bis zum Hauptportal von Château Metzengerstein führte, erblickte man ein Ross, das einen barhäuptigen, übel zugerichteten Reiter trug und mit einem Ungestüm dahersprengte, das selbst den Dämon des Sturms übertraf und jedem Zuschauer den Ausruf «Azrael!»[9] entlockte.

Dem Reiter seinerseits war unbestreitbar die Kontrolle über sein Geschick entglitten. Die Todesangst auf seinem Antlitz, die krampfhafte Anspannung seines Körpers bezeugten übermenschliche Anstrengung; doch kein Laut, außer einem einzigen Schrei, entwich seinen zerfetzten Lippen, die er im Übermaß des Grauens zerbissen hatte. Ein Augenblick – und das Klappern der Hufe übertönte scharf und schrill das Brüllen der Flammen und das Heulen des Windes; ein anderer – und das Tier, das Tor und Burggraben mit einem einzigen Satz überwand, galoppierte mit seinem Reiter die wankende Schlosstreppe weit hinauf und verschwand im Wirbelsturm des zischenden und chaotischen Feuers.

Augenblicklich legte sich die Wut des Sturms, und mit einem Mal herrschte Totenstille. Eine weiße Flamme umhüllte das Gebäude noch wie ein Leichentuch, und hoch hinauf in die ruhige Luft ergoss sich ein Glanz übernatürlichen Lichts, während sich über den Zinnen eine Rauchwolke bildete und langsam, aber immer deutlicher Gestalt annahm als ein unbeweglich-ungeheures Pferd.

Baron Frederick Metzengerstein war der letzte in einer langen Reihe von Fürsten. Der Name seiner Familie ist längst aus der ungarischen Aristokratie verschwunden.

VIII. Ein entschiedener Verlust

O atme nicht ...! etc.
Moore[I]

«Du Elende ...! Du Giftnudel ...! Du Hausdrachen ...!», sprach ich am Morgen nach der Hochzeit zu meiner Frau, «Du Hexe ...! Du Grünschnabel ...! Du Sündenpfuhl ...! Du feuergesichtige Quintessenz alles Abscheulichen ...! Du ... du ...» Ich stand auf den Zehenspitzen, packte sie bei der Kehle und näherte meinen Mund ihrem Ohr, bereit, ihr ein neues und gänzlich unzweideutiges schmähendes Epitheton[2] entgegenzuschleudern, das sie, wäre es erst ausgesprochen, unfehlbar von ihrer Bedeutungslosigkeit überzeugen würde – da merkte ich zu meinem äußersten Schrecken und Erstaunen, dass mir die Luft wegblieb.

Die Phrasen «Mir blieb die Luft weg», «Mir stockte der Atem» und so weiter hört man im Alltag recht oft, aber nie hätte ich mir vorstellen können, dass ein solcher Unfall (den das Opfer überlebte) wahrhaftig und tatsächlich geschehen könnte. Es war schockierend. Man stelle sich meine Bestürzung vor. Denn in der Tat war ich in einer ganz eigenartigen Situation. Doch mein guter Geist verlässt mich niemals ganz. Selbst in meinen zügellosesten Rasereien bewahre ich mir ein Gefühl für Schicklichkeit, und *le chemin des passions me conduit* (wie Rousseau) *à la philosophie véritable.*[3] Obwohl ich zunächst nicht wissen konnte, wie stark mich das Unheil betroffen hatte, fasste ich umgehend den Entschluss, die Sache auf jeden Fall vor meiner Frau zu verbergen, bis weitere Erfahrung mir das Ausmaß meines unerhörten Unglücks deutlich gemacht hätte. Die drohende Entdeckungsgefahr erhellte jeden Winkel meines Gemüts, und mit einer nur Verzweifelten eigenen Wendigkeit führte ich einen blitzschnell gefassten Plan aus. Augenblicklich veränderte ich meinen Gesichtsausdruck, setzte statt der (wegen meiner furchtbaren Erregung) kurzatmig-verzerrten eine Miene schelmisch-koketter Huld auf, küsste meine Frau auf die eine Wange und tätschelte die andere, sprach kein Wort (Furien! vermocht ich's doch nicht) und verließ absichtlich schlurfend das Zimmer.

Zurück blieb meine Frau, bezirzt vom Fundus meiner guten Laune (o Blasphemie!) und voll Bewunderung über meine drolligen Possen und mein subtiles Bühnentalent.

Nun also sehen Sie mich, verschanzt in meinem eigenen Ankleidezimmer, ein fürchterliches Beispiel der schlimmen Folgen, die mit Jähzorn einhergehen: lebendig mit den Eigenschaften der Toten … tot mit allen Neigungen der Lebenden … eine Anomalie auf dem Antlitz der Erde … sehr ruhig, sogar atemlos. Ja, atemlos! Ganz ernsthaft versichere ich, dass mein Atem völlig weg war. Ich hätte damit, selbst wenn's mein Leben gekostet hätte, nicht einmal eine Feder bewegen oder die glatte Oberfläche eines Spiegels trüben können. Hartes Geschick! Und doch folgte dem ersten überwältigenden Verzweiflungsanfall sogleich eine gewisse Erleichterung, als ich durch einen Versuch herausfand, dass mein Sprechvermögen (welches ich aufgrund der Unfähigkeit, die Unterhaltung mit meiner Frau fortzusetzen, schon völlig verloren geglaubt hatte) mir in Wirklichkeit nur teilweise abhandengekommen war. Wie ich feststellte, hätte ich bei der vorgenannten interessanten Krise durch Senken meiner Stimme zu einem eigentümlich tiefen Kehlton (o zum Teufel!) meinen Gefühlen sehr wohl weiterhin Ausdruck verleihen können. Denn diese (gutturale) Stimmlage beruht, wie ich entdeckte, nicht auf dem Atmungsvorgang, sondern auf einer gewissen krampfartigen Tätigkeit der Kehlmuskeln – wie etwa bei Froscharten etc.; vgl. die Dissertation von Hippokrates[4].

Ich warf mich in einen Sessel und versank eine Weile in Gedanken. Meine Betrachtungen konnte man gewiss nicht als tröstlich beschreiben. Tausend vage und tränenreiche Fantasien ergriffen von meiner Seele Besitz. Ich kannte zwar die Geschichte des Peter Schlemihl[5], doch daran geglaubt hatte ich bis heute nie. Ich kannte auch andere Geschichten über Abmachungen mit dem Teufel, dessen Unterstützung ich nun gern in Anspruch genommen hätte; allein ich wusste nicht, wie ich, der ich *diablerie*[6] nicht studiert hatte, dabei vorgehen sollte. Sogar das Gespenst des Selbstmords irrlichterte durch meine Fantasie. Aber es ist bezeichnend für die Perversität der menschlichen Natur, dass sie das Offensichtliche und Fertige um des Entlegenen und Zweifelhaften willen verschmäht. Mit einem Fuß im Grabe, schauderte mir vor dem

Selbstmord als einer der abscheulichsten Ungeheuerlichkeiten. Dann drangen durch eine einzige zerbrochene Fensterscheibe die Winde aller vier Himmelsrichtungen in meine Wohnung und fachten wie ein Schmiedeblasebalg unter lautem Zischen und Pfeifen das Feuer im großen Kohleofen an – die getigerte Katze ruhte mit behaglichem Schnurren auf dem Teppich, und der fette Wasserhund schnarchte friedlich unter dem Tisch, als täten sie sich auf die widerliche Kraft ihrer Lungen etwas zugute und verspotteten das Unvermögen der meinen. Bedrückt vom Wirrwarr vager Hoffnungen und Befürchtungen, hörte ich endlich meine Frau die Treppe herunterkommen. Da ich ihrer Abwesenheit nun sicher war, kehrte ich klopfenden Herzens zum Schauplatz meines Unheils zurück. Sorgfältig verriegelte ich die Tür von innen und begab mich energisch auf die Suche. Es wäre doch möglich, dachte ich, dass sich das verschwundene Objekt meines Verlangens in einem Schrank oder einer Schublade versteckte. Vielleicht hatte es eine gasförmige, ja vielleicht sogar eine greifbare Gestalt angenommen. Die meisten Philosophen sind in vielen Punkten der Philosophie doch noch sehr unphilosophisch. Bekanntlich behauptete Anaxagoras, Schnee sei schwarz. Inzwischen kann ich diese Tatsache nur bestätigen.[7] Auch sagt William Godwin in seinem «Mandeville», unsichtbare Dinge (ein typischeres Beispiel) seien die einzigen Realitäten.[8] Eher sollte die Welt stillstehen, als dass ich solchen Beteuerungen auch nur ein Quäntchen Absurdität vorwerfen könnte. Meine Anstrengungen erwiesen sich jedoch als fruchtlos. Schublade um Schublade, Wandschrank um Wandschrank, Winkel um Winkel wurden gründlich, aber erfolglos durchsucht. Ein Satz falscher Zähne, ein Auge, zwei Paar Hüftpolster und ein Bündel von Liebesbriefen, die ein Nachbar an meine Frau gerichtet hatte, waren der nichtswürdige Lohn meines Fleißes und meiner Beharrlichkeit. Einmal glaubte ich tatsächlich, mein Ziel erreicht zu haben, als ich (ein Mann mit bemerkenswert süßem Atem) beim Stöbern in einem Toiletteköfferchen versehentlich ein Fläschchen «Hewitts seraphischer hochkonzentriert doppelter Himmelsextrakt oder Öl der Erzengel»[9] zerbrach – ein angenehmer Duft übrigens, den ich mir hier weiterzuempfehlen gestatte. Schweren Herzens kehrte ich in mein

Ankleidezimmer zurück, wo ich über eine Methode nachsinnen wollte, wie ich mich dem Scharfsinn meiner Gattin so lange entziehen könne, bis ich Vorkehrungen zum Verlassen des Landes getroffen hätte – denn dazu war ich bereits fest entschlossen. In fernen Gefilden, als Unbekannter, könnte ich wahrscheinlich mit größerem Erfolg meinen unglückseligen schmerzlichen Verlust verbergen – ein Verlust, der mehr noch als Bettelarmut dazu angetan ist, einen armen Tropf der Zuneigung der Masse zu entfremden und ihn die wohlverdiente Verachtung der Rechtschaffenen und Glücklichen spüren zu lassen. Um meinen Erfindungsgeist zu schärfen, nahm ich mir ein preisgekröntes Gedicht auf *** vor, war aber nach einer halben Stunde vom Lesen so wirr im Kopf, dass ich voller Verzweiflung aufsprang. Dabei fiel mir ein Ausweg ein, den ich sogleich in die Tat umsetzte. Von Natur aus mit rascher Auffassungsgabe gesegnet, rief ich mir die kompletten Tragödien «Metamora» und «Miantinomoh»[10] ins Gedächtnis. Dank meines Scharfsinns war mir eingefallen, dass beim Vortrag dieser Dramen jene Tonfälle, die mir nun nicht zur Verfügung standen, völlig unnötig waren und dass vielmehr die tiefste Gutturallage vorherrschen sollte.

Darum übte ich eine Weile am Rand eines ausgedehnten, viel besuchten Moors und glaubte schon nach ein paar Stunden, mich unter den Ureinwohnern als echter Vertreter der ihren ausgeben zu können. In jeder Hinsicht gewappnet, beschloss ich also, meiner Frau weiszumachen, mich hätte eine plötzliche Leidenschaft für die Bühne ergriffen. Dies glückte mir ganz wunderbar; und jede Frage oder jeden Vorschlag parierte ich, indem ich frei und mit tiefster Grabesstimme aus diesen Tragödien zitierte; ich verschränkte die Arme, stieß mit den Knien, scharrte mit den Füßen, rollte die Augen und fletschte die Zähne mit der Tatkraft eines höchst gewandten und beim Volk beliebten Darstellers. Zwar sprach man davon, mich in eine Zwangsjacke zu stecken – doch Gott sei Dank verdächtigte mich kein Einziger je des Verlusts meines Atems.

Als ich endlich alle meine Angelegenheiten geordnet und meinem Testament zudem einen Nachtrag angefügt hatte, in dem ich neben vielen karitativen Legaten meiner Frau mein herrliches Quartoexemplar von «Calbrinachus in

Dianam»[11] vermachte, bestieg ich in frostiger Nacht die Postkutsche nach ***; meinen Bekannten hatte ich zu verstehen gegeben, dass Geschäfte höchster Wichtigkeit in Europa meine sofortige persönliche Anwesenheit erforderten. Die Kutsche war zum Bersten voll; dennoch konnte ich im nächtlichen Dunkel die Gesichter nicht genau erkennen. Ohne mich ernsthaft zu widersetzen, erduldete ich, dass man mich zwischen zwei zweifelhaften Zweibeinern platzierte, indessen ein dritter um Verzeihung bat für die Freiheit, die er sich nehme, sich in voller Länge auf meinen Korpus warf, sofort in Schlaf fiel und all meine gutturalen Stoßseufzer in einem Schnarchen ertränkte, welches dein Gebrüll zur Schamesröte getrieben hätte, o glockenmetallischer Stier des Phalaris![12] Glücklicherweise schloss der Zustand meiner respiratorischen Fähigkeiten den Unglücksfall des Erstickens zweifelsfrei aus.

Endlich wurde es Tag. Mein Peiniger erhob sich, rückte seinen Hemdkragen zurecht und dankte mir auf artigste Weise für meine Höflichkeit. Da er jedoch bemerkte, dass ich mich nicht regte und ihm keine Antwort gab (alle meine Glieder waren verrenkt und mein

Kopf zur Seite gebogen), begann er sich Sorgen zu machen, worauf er die übrigen Passagiere aufscheuchte und ihnen auf sehr entschiedene Weise seine Meinung kundtat, dass ihnen während der Nacht anstelle eines lebenden und ansprechbaren Reisegefährten ein Leichnam untergeschoben worden sei – an dieser Stelle verpasste er mir zum Beweis des Wahrheitsgehalts seiner Behauptung einen Schlag aufs rechte Auge. Daraufhin zog einer nach dem andern (insgesamt waren es fünfzehn) mich am Ohr. Als auch ein junger Arzt, der mir einen Taschenspiegel vor den Mund gehalten hatte, keine Atemtätigkeit feststellen konnte, wurde die Behauptung meines Peinigers für wahr und richtig erkannt,[13] die Kutsche angehalten, und die ganze Gesellschaft fasste den Beschluss, mit einem solchen Leichnam kein Stück weiterzureisen und derlei Zumutungen künftig nicht mehr hinzunehmen. Da wir gerade durch das Dorf *** fuhren, wurde ich auf Höhe des «Drei Krähen»-Schilds folgerichtig aus der Kutsche geworfen, und zwar ohne weiteren Schaden, außer dass mir unter dem linken Hinterrad des Fahrzeugs die Oberschenkel gebrochen wurden. Dem Kutscher muss ich gerechterweise zugutehalten, dass er es nicht versäumte, mir meinen größten Koffer hinterherzuwerfen; dieser landete auf meinem Haupt und trug mir einen zugleich interessanten und außergewöhnlichen Schädelbruch ein.

Als nun der Wirt der «Drei Krähen», ein gastfreundlicher Mann, feststellte, dass der Inhalt meines Koffers hinreichte, um ihn für jede seiner unbedeutenden Mühen zu entschädigen, schickte er sogleich nach einem Bestatter und bereitete alles für ein anständiges Begräbnis vor. Man bahrte mich in einer Dachkammer ordentlich auf und verhalf mir zu allen meinem Leichenzustand angemessenen Annehmlichkeiten. Die Wirtin versorgte mich mit einem Paar ihrer eigenen Strümpfe, während ihr Gatte meine Hände zusammen- und die Kinnlade mit einem Tuch festband. Dann verriegelte er die Tür von außen, entfernte sich und überließ mich stiller Einsamkeit und Andacht.

Nachdem ich mich mittlerweile einigermaßen von dem überwältigenden Sinneseindruck erholt hatte, den meine Prellungen bewirkten, stellte ich zu meiner unendlichen Freude fest, dass ich hätte sprechen können, wäre mein Kiefer nicht mit dem Taschentuch umwunden worden. Von diesem Gedanken getröstet, memorierte ich im Geiste ein paar Verse von ***, was ich vor dem Einschlafen zu tun pflege, als zwei Katzen der gierigen und gefräßigen Art durch ein Loch in der Wand hereinschlüpften, sich gleichzeitig und schwungvoll à la Catalani[14] auf mich stürzten, sich zu beiden Seiten meines Gesichts niederließen und eine ungebührliche und unpassende Auseinandersetzung um die klägliche Begutachtung meiner Nase begannen.

Aber wie der Verlust seiner Ohren es dem Mige-Gosh von Persien einst ermöglichte, sich auf den Thron des Kyros zu erheben,[15] so führte auch bei mir der Verlust einiger Unzen meines Gesichts zur Rettung meines Leibes. Vom Schmerz getrieben und voll flammender Entrüstung, sprengte ich Handfesseln und Kinnbandage mit einem einzigen Ruck. Majestätischen Schrittes eilte ich zum Fenster, öffnete die Läden und stürzte mich, zum größten Schrecken und Verdruss der Kriegsgegner, triumphierend aus dem Fenster in die Tiefe hinab.

Zur selben Zeit kam der Posträuber W., mit dem ich eine sonderbare Ähnlichkeit hatte, auf dem Weg zur Hinrichtung in *** durch das Dorf. Da er äußerst gebrechlich und seit Langem schwer krank war, hatte man ihm das Privileg ungefesselter Hände zugestanden. In sein Galgengewand gekleidet, lag er ausgestreckt auf dem Boden des Henkerskarrens (der zufällig just im Moment meines Sturzes an den «Drei Krähen» vorbeifuhr), nur bewacht von dem Kutscher, der eingeschlafen war, und zwei Rekruten des *** Infanterieregiments, die sich betrunken hatten. Zu meinem Unglück ging ich mit meinen Füßen mitten auf dem Karren nieder. W. nun, ein gerissener Bursche, erkannte augenblicklich seine Chance, sprang auf, entschlüpfte über die rückwärtige Seite des Wagens und verschwand im Handumdrehen in einer Seitenstraße. Vom Krach munter geworden und außerstande, den Vorgang recht zu begreifen, sahen die Rekruten nur eine aufrecht stehende Gestalt vor sich, die das genaue Ebenbild des Schurken war, und glaubten, dieser Schuft, also W., sei im Begriff, einen Fluchtversuch zu unternehmen. Nachdem jeder dem andern diese Meinung mitgeteilt und noch einen kräftigen Schluck genommen hatte, schlugen sie mich mit den Kolben ihrer Musketen nieder.

Schon nach kurzer Zeit langte der Karren am Ort der Hinrichtung an. Natürlich war es zwecklos, auch nur ein Wort zu meiner Verteidigung zu sagen. Ich sollte gehängt werden – daran bestand kein Zweifel. Und so ergab ich mich in mein Schicksal mit einem Gefühl, in dem sich Staunen und Ruhe mischten. Als der Henker mir die Schlinge um den Hals legte, war ich wegen der benebelnden Wirkung meiner Wunden nicht in der Lage, mir aus so großer Höhe Gehör zu verschaffen, weshalb am folgenden Tag alle Zeitungen berichteten, ich sei in meiner Verbohrtheit als jener bekanntermaßen niederträchtige und blutrünstige Halsabschneider gestorben, hätte mich stur einem Geständnis widersetzt, sei ein Ungeheuer in Menschengestalt und eine schreckliche Warnung für alle kleinen Kinder und (so die «Gazette») ein Westentaschenkompendium der allerschrecklichsten Scheußlichkeiten. Die Redakteure lagen völlig falsch, zumindest im wichtigsten Punkt: Ich war nicht tot. Nachdem sich die Falltür geöffnet hatte, spürte ich, wie man sich vielleicht vorstellen kann, keine weitere Unannehmlichkeit als jene, die durch den Schock hervorgerufen wurde. Zwar scheuerte das Seil an meinem Hals und schoss mir das Blut gewaltsam in den Kopf, doch lief ich nie

Gefahr zu ersticken. Allerdings besaß ich genügend Geistesgegenwart, die absonderlichsten Zuckungen vorzutäuschen, und hier kam mir mein Talent zum Grimassenschneiden außerordentlich zustatten. Mehrere Herren wurden ohnmächtig, und drei Damen mussten hysterischer Anfälle wegen nach Hause getragen werden. Auch der gefeierte Pinxit[16] nutzte die Gunst der Stunde, um anhand einer hier gefertigten Skizze sein berühmtes Gemälde «Der geschundene Marsyas»[17] nachzubessern.

Doch der mutigste Geist, die stärkste Konstitution muss einer anhaltenden Pechsträhne schließlich erliegen, so wie die stolzesten Städte durch die Hartnäckigkeit ihrer Feinde gedemütigt wurden. Salmanassar soll nach der Heiligen Schrift drei Jahre vor Samaria gelegen haben, ehe er die Stadt zu Fall brachte.[18] Sardanapalus (vgl. Diodor) behauptete sich in Ninive sogar sieben Jahre – es nutzte nichts.[19] Troja fiel am Ende des zweiten Lustrums, und Psammitticus wurde (wie Aristäus, ausdrücklich als Ehrenmann, erklärt) in Azoth eingelassen, nachdem es einer ein Fünfteljahrhundert währenden Belagerung heldenhaft widerstanden hatte.[20] Nach einer halbstündigen Vorstellung (so lange schien mir nötig) erstarrte ich zu Unbeweglichkeit, wurde kurz darauf vom Seil abgeschnitten und einem Arzt übergeben, nebst Rechnung und Quittung über fünfundzwanzig Dollar. Dieser brachte mich unverzüglich in seine Wohnung und begann sofort zu operieren. Nachdem er mich beider Ohren beraubt hatte, entdeckte er Lebenszeichen. Daher klingelte er nach seinem Diener und schickte ihn zu einem benachbarten Apotheker, mit dem er sich wohl hinsichtlich des Notfalls beraten wollte. Zum Beweis meiner Lebendigkeit machte er jedoch zunächst einmal einen Schnitt in meinen Magen und entfernte dank seiner von Natur aus mildtätigen Gesinnung einen Teil der Organe, um sie einer gesonderten Untersuchung zu unterziehen. Der Apotheker hegte bezüglich meiner Lebendigkeit denselben Verdacht, welchen ich zu erhärten suchte, indem ich mit aller Macht strampelte und stieß und die wildesten Verrenkungen machte. Doch weil mein Gesicht noch immer unter der Kopfbedeckung des Delinquenten verborgen war, scheiterte jeder weitere Erklärungsversuch. Stattdessen schrieb man dies alles nur der Wirkung einer neuen galvanischen Batterie[21] zu, die der Apotheker, als er von meinen Umständen erfuhr, mitgebracht hatte und mit der er mich seit seinem Eintreffen bis zu meinem Hinscheiden, welches wenige Minuten später erfolgte, unablässig und mit allergrößtem Eifer traktierte.

IX. Der Herzog de l'Omelette

Und trat sogleich in kühlere Gefilde
Cowper[I]

Keats starb an einer Kritik.[2] Wer war es noch, der an «Andromache» starb?[3] Unedle Seelen! De l'Omelette starb an einem Ortolan[4]. *L'histoire en est brève.*[5] Steh mir bei, Geist des Apicius[6]!

Ein goldener Käfig beförderte den kostbaren kleinen Wanderer, verliebt, vergehend, apathisch, von seiner Heimat im fernen Peru zur Chaussee d'Antin. Sechs Pairs des Reiches geleiteten den glücklichen Vogel von seiner königlichen Eigentümerin, La Bellissima, zum Duc de l'Omelette. Es geschah «aus reiner Liebe».

An diesem Abend wünschte der Herzog allein zu speisen. In der Ungestörtheit seines Arbeitszimmers ruhte er träge auf jener Ottomane, für die er seine Loyalität geopfert hatte, indem er seinen König überbot – auf der berühmten Ottomane von Cadet.[7] Er begrub sein Gesicht im Kissen. Die Uhr schlug. Unfähig, seine Gefühle zu unterdrücken, verschluckte Seine Gnaden eine Olive.

In diesem Augenblick öffnet sich zum Klang sanfter Musik leise die Tür, und sieh!, der delikateste aller Vögel ist nun beim faszinierendsten aller Männer… «O Schreck…! Hund…! Baptiste…![8] *L'oiseau! – cet oiseau modeste que tu as deshabillé de ses plumes, et que tu as servi sans papier!*»[9] Jedes weitere Wort erübrigt sich: Der Herzog starb an einem Anfall von Ekel.

«Hahaha!», sagte Seine Gnaden am dritten Tag nach seinem Ableben.

«Hehehe!», echote der Teufel schwach, während er sich mit hochnäsiger Miene aufrichtete.

«Aber das meinen Sie sicher nicht im Ernst», gab de l'Omelette zurück. «Sie haben doch nicht wirklich die Absicht, solch… solch… wie soll ich sagen… solch barbarische Drohungen in die Tat umzusetzen.»

«*Was* habe ich nicht? Fix, mein Herr, ziehen Sie sich aus.»

«*Ich* mich ausziehen? Das ist ja reizend, auf Ehre! Nein, mein Herr, ich werde mich nicht entkleiden. Wer, bitte, sind Sie denn, dass ich, der Herzog de l'Omelette, Fürst von Foie-Gras, soeben mündig geworden, Autor der «Mazurkiade»[10] und Mitglied der Akademie, mich auf Ihr Geheiß der entzückendsten Beinkleider, die Stultz jemals verfertigte, der köstlichsten *robe de chambre*, die Rombert je entworfen,[11] entledigen sollte, ganz zu schweigen von der Notwendigkeit, meine Haare aus dem Papier zu wickeln[12] – und alles nur, um Ihre blutrünstigen Neigungen zu befriedigen?»

«Wer ich bin ...? Ach so! Ich bin Beelzebub, Herr der Fliegen. Soeben holte ich dich, sonderbar parfümiert und per Lieferschein bezeichnet, aus einem intarsienverzierten Sarg. Belial[13], mein Kirchhofverwalter, hat dich hierhergeschickt. Die Beinkleider, deren du dich rühmst und die angeblich von Stultz stammen, sind ein Paar tüchtige leinene Unterhosen, und deine *robe de chambre* ist ein Leichentuch von nicht zu knappen Dimensionen.»

«Herr! Ich lasse mich nicht ungestraft beleidigen. Herr! Ich werde die nächstbeste Gelegenheit ergreifen, diese Kränkung zu rächen. Herr! Sie werden von mir hören. Einstweilen – *au revoir*!» Der Herzog war im Begriff, sich der Satanischen Gegenwart zu entziehen, als er in seinen tiefen Verbeugungen unterbrochen und von einem Kammerherrn zurückgeführt wurde.

Hierauf rieb sich Seine Gnaden die Augen... gähnte... zuckte mit den Schultern... dachte nach. Nachdem er sich seiner Identität versichert hatte, begutachtete er mit scharfem Blick seine Umgebung.

Das Gemach war superb. De l'Omelette erklärte es für *bien comme il faut*[14]. Es war nicht sehr lang, auch nicht sehr breit – aber die Höhe! Ach, wie beängstigend! Keine Spur von Decke, wahrhaftig, nur eine dichte, wirbelnde Masse feuerfarbiger Wolken. Sein Geist geriet ins Trudeln, als Seine Gnaden aufwärtsblickte.

Von oben hing eine Kette aus unbekanntem blutrotem Metall herab, deren oberes Ende sich wie Col...e *parmi les nues*[15] verlor. An ihrem unteren Ende schwang eine riesige Lampe hin und her. Der Herzog erkannte sie als Rubin; doch das Licht, das sie verströmte, war so intensiv... so unbewegt... so furchtbar, wie es nie ein Perser angebetet oder ein Gheber[16] sich vorgestellt hat, wie es nie ein Muselmann erträumte, wenn er, vom Opium betäubt, auf sein Mohnblütenbett taumelte, den Rücken der Erde, das Antlitz dem Gott Apollo zugewandt. Der Herzog murmelte einen leisen, eindeutig beifälligen Fluch.

Die Ecken des Raumes waren zu Nischen gerundet. In drei dieser Nischen standen Statuen von gigantischen Proportionen. Griechische Schönheit und ägyptische Unförmigkeit bildeten ein französisches *tout ensemble*[17]. Seine Gnaden konnte sich keinen Reim darauf machen und sagten: «Bah!» Die Statue in der vierten Ecke war verschleiert, und sie war *nicht* kolossal. Aber ein schmaler Fußknöchel, ein Fuß mit Sandale waren sichtbar. De l'Omelette presste die Hand aufs Herz, schloss die Augen, schlug sie wieder auf und ertappte Seine Satanische Majestät – errötend.

Aber die Gemälde! Kypris! Astarte! Astarot![18] Tausende und immer dasselbe! Und Raffael hat sie gesehen! Ja, Raffael war hier; denn malte er nicht die *** und wurde er nicht deswegen verdammt?

Die Gemälde … die Gemälde! O Schwelgerei! O Liebe! Wer soll beim Anblick dieser verbotenen, auf schwellendes Eiderdaunengepfühl gebetteten Schönheiten Augen haben für die zierlichen Erfindungen der goldenen Rahmen?

Und die hohen, schmalen Fenster aus buntem Glas und Porphyr... so viele... und so großartig! Und die Vorhänge...! Ach, diese duftige Seide...! Und das dunstgleiche Schweben der prachtvollen Draperien!

Dem Herzog sinkt das Herz. Er ist nicht – o nein! –, wie man vermuten möchte, benommen vom Anblick der Pracht noch trunken vom berauschenden Odem der unzähligen Räuchergefäße. *C'est vrai, que, de toutes ces choses, il a fait un mémorandum – mais!*[19]

Den Herzog de l'Omelette hat nacktes Entsetzen gepackt; denn im gespenstischen Ausblick, den ihm das einzige unverhängte Fenster vergönnt – siehe! –, da gleißt das grausigste aller Feuer!

Le pauvre Duc![20] Hätte er sich vorstellen können, dass die herrlichen, lockenden, nie ersterbenden Symphonien, wie sie jene melodische Halle durchströmten, geläutert und verändert durch die Wandlungskraft der Zauberfenster, das Jammergeschrei und Geheul der Verzweifelten und Verdammten seien? Und auch dort... da, auf der Ottomane! Wer mochte das wohl sein? Er... der *petit-maître*[21]... nein... die Gottheit...! Wer ruhte da wie aus Marmor gemeißelt... *et qui sourit si amèrement*[22]?

Mais il faut agir.[23] Ein Franzose gibt eine Sache nie ganz verloren. Zudem verabscheute Seine Gnaden Szenen. De l'Omelette ist wieder er selbst!

Auf einem Tisch lagen mehrere Florette – und auch einige spitze Waffen.[24] Der Herzog hatte bei B. gelernt, damit umzugehen.[25] *Il avait tué ses six hommes.* Nun denn, *il peut s'échapper. Horreur!*[26] Seine Majestät ficht nicht! *Mais il joue!*[27] Was für ein Gedanke! Seine Gnaden hatte immer ein glänzendes Gedächtnis.

Er hat einmal im «Diable» des Abbé Gualtier geblättert.[28] Darin heißt es, *que le Diable n'ose pas refuser un jeu d'écarté.*[29] Aber die Chancen! Wahrlich hoffnungslos; aber kaum weniger hoffnungslos als er selbst. Im Übrigen – ist er denn kein Eingeweihter? Hat er nicht Père Lachaise[30] übertroffen? Ist er etwa kein Mitglied der Akademie? *Si je perds,* denkt er, *je serais deux fois perdu,* dann habe ich eben doppelt verspielt – *voilà tout*! (Hier zuckte der Herzog die Achseln.) *Eh bien, si je gagne! – que les cartes soient préparées!*[31]

Seine Gnaden war ganz Eifer, ganz Aufmerksamkeit, Seine Majestät ganz Zuversicht. Ein Zuschauer hätte wohl an Karl und Franz gedacht;[32] de l'Omelette dachte ans Spiel, Seine

Majestät dachte an nichts – er mischte. Seine Gnaden *coupa*[33].

Die Karten werden ausgeteilt. Der Trumpf wird langsam, *mais avec un air de fierté*[34] aufgedeckt. Eine Ecke wird sichtbar – es ist ... es ist ... der König! Nein, es war die Dame. Seine Majestät fluchte über deren männliche Kleidung. De l'Omelette legte die Hand aufs Herz. Sie spielen. Der Herzog zählt.

Das Spiel ist zu Ende. Seine Majestät zählt mit schwerer Zunge, lächelt und trinkt Wein. Der Herzog lässt eine Karte verschwinden.

«C'est à vous à faire»[35], sagte Seine Majestät und hob ab.

Seine Gnaden verbeugte sich, gab und erhob sich vom Tisch *en présentant le Roi*[36]. Seine Majestät sah verdrießlich aus.

Wäre der Trunkenbold nicht Alexander gewesen, hätte er Diogenes sein mögen;[37] und so versicherte der Herzog Seiner Majestät beim Abschiednehmen, *que s'il n'était pas de l'Omelette, il n'aurait point d'objection d'être le Diable.*[38]

X. Epimanes

Chacun a ses vertus.
Crébillon[1]

Antiochos Epiphanes wird recht allgemein als der Gog des Propheten Hesekiel betrachtet.[2] Diese Ehre gebührt jedoch eigentlich dem Kambyses, dem Sohn des Kyros.[3] Und tatsächlich hat der Charakter des syrischen Monarchen in keiner Weise irgendwelche zusätzlichen Verschönerungen nötig. Seine Thronbesteigung oder besser seine Usurpation der Herrschaft hunderteinundsiebzig Jahre vor der Ankunft Christi, sein Versuch, den Tempel der Diana in Ephesus zu plündern, sein unversöhnlicher Judenhass, seine Entweihung des heiligsten aller Heiligtümer, sein elender Tod zu Taba nach einer turbulenten elfjährigen Regierungszeit sind Umstände so herausragender Art, dass sie bei den Historikern seiner Zeit stärkere Beachtung fanden als die gottlosen, feigen, grausamen, albernen und schrulligen Taten, welche die Summe seines privaten Lebens und seines Rufes ausmachen.

Angenommen, lieber Leser, wir schrieben das Jahr der Welt dreitausendachthundertdreißig[4] und reisten in der Fantasie zur bizarrsten Wohnstatt der Menschheit, nämlich der bemerkenswerten Stadt Antiochia[5]. Zwar gab es in Syrien und anderen Ländern neben jener, auf die ich mich hier beziehe, noch sechzehn weitere Städte desselben Namens, doch ich spreche von jenem Antiochia, das man als Antiochia Epidaphne kennt wegen seiner Nachbarschaft zu dem kleinen Dorf Daphne, wo ein Tempel dieser Gottheit stand.[6] Erbaut wurde die Stadt (obgleich die Meinungen darüber auseinandergehen) von Seleukos Nikator[7], dem ersten König des Landes nach Alexander dem Großen, zum Angedenken an seinen Vater Antiochos, und alsbald war sie Regierungssitz der syrischen Könige. Zur Blütezeit des Römischen Reichs residierte hier üblicherweise der Präfekt der östlichen Provinzen, und viele Beherrscher der Königin aller Städte (wir möchten nur Verus und Valens hervorheben)[8] verbrachten den größten Teil ihrer Zeit in Antiochia. Doch ich sehe, wir sind bereits in der Stadt selbst angekommen. Besteigen wir also diese Festungsmauer und werfen einen Blick auf die Stadt und das umliegende Land.

«Welchen breiten und reißenden Fluss sehe ich dort, der sich seinen Weg durch die Wildnis der Bauwerke bahnt?»

«Das ist der Orontes, das einzige Wasser weit und breit – ausgenommen das blaue Mittelmeer, welches sich spiegelgleich ungefähr zwölf Meilen entfernt nach Süden erstreckt. Das Mittelmeer hat ja jeder schon mal gesehen, aber ich sage Ihnen, es gibt nur wenige, die einen Blick auf Antiochia werfen durften. Mit ‹wenige› meine ich wenige, die wie Sie und ich die Vorzüge moderner Erziehung genossen haben. Wenden Sie Ihre Augen also von jener See ab und richten Sie Ihre ganze Aufmerksamkeit auf das Häusermeer, das unter uns liegt. Vergessen Sie nicht, wir schreiben jetzt das Weltenjahr dreitausendachthundertdreißig. Wäre es später, zum Beispiel bedauerlicherweise im Jahr unseres Herrn achtzehnhundertdreiunddreißig, so wären wir dieses außergewöhnlichen Schauspiels beraubt. Im neunzehnten Jahrhundert ist Antiochia in einem beklagenswerten Zustand des Verfalls – beziehungsweise wird es sein. Es wird dann in drei verschiedenen Epochen und durch drei einander folgende Erdbeben völlig zerstört worden sein. Um die Wahrheit zu sagen, wird sich das wenige, was von dem früheren Selbst der Stadt noch übrig ist, in der Tat in einem so traurigen und ruinösen Zustand befinden, dass der Patriarch seine Residenz nach Damaskus verlegt hat. Gut, gut. Ich sehe, Sie ziehen Nutzen aus meinen Ausführungen und machen das Beste aus Ihrer Zeit, indem Sie das Gelände eingehend in Augenschein nehmen. Habe ich nicht recht, wenn ich beim Anblick Epidaphnes die Stadt grotesk nenne?»

«Sie ist gut befestigt – und hat dies in gleicher Weise der Natur wie der Kunstfertigkeit zu verdanken.»

«Sehr wahr.»

«Es gibt eine ungeheure Anzahl stolzer Paläste.»

«Stimmt.»

«Und die zahllosen Tempel, kostbar und prachtvoll, können wohl den Vergleich mit den höchstgerühmten des Altertums aushalten.»

«Auch dies muss ich zugeben. Gleichwohl ist die Zahl der Lehmhütten und Schuppen unendlich. Wir können nicht umhin, Unmengen von Schmutz in allen Gossen wahrzunehmen – und wären da nicht diese überwältigenden Wolken heidnischen Weihrauchs, so litten wir zweifellos unter widerwärtigem Gestank. Haben Sie jemals so unerträglich enge Straßen erblickt und Häuser von solch wundersamer Höhe? Welche Düsternis verbreiten ihre Schatten am Boden! Man tut gut daran, die Ampeln in den endlosen Kolonnaden den ganzen Tag über brennen zu lassen; andernfalls hätten wir eine Finsternis wie Ägypten zur Zeit seiner Plagen.»

«Was für ein wilder und wunderlicher Ort! Was mag jenes einzigartige Gebäude dort drüben bedeuten? Sehen Sie! Es überragt alle anderen und liegt östlich dessen, was ich für den königlichen Palast halte.»

«Das ist der neue Tempel der Sonne, die in Syrien unter dem Namen Elagabal[9] verehrt wird. Hernach wird ein sehr berüchtigter römischer Kaiser diesen Kultus in Rom installieren und deswegen den Beinamen Heliogabalus führen. Gewiss möchten Sie gern einen Blick auf die Gottheit dieses Tempels werfen. Sie brauchen nicht zum Himmel aufzuschauen –

die heilige Sonne ist nicht dort, zumindest nicht jene, die von den Syrern angebetet wird. Jene Gottheit findet man im Innern des Gebäudes dort drüben. Sie wird in Gestalt einer großen Steinsäule verehrt, die zum Zeichen des Feuers am oberen Ende in einen Kegel oder eine Pyramide ausläuft.»

«Hören Sie doch... sehen Sie nur...! Was sind das für lächerliche Wesen, halb nackt und mit bemalten Gesichtern, die dem Pöbel zuschreien und zufuchteln?»

«Ein paar sind Marktschreier, andere gehören schon eher zur Sorte der Philosophen. Der größte Teil jedoch, insbesondere diejenigen, welche die Volksmenge mit Knüppeln verprügeln, sind die vornehmsten Höflinge des Palasts, welche pflichtschuldigst irgendeinen hochlöblichen Ulk des Königs ausführen.»

«Aber was haben wir denn hier? Himmel! In der Stadt wimmelt es ja vor wilden Bestien! Welch schreckliches Spektakel! Welch gefährliche Merkwürdigkeit!»

«Schrecklich, zugegeben, aber nicht im Geringsten gefährlich. Jedes Tier folgt, wenn Sie sich der Mühe genauer Beobachtung unterziehen wollen, seinem Herrn ganz ruhig auf dem

Fuß. Gewiss, einige werden an einer um den Hals gebundenen Leine geführt, doch sind das hauptsächlich die kleineren oder furchtsameren Spezies. Der Löwe, der Tiger und der Leopard sind völlig ohne Fesseln. Man hat sie mühelos für ihr gegenwärtiges Metier abgerichtet, und sie dienen ihren jeweiligen Eigentümern als Waffenknechte[10]. Es ist wahr, dass die Natur gelegentlich ihre Rechte geltend macht, aber das Verschlingen eines Freigeborenen oder das Erwürgen einer Kurtisane oder eines geweihten Stiers sind zu unbedeutende Vorkommnisse, als dass man in Epidaphne viele Worte darüber verlieren würde.»

«Doch was höre ich da für einen ungewöhnlichen Tumult? Gewiss ist das selbst für Antiochia ein großer Lärm – der für einen außerordentlich interessanten Aufruhr spricht!»

«Ja, zweifellos. Der König verlangt nach einem seiner Lieblingsspektakel… irgendeine Schau im Hippodrom oder vielleicht die Abschlachtung skythischer Gefangener… oder die Abfackelung seines neuen Palasts… oder die Zerstörung eines hübschen Tempels… oder gar ein Freudenfeuer aus ein paar Juden. Der Tumult nimmt zu. Lachsalven steigen zum

Himmel hinauf. Von misstönenden Blasinstrumenten erzittert die Luft, ebenso wie sie vom Geschrei aus Millionen Kehlen erschaudert. Steigen wir also spaßeshalber hinab und sehen uns an, was vorgeht. Hier entlang – geben Sie acht. Jetzt sind wir auf der Hauptstraße, benannt nach Timarchos, der dem König Unheil brachte.[11] Durch sie wird sich der Menschenstrom ergießen, und dann wird es schwierig für uns, gegen die Flut anzukämpfen. Sie strömt durch die Gasse des Herakleides, die direkt vom Palast herführt, weshalb unter den Randalierern höchstwahrscheinlich der König ist. Ja, ich höre die Heroldsrufe, die sein Nahen in der pompösen Ausdrucksweise des Ostens verkünden. Wir werden einen flüchtigen Blick auf ihn werfen können, wenn er am Asimatempel vorbeikommt. Machen wir es uns in der Vorhalle dieses Gebäudes bequem. Der König wird gleich hier sein. Inzwischen betrachten wir dieses Bildnis – was zeigt es? Oh! Die Gottheit Asima höchstselbst. Sehen Sie, sie ist weder Ziege noch Lamm oder Satyr. Auch gleicht sie nicht dem Pan der Arkadier. Trotzdem ist es eine Tatsache, dass die Gelehrten späterer Zeiten dem syrischen Asima all diese Erscheinungsformen zugeschrieben haben ... Verzeihung, zuschreiben werden. Und jetzt setzen Sie Ihre Brille auf und sagen Sie mir, was er ist – was ist das?»

«Du lieber Himmel, ein Affe!»

«Stimmt, ein Pavian, aber deswegen nichts weniger als eine Gottheit. Ihr Name leitet sich vom griechischen Σιμια ab – was für Toren die Altertumsforscher doch sind.»[12]

«Aber sehen Sie doch nur – sehen Sie! Da drüben flitzt ein zerlumpter kleiner Bengel los – wo will er hin? Wieso schreit er so? Was sagt er?»

«Er sagt, der König naht im Triumph, gekleidet in Staatsgewänder – soeben hat er mit eigener Hand tausend gefesselte israelitische Gefangene getötet. Für diese Heldentat rühmt ihn der kleine Lump in alle Himmel. Horch! Dort kommt ein Trupp derselben Sorte – sie haben eine lateinische Hymne auf des Königs Heldenmut verfasst und singen sie im Gehen:

‹*Mille, mille, mille*
Mille, mille, mille
Decollavimus, unus homo!
Mille, mille, mille, mille, decollavimus!
Mille, mille, mille!

Vivat qui mille, mille occidit!
Tantum vini habet nemo
Quantum sanguinis effudit!›*

Was man etwa folgendermaßen übersetzen könnte:

‹Tausend, tausend, tausend
Tausend, tausend, tausend
geköpft mit einem Krieger!
Tausend, tausend, tausend, tausend!
Sing tausend, tausend immer wieder!
Soho! sei unser Gesang:
Der König lebe lang,
der über tausend köpft' so fein.
Drum stimmt jetzt alle ein:
Rotes Blut hat er vergossen, so viel in Syrien nie geflossen
und ward auch niemals dort genossen!›»

«Hören Sie die Trompetenfanfaren?»

* Flavius Vopiscus meint, die hier vorgestellte Hymne habe der Pöbel gesungen, als Aurelian im Sarmatischen Krieg mit eigener Hand neunhundertfünfzig Feinde erschlug (Anm. d. Autors).

«Ja, der König kommt. Sehen Sie! Das Volk ist starr vor Bewunderung und hebt andächtig die Augen zum Himmel. Er kommt! Er naht! Da ist er!»

«Wer? Wo – der König...? Ich kann ihn nicht sehen – ihn nirgendwo ausmachen.»

«Dann müssen Sie blind sein.»

«Gut möglich – trotzdem erkenne ich nichts weiter als einen lärmenden Mob von Idioten und Verrückten, die sich voller Eifer vor einem riesigen Kameloparden zu Boden werfen und einen Huf des Tiers zu küssen versuchen. Sehen Sie! Eben hat die Bestie ganz zu Recht einen aus diesem Gesindel niedergetreten... und noch einen... und noch einen... und noch einen. Ich kann mir nicht helfen, ich muss das Tier für den vortrefflichen Gebrauch seiner Hufe bewundern.»

«Gesindel, allerdings – dabei sind es die edlen und freien Bürger von Epidaphne! Bestie, sagten Sie? Passen Sie auf, dass niemand Sie hört. Erkennen Sie denn nicht, dass dieses Tier ein menschliches Antlitz trägt? Ja, mein werter Herr, dieser Kamelopard ist kein anderer als Antiochos Epiphanes – Antiochos der Erlauchte, König von Syrien und der mächtigste aller

Autokraten des Ostens! Gewiss wird er auch manchmal Antiochos Epimanes, ‹Antiochos der Verrückte›, genannt – doch liegt das nur daran, dass nicht alle in der Lage sind, seine Verdienste zu würdigen. Auch ist unstrittig, dass er sich im Augenblick im Balg eines Tiers versteckt und sich alle Mühe gibt, die Rolle eines Kameloparden zu spielen – doch soll dies lediglich seiner Königswürde mehr Kraft verleihen. Übrigens ist der König von gigantischer Statur, die Verkleidung ist daher weder geschmacklos noch zu groß für ihn. Zudem dürfen wir annehmen, dass er sie nur wegen einer besonders wichtigen Staatsaktion trägt. Und, mit Verlaub, um eine solche handelt es sich bei dem Massaker an tausend Juden. Mit welch überragender Würde wandelt der König auf allen vieren dahin! Sein Schwanz, sehen Sie, wird von Elline und Argelais, zwei seiner Lieblingskonkubinen, hochgehalten, und seine Erscheinung wäre unendlich einnehmender, wären da nicht seine hervorquellenden Augen, die ihm demnächst aus dem Kopf springen werden, und seine eigentümliche Gesichtsfarbe, das Resultat übermäßigen Weingenusses, die sich jeder Beschreibung entzieht. Wir wollen ihm zum Hippodrom folgen und dem Triumphgesang lauschen, den er anstimmt:

‹Wo ist ein König wie Epiphanes?
Sagt doch, wo?
Wo ist ein Gott wie Epiphanes?
Sagt doch, wo?
Keiner ist wie Epiphanes,
Nein, es gibt keinen!
Drum reißt nieder die Tempel
und löscht die Sonne aus!›

Gut und herzhaft gesungen! ‹Fürst der Dichter›, ‹Ruhm des Ostens› und ‹Wonne des Universums› sowie ‹Herrlichster der Kameloparden›, jubelt das Volk ihm zu. Es hat nach einer Zugabe verlangt, und – hören Sie? – er trägt seinen Erguss noch einmal vor. Wenn er beim Hippodrom anlangt, wird man ihn mit dem Dichterkranz krönen im Vorgriff auf jenen Moment, da er ihn in Olympia erlangt.»

«Ach du lieber Jupiter, was ist denn bei den Leuten da hinter uns los?»

«Hinter uns, sagen Sie? Oh! Aha… ja, ich seh's. Mein Freund, wie gut, dass Sie sich rechtzeitig bemerkbar gemacht haben – suchen wir lieber so schnell wie möglich einen sicheren Ort auf. Hier... verstecken wir uns unter dem Bogen dieses Aquädukts, und ich will Sie sogleich über die Ursache des Getümmels aufklären. Meine Befürchtungen haben sich bestätigt. Die einzigartige Erscheinung des Kameloparden mit einem Menschenkopf hat anscheinend das Anstandsgefühl der in der Stadt gezähmten wilden Tiere beleidigt. Nun meutern sie, und nun werden, wie in solchen Fällen üblich, alle menschlichen Anstrengungen nichts nutzen, um dem Mob Einhalt zu gebieten. Schon sind einige Epidaphnier gefressen worden, aber die allgemeine Stimmung unter den vierfüßigen Patrioten scheint auf den Verzehr des Kameloparden hinauszulaufen. Der Fürst der Dichter rennt daher auf den Hinterbeinen um sein Leben. Seine Höflinge haben ihn im Stich und die Konkubinen seinen Schwanz losgelassen. Wonne des Universums, du bist nun in einer fatalen Zwickmühle! Ruhm des Ostens, du läufst Gefahr, zermalmt zu werden! Dein Schwanz wird durch den Kot schleifen, das ist unausweichlich... Sieh also nicht hinter dich auf dessen unvermeidliche Erniedrigung – hab lieber Mut!, rege tatkräftig deine Beine und eile zum

Hippodrom! Vergiss nicht, dass dir die wilden Tiere auf den Fersen sind! Vergiss nicht, du bist Antiochos Epiphanes, Antiochos der Erlauchte – auch ‹Fürst der Dichter›, ‹Ruhm des Ostens›, ‹Wonne des Universums› und ‹Herrlichster der Kameloparden›! Himmel!, welch machtvolle Schnelligkeit du entwickelst…! Welches Können im Reißausnehmen du an den Tag legst…! Renne, Fürst…! Bravo, Epiphanes! Hurra, Kamelopard…! Ruhmreicher Antiochos! Er rennt… er springt… er fliegt! Wie ein vom Katapult geschnelltes Geschoss nähert er sich dem Hippodrom! Er springt…! Er schreit…! Er ist da…! Ach, hättest du, Ruhm des Ostens, nur eine halbe Sekunde später das Amphitheater erreicht, so wäre nicht ein Bärenjunges in Epidaphne, das nicht an deinem Leichnam geknabbert hätte. Nun aber los, wir müssen scheiden! Denn unsere empfindsamen modernen Ohren sind außerstande, den wüsten Lärm zu ertragen, der zur Feier der Flucht des Königs alsbald ausbrechen wird. Hören Sie – schon hat er begonnen! Sehen Sie – die ganze Stadt steht kopf!»

«Dies ist gewiss die bevölkerungsreichste Metropole des Ostens – welch ein Menschengewirr! Welch ein Mischmasch aller Stände und Lebensalter! Welche Vielfalt an Religionen und Nationen...! Welche Vielfalt an Trachten! Welch ein Sprachenbabel...! Welch ein Bestiengebrüll...! Welch ein Instrumentengeklingel...! Welch ein Häuflein Philosophen...! Welch ein Kindergewimmel...! Welch eine Menge Frauen...! Was für ein teuflischer Krach!»

«Kommen Sie, wir müssen los!»

«Noch einen Moment! Im Hippodrom sehe ich ein wüstes Tohuwabohu. Ich flehe Sie an, was kann das nur bedeuten?»

«Das...? Oh, nichts weiter! Die edlen und freien Bürger von Antiochia, die nach eigener Aussage mit der Treue, dem Mut, der Weisheit und der Göttlichkeit ihres Königs hochzufrieden sind und überdies auch Zeugen seiner jüngsten übermenschlichen Behändigkeit wurden, erachten es für nichts weniger als ihre Pflicht, seiner Stirn (neben der Dichterkrone) auch den Siegerkranz im Wettlauf aufzusetzen – einen Kranz, der als höchste Ehrung gilt und der ihm offenkundig schon jetzt, noch vor der Feier der nächsten Olympischen Spiele, zusteht.»

XI. Eine Geschichte aus Jerusalem

Intonsos rigidam in frontem ascendere
canos Passus erat.

Lukan[1]

... eine borstige Last (Übersetzung)

«Lasst uns auf die Wälle eilen», sagte Abel-Schittim zu Buzi-Ben-Levi und Simeon dem Pharisäer[2] am zehnten Tag des Monats Tammus[3] im dreitausendneunhunderteinundvierzigsten Jahr der Welt, «lasst uns auf die Mauern neben dem Benjamin-Tor in der Stadt Davids eilen, welches das Lager der Unbeschnittenen überragt; denn es ist Sonnenaufgang, die letzte Stunde der vierten Wache, und die Götzendiener sollten uns, wie von Pompeius versprochen, eigentlich mit den Opferlämmern erwarten.»

Simeon, Abel-Schittim und Buzi-Ben-Levi waren die Gizbarim oder Untereinnehmer der Opfergaben in der heiligen Stadt Jerusalem – genauer Jeruschalajim, was etwa so viel bedeutet wie «Besitz der Friedenserbschaft».[4]

«Wahrlich», erwiderte der Pharisäer, «lasset uns eilen – denn diese Großzügigkeit ist ungewohnt beim Heiden und Wankelmut den Baalanbetern seit jeher eigen.»

«Dass sie wankelmütig sind und heimtückisch, ist so wahr wie der Pentateuch», sagte Buzi-Ben-Levi, «aber nur gegen das Volk des Adonai[5]. Wann hat man je gehört, die Ammoniter[6] hätten ihren Vorteil nicht bedacht? Mich dünkt, es ist keine übertriebene Großmut, wenn sie uns Lämmer für den Altar des Herrn zugestehen, für die sie im Gegenzug dreißig Silberschekel pro Kopf erhalten.»

«Du vergisst jedoch, Ben-Levi», sagte Abel-Schittim, «dass der Römer Pompeius[7], der jetzt so gottvergessen die Stadt des Allerhöchsten belagert, nicht sicher sein kann, dass wir die solchermaßen für den Altar erworbenen Lämmer nicht zum Wohl unseres Leibes statt unserer Seele gebrauchen.»

«Bei den fünf Spitzen meines Bartes!», brüllte der Pharisäer, welcher der Sekte angehörte, die man «die Schleicher» nennt (jenes Grüppchen von Heiligen, die beim Gehen ihre Füße so übers Pflaster schleifen, dass sie aufplatzen, was den weniger eifrigen Anhängern lange Zeit

Stachel und Vorwurf war – ein Stein des Anstoßes für weniger begabte Flaneure), «bei den fünf Spitzen dieses Bartes, den zu scheren mir als Priester verboten ist! Müssen wir jenen Tag noch erleben, da uns ein gotteslästerlicher und götzendienerischer römischer Emporkömmling bezichtigt, wir widmeten die heiligsten und geweihtesten Elemente den Gelüsten des Fleisches? Müssen wir …»

«Fragen wir nicht nach des Philisters[8] Beweggründen», unterbrach ihn Abel-Schittim, «denn heute ziehen wir erstmals Nutzen aus seiner Habgier oder seiner Großzügigkeit. Lasst uns lieber auf die Wälle eilen, auf dass uns Opfergaben nicht mangeln für jenen Altar, dessen Feuer kein Regen löschen und dessen Rauchsäulen kein Wind krümmen kann.»

Jener Teil der Stadt, dem unsere würdigen Gizbarim nun zustrebten und der den Namen seines Architekten, des Königs David, trug, galt als das am stärksten befestigte Viertel Jerusalems, da auf dem steilen, hohen Berg Zion gelegen. Hier wurde ein breiter, tiefer und aus dem massiven Felsgestein herausgeschlagener Festungsgraben von einem auf seinem inneren Rand errichteten Schutzwall mit starken

Mauern verteidigt. Geschmückt war dieser Wall in regelmäßigen Abständen mit quadratischen Türmen aus weißem Marmor – der niedrigste sechzig und der höchste einhundertzwanzig Ellen hoch. Doch in der Nähe des Benjamin-Tors erhob sich der Wall keineswegs unmittelbar über dem Rand des Grabens; im Gegenteil, zwischen dem Grabenboden und dem Ringwallfundament erhob sich lotrecht ein zweihundertfünfzig Ellen hoher Fels, der einen Teil des schroffen Morija-Bergs bildete. Als nun Simeon und seine Gefährten zur Spitze des Turms gelangten, der da heißt Adoni-Besek[9] und welcher der höchste aller Türme im Umkreis Jerusalems ist und üblicherweise der Ort der Verhandlungen mit dem belagernden Heer, da blickten sie auf das feindliche Lager von einer Höhe herab, die jene der Cheopspyramide um viele Fuß und die des Baaltempels um einige Fuß überragte.

«Wahrlich», sagte mit einem Seufzer der Pharisäer, als er benommen in den Abgrund spähte, «die Unbeschnittenen sind wie der Sand am Meeresufer, wie die Heuschrecken in der Wüste. Und das Tal des Königs ist zum Tale Adommin[10] geworden.»

«Und doch», fügte Ben-Levi hinzu, «kannst du mir nicht einen Philister zeigen – nein, nicht vom Forst bis zu den Zinnen, nicht von Aleph bis Taw –, der größer wäre als der Buchstabe Jod!»[11]

«Lasst den Korb mit den Silberschekeln herunter!», brüllte ein römischer Soldat mit rauer, heiserer Stimme, die aus dem Reich Plutos heraufzudringen schien. «Lasst den Korb mit der verfluchten Münze herunter, bei deren Aussprache sich ein anständiger Römer den Kiefer bricht! Erweist ihr so eure Dankbarkeit unserem Herrn Pompeius, der sich in seiner Güte herabließ, euren götzendienerischen Zudringlichkeiten sein Ohr zu leihen? Der Gott Phoebus[12], der ein wahrer Gott ist und kein Barbar, hat seit einer Stunde seine Fahrt begonnen – und solltet ihr nicht bei Sonnenaufgang auf den Wällen sein? *Edepol!*[13] Glaubt ihr, dass wir, die Eroberer der Welt, nichts Besseres zu tun hätten, als vor jedem Hundezwinger herumzustehen, um mit den Kötern der Erde zu schachern? Herunter damit, sage ich! – und gebt acht, dass euer Plunder das rechte Gewicht hat und schön glänzt.»

«El Elohim[14]!», stieß der Pharisäer hervor, als

des Zenturios Missklänge an den Felswänden heraufschepperten und in Richtung des Tempels verhallten, «El Elohim! Wer ist der Gott Phoebus? Wen ruft der Lästerer an? Du, Buzi-Ben-Levi, der du in den Gesetzen der Heiden bewandert bist und unter denen weiltest, die mit den Teraphim[15] herumstümpern, ist es Nergal, von dem der Götzendiener spricht? Oder Asimah...? Oder Nibhaz...? Oder Tartak...? Oder Adramalech...? Oder Anamalech...? Oder Sukot-Benit...? Oder Dagon...? Oder Belial...? Oder Baal-Perit...? Oder Baal-Peor...? Oder Baal-Zebub?»[16]

«Wahrlich, es ist keiner von diesen – aber Obacht, damit dir das Seil nicht zu schnell durch deine Finger schlüpfe; denn sollte das Flechtwerk an jenem Felsvorsprung hängen bleiben, so möchte eine jammervolle Ausgießung[17] heiliger Dinge aus dem Tempel geschehen.»

Mithilfe einer grob konstruierten Maschine wurde nun der schwer beladene Korb vorsichtig zu der Menge hinabgelassen, und aus schwindelnder Höhe konnte man sehen, wie sich die Römer konfus um ihn versammelten. Aber wegen der ungeheuren Höhe und des vorherrschenden Nebels, was in Jerusalem ungewöhnlich ist, konnte keiner einen deutlichen Eindruck von ihren Handlungen gewinnen.

Eine halbe Stunde war schon verstrichen.

«Wir werden zu spät kommen», sagte mit einem Seufzer der Pharisäer, als er nach Ablauf dieser Frist in den Abgrund schaute. «Wir werden zu spät kommen – und die Katholim[18] werden uns aus dem Amt drängen.»

«Nie mehr», antwortete Abel-Schittim, «werden wir das Mark im Lande essen[19] – nie mehr duften unsere Bärte nach Weihrauch und umgürtet unsere Lenden feines Tempelleinen.»

«Racha!»[20], schwor Ben-Levi, «Racha! Wollen die uns um das Kaufgeld betrügen, oder – heiliger Moses! – prüfen sie gar das Gewicht der Schekel des Tabernakels?»

«Endlich! Sie haben das Zeichen gegeben», brüllte der Pharisäer. «Zieh kräftig, Abel-Schittim – und du, Buzi-Ben-Levi, zieh kräftig! Denn wahrlich, entweder halten die Philister den Korb immer noch fest, oder der Herr hat ihre Herzen so erweicht, dass sie ein Tier von gutem Gewicht hineinlegten!

Und die Gizbarim zogen und zogen, indes ihre Bürde schwer aufwärtsschwankte durch den immer dichter werdenden Nebel.

«Buschoh he!», sagte Ben-Levi, als nach Ablauf einer Stunde am äußersten Ende des Seils undeutlich ein Gegenstand sichtbar wurde… «Vah! Klimah he! Eine Schande…? Es ist ein Widder aus der Wüste En Gedi und so wild wie das Tal Josaphat[21].»

«Es ist ein Erstling der Herde»,[22] sagte Abel-Schittim, «ich erkenne ihn am Blöken seiner Lippen und an der unschuldigen Verschränkung seiner Glieder. Seine Augen sind schöner als die Juwelen am Brustschild des Hohepriesters,[23] und sein Fleisch ist wie der Honig von Hebron.»

«Es ist ein gemästetes Kalb von den Weiden von Baschan»,[24] sagte der Pharisäer. «Die Heiden haben wunderbar an uns gehandelt. Erheben wir unsere Stimmen zu einem Psalm – lasset uns Dank sagen mit Schalmei und Psalter, mit Harfe und Orgel, mit Zither und Posaune.»[25]

Erst als der Korb nur noch wenige Fuß von den Gizbarim entfernt war, vernahmen sie das verräterische tiefe Grunzen eines Schweins von nicht gewöhnlicher Größe.

«O El Emanu!»,[26] stieß, den Griff lockernd und die Augen gen Himmel gerichtet, das Trio langsam hervor, als das befreite Borstentier kopfüber mitten unter die Philister stürzte. «El Emanu! Gott steh uns bei! Es ist das unaussprechliche Fleisch!»

«Nicht länger mehr», sagte der Pharisäer, «nicht länger mehr sei mein Name Simeon, was ‹der Eilende› bedeutet, sondern Boanerges, ‹der Sohn des Donners›.»[27]

XII. Berühmt – Eine Erzählung

... und alles Volk, auf seiner Zehen zehn,
verwundert blieb es plötzlich steh'n.

Bischof Halls «Satiren»[1]

Ich bin ... das heißt, ich war ein bedeutender Mensch; doch bin ich weder der Autor der Juniusbriefe noch der Mann mit der Maske,[2] denn ich heiße Thomas Smith und wurde irgendwo in der Stadt Fum-Fudge[3] geboren. Die erste Tat meines Lebens war, dass ich mit beiden Händen nach meiner Nase griff. Meine Mutter sah es und nannte mich ein Genie; mein Vater weinte vor Freude und kaufte mir eine Abhandlung über Nosologie[4]. Noch ehe ich lange Hosen trug, hatte ich mir diese nicht nur ganz zu eigen gemacht, sondern auch alles in einem Notizbuch gesammelt, was je zu diesem Thema von Plinius, Aristoteles, Alexander Ross, Minutius Felix, Hermanus Pictorius, Del Rio, Villarêt, Bartolinus und Sir Thomas Browne gesagt wurde.[5]

Damals begann ich mich in der Wissenschaft vorzutasten und erkannte bald, dass ein Mensch, sofern er eine ausreichend große Nase besitzt, dieser nur zu folgen braucht, um eine Berühmtheit zu werden. Mein Interesse beschränkte sich freilich nicht allein auf Theorien. Jeden Morgen genoss ich ein oder zwei Schlückchen und zog einige Male an meinem Proboscis[6]. Als ich mündig geworden war, rief mich mein Vater in sein Studierzimmer.

«Mein Sohn», sagte er, «was ist deines Daseins höchstes Ziel?»

«Vater», sagte ich, «es ist das Studium der Nosologie.»

«Und was», fuhr er fort, «ist Nosologie?»

«Sir», erwiderte ich, «es ist die Wissenschaft von der Nase.»

«Und kannst du mir sagen, Thomas», fragte er, «worin die Bedeutung einer Nase liegt?»

«Die Nase, mein Vater», sagte ich, «wurde von etwa tausend verschiedenen Autoren ganz unterschiedlich definiert. Es ist jetzt Mittag. Wir haben also bis Mitternacht ausreichend Zeit, um alle durchzuarbeiten. Ich beginne: Nach Bartholinus ist die Nase jener Auswuchs, jener Höcker, jene Wucherung, die ...»

«Das reicht, Thomas», sagte mein Vater. «Ich bin förmlich erschlagen vom Ausmaß deines Wissens – ganz gewiss, meiner Seel'. Komm her!» (Hier ergriff er mich am Arm.) «Deine Erziehung kann nun als abgeschlossen gelten, und es ist höchste Zeit, dass du dich selbst durchschlägst, also ... also ... also ...» (hier beförderte er mich mit Fußtritten die Treppe hinunter und zur Tür hinaus) «also verschwinde aus meinem Haus und behüte dich Gott!»

Da ich den göttlichen Afflatus[7] in mir verspürte, schien mir dieser Vorfall eher glückhaft als sonst etwas. Ich beschloss, meiner Nase zu folgen, zog ein- oder zweimal an ihr und verfasste einen Aufsatz zur Nosologie. Ganz Fum-Fudge stand kopf.

«Herrliches Genie», sagte die «Quarterly»[8].

«Süperber Physiologe!», sagte das «New Monthly».

«Glänzender Stilist!», sagte die «Edinburgh».

«Großer Mann!», sagte das «Blackwood».

«*Wer* mag er sein?», fragte Mrs. Bas-Bleu[9].

«*Was* mag er sein?», fragte die große Miss Bas-Bleu.

«*Wo* mag er sein?», fragte die kleine Miss Bas-Bleu.

Ich schenkte ihnen jedoch keinerlei Beachtung und betrat das Atelier eines Künstlers.

Die Herzogin von Dumeinegüte saß gerade Porträt. Die Marquise von Soundso hielt den Pudel der Herzogin, der Graf von Diesunddas flirtete mit ihrem Riechfläschchen, und seine Königliche Hoheit von Rührmichnichtan stand hinter ihrem Sessel. Ich ging einfach auf den Künstler zu und hielt ihm meinen Proboscis hin.

«O wie schön!», seufzte die Herzogin von Dumeinegüte.

«O wie hübsch!», lispelte die Marquise von Soundso.

«Schrecklich!», stöhnte der Graf von Diesunddas.

«Abscheulich!», knurrte Seine Hoheit von Rührmichnichtan.

«Wie viel wollen Sie dafür?», fragte der Künstler.

«Tausend Pfund», sagte ich und setzte mich.

«Tausend Pfund?», fragte er und drehte die Nase zum Licht.

«Ganz genau», sagte ich.

«Wunderschön!», sagte er mit Blick auf die Nase.

«Tausend Pfund», sagte ich und drehte sie zur anderen Seite.

«Vortrefflich!», sagte er.

«Tausend Pfund», sagte ich.

«Sie sollen sie haben», sagte er, «was für ein Beispiel der *vertù*[10]!» Er gab mir also das Geld und fertigte eine Skizze von meiner Nase.

Ich mietete eine Wohnung in der Jermyn Street und übersandte Seiner Majestät die neunundneunzigste Auflage der «Nosologie» mit einem Porträt des Autors. Seine Königliche Hoheit von Rührmichnichtan lud mich zum Abendessen ein.

Wir waren eine Versammlung ausgesuchter Berühmtheiten.

Einer war ein Großtürke aus Stambul. Er behauptete, dass die Engel Pferde, Hühner und Stiere seien, dass irgendwer im sechsten Himmel siebzigtausend Köpfe und siebzigtausend Zungen habe und dass die Erde von einer himmelblauen Kuh auf vierhundert Hörnern getragen werde.

Einer war Sir Positive Paradox. Er behauptete, alle Narren seien Philosophen und alle Philosophen Narren.

Einer war ein Autor, der sich mit Ethik befasste. Er redete vom Feuer, von Ganzheit und von Atomen, von Seelenspaltung und Präexistenz, von Affinität und Dissonanz, von primitiver Intelligenz und Homöomerien.[11]

Einer war Theologus Theologie. Er redete über Eusebius und Arianus, über Häresie und das Konzil von Nicäa, über Konsubstantialismus, Homoousios und Homouioisios.[12]

Einer war Fricassée vom Rocher de Cancale[13]. Er erwähnte Latour, Markbrunnen und Maraschino, Miroton von roter Zunge und Blumenkohl mit Sauce velouté, Kalbfleisch à la Sainte-Menehould, Marinade à la Saint-Florentin und Orangengelee *en mosaïque*.[14]

Einer war Signor Tintontino aus Florenz. Er sprach über Cimabue, Arpino, Carpaccio und Agostino, über Caravaggios Düsternis und die Lieblichkeit Albanos, die goldenen Farben Tizians, die Rubens'schen Frauen und die Schelmereien Jan Steens.[15]

Einer war der große Geologe Feltzpar. Er redete von Hornblende-Glimmerschiefer, Quarz, Schiefer, Schörl und Puddingstein.[16]

Einer war der Rektor der Universität von Fum-Fudge. Er meinte, der Mond habe in Thrakien Bendis geheißen, in Ägypten Bubastis, in Rom Diana und in Griechenland Artemis.[17]

Einer war Delphinus Polyglott. Er lehrte uns, was aus den dreiundachtzig verlorenen Tragödien des Aischylos wurde, aus den vierundfünfzig Reden des Isaios und aus den dreihunderteinundneunzig des Lysias, aus den hundertachtzig Abhandlungen des Theophrast aus dem achten Buch über die Kegelschnitte des Apollonius – aus Pindars Hymnen und Dithyramben und aus den fünfundvierzig Tragödien von Homer dem Jüngeren.[18]

Einer war ein Neuplatoniker. Er zitierte Porphyrios, Iamblichos, Plotin, Proklos, Hierocles, Maximus von Tyros und Syrianus.[19]

Einer war ein Vertreter der menschlichen Vervollkommnungslehre. Er zitierte Turgot, Price, Priestley, Condorcet, de Staël und den Ehrgeizigen Studenten von ziemlich schlechter Gesundheit.[20]

Und einer war ich selbst. Ich sprach über Pictorius, Del Rio, Alexander Ross, Minutius Felix, Bartholinus, Sir Thomas Browne und die Wissenschaft von den Nasen.

«Wunderbar gescheiter Bursche!», sagte Seine Hoheit.

«Süperb!», sagten die Gäste; und am nächsten Morgen machte Ihre Gnaden von Dumeinegüte mir ihre Aufwartung.

«Werden Sie auch zu Almack's[21] kommen, Sie bezauberndes Geschöpf?», fragte sie mich.

«Gewiss», sagte ich.

«Nase und alles?», fragte sie.

«Absolut», antwortete ich.

«Dann gebe ich Ihnen hier eine Karte», sagte sie. «Sie kommen doch?»

«Teure Herzogin, mit meinem ganzen Herzen.»

«Phhh! Nein – aber mit Ihrer ganzen Nase?»

«Mit allem Drum und Dran, meine Liebe», sagte ich, zog ein- oder zweimal daran und fand mich bei Almack's ein. Die Räume waren zum Ersticken überfüllt.

«Er kommt!», sagte jemand auf der Treppe.

«Er kommt!», sagte jemand weiter oben.

«Er kommt!», sagte jemand noch weiter oben.

«Er ist gekommen», sagte die Herzogin, «er ist da, der kleine Liebling!» Und sie fasste mich an beiden Händen und schaute mir in die Nase.

«Ah, joli!», sagte Mademoiselle Pas Seul.

«Dios guarda!», sagte Don Stiletto.

«Diavolo!», sagte Graf Capricornuto.[22]

«Tausend Teufel!»,[23] sagte Baron Bludenuff.

«Fideldi, fideldi, fideldum!», sagte das Orchester.

«Ah, joli!», *«Dios guarda!»*, *«Diavolo!»* und «Tausend Teufel!», wiederholten Mademoiselle Pas Seul, Don Stiletto, Graf Capricornuto und Baron Bludenuff.

Es war zu schlimm – einfach nicht auszuhalten. Ich wurde wütend.

«Sir!», sagte ich zum Baron, «Sie sind ein Pavian!»

«Sir!», antwortete er nach einer Pause, «Donner und Blitz[24]!»

Das reichte. Am nächsten Morgen, um sechs Uhr, schoss ich ihm die Nase weg – und suchte dann wieder meine Freunde auf.

«Bête[25]!», sagte die erste.

«Narr!», sagte der zweite.

«Trottel!», sagte der dritte.

«Depp!», sagte der vierte.

«Schwachkopf!», sagte der fünfte.

«Esel!», sagte der sechste.

«Verschwinde!», sagte der siebte.

Von alledem fühlte ich mich zutiefst gekränkt, und so suchte ich meinen Vater auf.

«Vater», sagte ich, «was ist meines Daseins höchstes Ziel?»

«Mein Sohn», entgegnete er, «es bleibt das Studium der Nosologie. Indem du aber Bludenuffs Nase trafst, bist du über das Ziel hinausgeschossen. Du hast gewiss eine schöne Nase, aber der Baron hat jetzt keine mehr. Du bist verflucht, und er wurde zur Berühmtheit des Tages. Groß ist in Fum-Fudge eine Berühmtheit, die einen Proboscis hat, doch weit größer noch jene, die keinen hat.»

Quellenangaben

I. Der Folio Club

«Introduction to the Tales of the Folio Club», in: J.A. Harrison (Hg.), *The Complete Works of Edgar Allan Poe*, Bd. 2 (1902), S. xxxv-xxxix. Erzähler: der anonyme Club-Neuling.

II. Wie man Geld auftreibt oder: Schwindeln als eine der exakten Wissenschaften betrachtet

«Raising the Wind; or, Diddling Considered as One of the Exact Sciences», in: *The Saturday Courier* (Philadelphia, PA), 14. Oktober 1843, S. 1. Erzähler: Mr. Snap, der Präsident, «ein sehr hagerer Mann mit Hakennase, der vormals im Dienst der ‹Down-East Review› stand».

III. Der Geisterseher

«The Visionary», in: *Lady's Book* [*Godey's Lady's Book*], Philadelphia, PA, Bd. 8 (1834), S. 40–43.
Erzähler: «Mr. Convolvulus Gondola, ein junger, ziemlich weit gereister Gentleman».

IV. Ein geplatzter Handel

«The Bargain Lost», in: *The Saturday Courier* (Philadelphia, PA), 1. Dezember 1832, S. 1.
Erzähler: «De Rerum Naturâ, Esqr., der ein wirklich einzigartiges Paar grüner Augengläser trug».

V. Siope – Eine Fabel

«Silence (Siope)», in: *The Baltimore Book*, 1838, S. 79–85, sowie Manuskriptfragment von 1833 aus dem Nachlass von Griswold, in: J. A. Harrison (Hg.), *The Complete Works of Edgar Allan Poe*, Bd. 2 (1902), S. 382.
Erzähler: «Ein sehr kleiner Mann im schwarzen Anzug mit sehr schwarzen Augen».

VI. Das Manuskript in der Flasche

«MS. Found in a Bottle», in: *The Saturday Visiter* (Baltimore, MD), 19. Oktober 1833, S. 1.
Erzähler: «Mr. Solomon Seadrift, der gänzlich wie ein Fisch aussah».

VII. Metzengerstein

«Metzengerstein», in: *The Saturday Courier* (Philadelphia, PA), 14. Januar 1832, S. 1.
Erzähler: «Mr. Horribile Dictu, der weiße Wimpern hatte und in Göttingen graduiert worden war».

VIII. Ein entschiedener Verlust

«A Decided Loss», in: *The Saturday Courier* (Philadelphia, PA), 10. November 1832, S. 1.
Erzähler: «Mr. Blackwood Blackwood, Verfasser gewisser Artikel für ausländische Zeitschriften».

IX. Der Herzog de l'Omelette

«The Duke de L'Omelette», in: *The Saturday Courier* (Philadelphia, PA), 3. März 1832, S. 1.
Erzähler: «Mr. Rouge-et-Noir, der Lady Morgan bewunderte».

X. Epimanes

«Epimanes», Manuskript, von Poe am 4. Mai 1833 Joseph T. und Edwin Buckingham für das *New England Magazine* angeboten. Abgedruckt in: Thomas Ollive Mabbott (Hg.) *The Collected Works of Edgar Allan Poe*, Bd. 2 (1978), S. 119–127.
Erzähler: «Ein dicker Gentleman, der Sir Walter Scott bewunderte».

XI. Eine Geschichte aus Jerusalem

«A Tale of Jerusalem», in: *The Saturday Courier* (Philadelphia, PA), 9. Juni 1832, S. 1.
Erzähler: «Chronologos Chronology, der Horace Smith bewunderte und eine sehr große Nase hatte, die in Kleinasien gewesen war».

XII. Berühmt – Eine Erzählung

«Lionizing», in: *Southern Literary Messenger* (Richmond, VA), 9. Mai 1835, S. 515–516. Erzähler: der anonyme Club-Neuling.

Literaturverzeichnis

William Bittner, Poe – A Biography, Toronto 1962.

Kenneth L. Daughrity, Poe's «Quiz on Willis». In: *American Literature,* 5 (1), 1933, S. 55–62.

Sybille Haage, Edgar Allan Poes «Tales of the Folio Club»: Versuch der Rekonstruktion einer zyklischen Rahmenerzählung (Studien und Texte zur Amerikanistik – German Edition), Bern 1978.

A. Hammond, A Reconstruction of Poe's 1833 Tales of the Folio Club. In: Preliminary Notes. *Poe Studies,* 5 (2), 1972, S. 25–32.

Jeffrey L. High, Schiller, Coleridge, and the Reception of the German (Gothic) Tale. In: *Colloquia Germanica* 42, 2009, S. 49–66.

Anthony Kemp, The Greek Joke in Poe's «Bon-Bon». In: *American Literature* 56, 1984, S. 580–583.

David E. Latané, William Maginn and the British Press: A Critical Biography, Routledge 2013.

Claude Richard, Poe and the Yankee Hero: An

Interpretation of «Diddling Considered As One of the Exact Sciences». In: *The Mississippi Quarterly*, 21, 1968, S. 93–109.
Albert H. Smyth, The Philadelphia magazines and their contributors, 1741–1850, Philadelphia 1892.
William Whipple, Poe's Political Satire. In: *University of Texas Studies in English*, 35, 1956, S. 81–95.
James S. Wilson, The Devil Was In It. In: *American Mercury*, 24, 1931, S. 215–220.
Frank T. Zumbach, Edgar Allan Poe – Eine Biographie, München 1986.

Anmerkungen

I. Der Folio Club

1 Im Original: *«There is a Macchiavellian plot / Though every nare olfact it not.»* Zitat aus dem satirischen Epos *Hudibras* (1663 ff.) des engl. Dichters Samuel Butler (1612–1680) über religiös-politisches Sektierertum.
2 Frz. «Stück».
3 Die ir. Schriftstellerin Lady Morgan (eigentlich Sidney Owenson; um 1780–1859) war zu ihrer Zeit eine mondäne literarische Erscheinung, deren Werke – am bekanntesten ist ihr Briefroman *The Wild Irish Girl; a National Tale* (1806) – viel bewundert, aber auch heftig kritisiert wurden.
4 Zur Entschlüsselung der einzelnen Club-Mitglieder s. Nachwort.
5 Lat. «Es ist furchtbar, dies sagen zu müssen».
6 Der schott. Dichter und Schriftsteller Sir Walter Scott (1771–1832) zählte zu den meistgelesenen Autoren seiner Zeit; viele seiner historischen Romane wie *Ivanhoe* (1820) oder *Quentin Durward* (1823) gelten heute als Klassiker.
7 Der engl. Schriftsteller Horace Smith (1779–1849) war seinerzeit wie Sir Walter Scott ein Bestsellerautor historischer Romane, ist im Gegensatz zu jenem aber heute in Vergessenheit geraten.

II. Wie man Geld auftreibt

1 Der Originaltitel lautet «Raising the Wind; or, Diddling Considered as One of the Exact Sciences» und parodiert den Titel von Thomas de Quinceys Essay «On Murder Considered as One of the Fine Arts», dessen erster Teil 1827 in *Blackwood's Magazine* erschien (der zweite Teil folgte erst 1839). Der Ausdruck *to raise the wind* bedeutet so viel wie «(auf unlauterem Weg) Geld auftreiben» oder auch «Wind machen», *diddle* heißt «Schwindel», «Betrug» und als Verb «betrügen», «beschwindeln», «prellen». Eine Komödie mit dem Titel *Raising the Wind* von James Kenney (1780–1849), deren Hauptfigur ein gewisser Jeremy Diddler ist, kam 1803 in London heraus und erlebte in Baltimore zwischen 1829 und 1833 acht Aufführungen. Man kann davon ausgehen, dass Poe das Theaterstück selbst gesehen oder sich ausführlich darüber informiert hatte.

2 Im Original: «*Hey, diddle diddle, / The cat and the fiddle. From an Epic by ‹Flaccus›*». Flaccus war das Pseudonym des dichtenden US-amerik. Arztes Thomas Ward (1807–1873).

3 Eine Jeremiade ist ein Klagelied, eine Jammerrede (ursprgl. bezogen auf die Klagelieder Jeremias im AT). Der Brite Jeremy Bentham (1748–1832), Jurist, Philosoph und Sozialreformer, setzte sich u.a. für allgemeine Wahlen, das Frauenstimmrecht und die Abschaffung der Todesstrafe ein; zudem gilt er als Begründer des klassischen Utilitarismus, welcher grob gesagt den moralischen Wert einer Handlung an ihrem Nutzen für sämtliche Betroffenen bemisst.

4 John Neal (1793–1876), einflussreicher US-amerik. Journalist, Autor, Literaturkritiker und Gründer der Bostoner Zeitschrift *Yankee*, war zur Entstehungszeit der Erzählung auf dem Höhepunkt seines literarischen Erfolgs; äußerlich ähnelte er stark dem Vortragenden, Mr. Snap («ein sehr hagerer Mann mit Hakennase»). Ende der 1820er-Jahre war Neal in England der persönliche Sekretär Benthams.

5 Nach dem Philosophiehistoriker Diogenes Laertius (wahrscheinlich 3. Jh.) machte sich Diogenes von Sinope (413–323 v. Chr., der mit der Tonne) über die Bemühungen seines Zeitgenossen Platon lustig, Begriffe letztgültig zu definieren: Er präsentierte dem berühmten Kollegen, der den Menschen als federloses zweifüßiges Tier definiert hatte, einen gerupften Hahn mit den Worten: «Das ist Platons Mensch.» Die Definition wurde daraufhin ergänzt um «... mit platten Nägeln».

6 Gemeint ist das Gedicht «Man Was Made to Mourn» des schott. Dichters Robert Burns (1759–1796).

7 Das Land der Riesen in Jonathan Swifts Roman *Gullivers Reisen* (1726).

8 Der Sensationsartist Sam Patch (1799–1829) hatte 1829 als Erster den Sprung in die Niagarafälle überlebt, war aber kurz danach bei einem zweiten Sprung zu Tode gekommen. Ihm widmete der Dichter Flaccus (vgl. Anm. 2) das 1840 in *The Knickerbocker* veröffentlichte Scherzepos *The Great Descender*. Die 1842 veröffentlichte Buchversion *Passaic, a Group of Poems Touching that River: with Other Musings* wurde von Poe im März 1843 in *Graham's Magazine* gnadenlos verrissen.

9 Lat. «Wie kein Hund vom speckigen Felle lässt»; Zitat aus *Satiren II* (V. 83) des Horaz (vgl. Anm. 22, «Ein geplatzter Handel»).

10 Nach einer Anekdote des röm. Historikers Plutarch (um 45–um 125) wurde Diogenes von Sinope (vgl. Anm. 5) von Alexander dem Großen (356–323 v. Chr.) gefragt, was er für ihn tun könne, worauf der Philosoph antwortete: «Geh mir ein bisschen aus der Sonne.» Darauf soll der Feldherr betroffen erwidert haben: «Wahrlich, wäre ich nicht Alexander, ich möchte wohl Diogenes sein.» Historiker halten eine Begegnung der beiden Größen allerdings für unwahrscheinlich.

11 Im Original druckfehlerhaft «FreyHarren». Poe verwendete den Begriff wohl weniger im Sinne des dt. Adelstitels Freiherr als vielmehr zur Bezeichnung von Gesetzlosen bzw. Banditen (also eher «Freibeuter»).

12 Richard Turpin (1706–1739) war ein berühmter engl. Straßenräuber und Held vieler romantisierender «Räuberpistolen». Der ir. Politiker Daniel O'Connell (1775–1847), genannt *the Liberator*, war zeitweise mit Jeremy Bentham (vgl. Anm. 3) befreundet und setzte sich für die Gleichberechtigung der Katholiken, die Abschaffung der Sklaverei und die Aufhebung der Union zwischen Irland und Großbritannien ein. Mit Karl XII. meint Poe wahrscheinlich den von 1697 bis 1718 regierenden schwed. König Karl XII. (1682–1718), über den Voltaire 1731 eine viel beachtete Biografie verfasste.

13 Lady Charlotte Susan Maria Bury (1775–1861), eine in London aufgewachsene und wegen ihrer Schön-

heit gerühmte Schriftstellerin schott. Abstammung, unterhielt einen Salon, in dem die literarischen Berühmtheiten ihrer Zeit verkehrten. Ihr bekanntestes Werk war *Diary Illustrative of the Times of George IV* (1838). Poe rezensierte ihren Roman *The History of a Flirt* im Juli 1841.

14 Der antike Badeort am Golf von Neapel war berüchtigt für seine Sittenlosigkeit.

15 Religiöse Erweckungsveranstaltung, in der Regel unter freiem Himmel, in den USA.

16 Frz. «Leckerbissen».

17 Frz. «Schreibtisch».

18 Brit. Münzgeld war in den 13 US-Staaten, die vor der Unabhängigkeit brit. Kolonien waren, noch bis weit ins 19. Jh. gängiges Zahlungsmittel neben dem Dollar.

19 Messing mit hohem Kupferanteil, Falschgold.

20 Historische brit. Goldmünze im Wert von 20 Shilling.

21 Im Original *«hen knee high»*; zur Entstehungszeit der Erzählung war *he is knee high to a hen/a duck/a frog* als Bezeichnung für einen unbedeutenden jungen Mann eine typische Yankee-Redensart (vgl. Richard, S. 96).

22 Lat. «[er] ist unauffindbar»; eine zulässige Übersetzung ins Engl. ist allerdings auch *is not invented*, womit Poe augenzwinkernd auf die Authentizität («ist nicht erfunden») des Schwindlers pocht.

III. *Der Geisterseher*

1 Aus Friedrich von Schillers Gedicht «Des Mädchens Klage» (1798), das gekürzt auch als Theklas Lied in *Die Piccolomini* (III,7), den zweiten Teil der 1799 vollendeten *Wallenstein*-Trilogie, aufgenommen wurde.

2 Aus Goethes 1774 verfasstem Gedicht «Das Veilchen». Im Original hat Poe dem dt. Zitat eine engl. Übersetzung beigefügt.

3 Im Original *«Tyrian fire»*, wohl eine Erfindung Poes, die diverse Assoziationen weckt. Man denke an die im Jahr 333 v. Chr. durch Alexander den Großen erfolgte Belagerung der phöniz. Inselstadt Tyros, bei der die Verteidiger der Stadt ein mit Pech und Schwefel beladenes brennendes Schiff als Waffe einsetzten, oder an das von dem syr. Ingenieur Kallinikos erfundene «griechische Feuer», mit dessen Hilfe sich die Byzantiner im Jahr 670 in der Seeschlacht von Kyzikos gegen die arab. Flotte zu behaupten suchten. Es könnte sich auch um eine Anspielung auf Ez 28,18 handeln, wo Jahwe, salopp formuliert, eine Selbstentzündung des Königs von Tyros bewirkt. Oder um eine Anspielung auf die am Hof Belsazars von unsichtbarer Hand an die Wand des Festsaals gemalte Warnung «Mene mene tekel u-pharsin» (Dan 5).

4 Wohlklingend (von griech. *euphonia,* «Wohlklang»).

5 Bezieht sich auf den bedeutenden ital. Renaissancearchitekten Palladio (eigentlich Andrea di Pietro della Gondola, 1508–1580), der in Venedig u.a. die Kirchen San Giorgio Maggiore auf der Insel San Giorgio di Castello und die Votivkirche Il Redentore auf der Insel Giudecca entwarf.

6 Eigentlich Wanderlehrer der griech. Antike zur Blütezeit der Polis Athen (etwa 450 v. Chr. bis etwa 380 v. Chr.), hier jedoch im Sinne von «Wortklauber» oder «Schwindler» gemeint.

7 Die «Heiterste der Heiteren» ist eine Anspielung auf den Beinamen «Serenissima» der Republik Venedig, wörtlich «die Allerheiterste» (Superlativ von ital. *sereno*, «heiter», «gelassen»). Ein Signor Montoni ist in Ann Radcliffes Schauerroman *The Mysteries of Udolpho* (1794) der finstere Schlossherr von Udolpho.

8 Hyakinthos, in der griech. Mythologie ein spartan. Prinz und einer der Geliebten des Apollon.

9 Niobe, in der griech. Mythologie die Mutter von 14 Kindern, ließ sich in ihrem Stolz dazu verleiten, der Titanin Leto deren lediglich zweifache Mutterschaft vorzuwerfen. Daraufhin wandte sich Leto an ihre Kinder, die Zwillinge Apollon und Artemis, die daraufhin alle Kinder Niobes töteten. Niobe erstarrte in ihrem Schmerz und wurde vom Wind nach Phrygien auf die Spitze des Bergs Sipylos getragen, wo sie auch als Stein nicht aufhörte, Tränen zu vergießen.

10 Anspielung auf den brit. Dichter Lord Byron (1788–1824), der als hervorragender Schwimmer galt. In seinem epischen Gedicht *Don Juan* rühmte er sich, den Hellespont durchschwommen zu haben.

11 Zitat von Plinius d. J. (um 61–um 114) aus einem Brief an Domitius Apollinaris (*Epistulae V*): *«acanthus in plano, mollis et paene dixerim liquidus»* («In der Ebene ist der Akanthus weich, und fast möchte ich sagen, flüssig»). Der dt. Trivialname der Pflanze lautet Bärenklau.

12 Anspielung auf ein im engl. Sprachraum bekanntes

Zitat, *«Thou hast conquered, O Galilean»*, das dem röm. Kaiser Julian (um 331–363) zugeschrieben wird. Julian, auch als Iulianus Apostata («Julian der Abtrünnige) bezeichnet, versuchte während seiner kurzen Regierungszeit (360–363) vergeblich, den Einfluss des Christentums zurückzudrängen.

13 In späteren Fassungen verzichtet Poe ganz auf die Beschreibung der Nase, mit deren Charakterisierung wohl eine jüd. Nähe ihres Besitzers angedeutet werden sollte. Byron war der Autor der Gedichtsammlung *Hebrew Melodies*, die Isaac Nathan (1791–1864), Sohn eines jüd. Kantors, 1815 vertonte.

14 Commodus (161–192) war röm. Kaiser von 180 bis 192; von ihm sind etliche Statuen und Büsten erhalten.

15 Heute sind – außer auf Tongefäßen – nur noch spärliche Reste antiker griech. Malerei erhalten. Aus eigener Anschauung konnte Poe daher keine Vorstellung von ihr bekommen haben. Vermutlich meinte er daher mit den «Grotesken der griechischen Maler» solche seltsamen Wandmalereien, wie sie bei Ausgrabungen des Titus-Palasts in Rom entdeckt wurden und als «pittura grottesca» in die Kunstgeschichte eingingen. Charakteristischerweise werden dabei heterogenste Elemente wie Blatt- und Blütenranken, seltsame Tiere, mythologische oder menschliche Gestalten miteinander vereint.

16 Ein Karnies (von ital. *cornice*, «Fries», «Rahmen»), auch Glockenleiste genannt, ist ein architektonisches Schmuckelement mit s-förmiger Profilform.

17 Frz. «Anstand», «Etikette».

18 Paleochori ist ein wenige Kilometer südlich der (1836

auf antikem Gelände gegründeten) Stadt Sparta gelegenes Dorf (nicht zu verwechseln mit der etwa 30 km Luftlinie nordwestlich der Stadt Sparta gelegenen gleichnamigen Ortschaft), welches – laut Christian Daniel Becks 1813 erschienener *Anleitung zur genauern Kenntniß der allgemeinen Welt- und Völker-Geschichte* – «heißt izt Magula oder Paläo-Castro oder Paläochori».

19 Griech. «das Lachen» (γέλασμα, gesprochen «gelaema»).

20 Cimabue («Ochsenkopf») war der Spitzname des Florentiner Malers Cenni di Pepo (1240–1302), der die ital. Malerei des 14. Jh. stark beeinflusste, indem er die formalistische Strenge der byzant. Kunst überwand.

21 Ital. «Tugend», «Wirkungskraft»; im engl. Sprachraum bezeichnete das Wort seit dem 18. Jh. ein Kunstobjekt, eine Antiquität, aber auch Kunstliebe und Kunstverstand.

22 Guido Reni (1575–1642), ital. Maler, zu dessen berühmtesten Werken die vom Erzähler erwähnte, 1614 bis 1616 entstandene «Pietà dei Mendicanti» (Pietà mit Heiligen) zählt.

23 Kleomenes heißen mehrere antike griech. Bildhauer. Einer, der zwischen 363 und 146 v. Chr. lebte, soll Schöpfer der «Venus Medici» gewesen sein, in deren Sockel die Inschrift «Kleomenes, der Sohn des Apollodoros von Athen» eingemeißelt ist. Die Echtheit dieser Inschrift wird stark angezweifelt.

24 Antinoos (um 110–130), gerühmt für seine Schönheit, war ein Geliebter des Kaisers Hadrian und wurde nach seinem Tod zum Gott erklärt.

25 Die Anfangszeilen eines berühmten Sonetts von Michelangelo Buonarroti (1475–1564): «Was auch des größten Künstlers Geist erdenkt, / Ist in des Marmors Übermaß enthalten» (Übersetzung Heinrich Nelson).

26 Kybele, die große Göttermutter, und ihr Geliebter Attis wurden in der Antike in Griechenland, Thrakien und im ganzen röm. Reich verehrt.

27 Das erste profane Drama in ital. Sprache, 1480 verfasst von Angelo Poliziano (1454–1494), genannt Politian. Poe schrieb 1835 ein unvollendet gebliebenes Drama *Politian*.

28 Buchdruck: (meist unbedrucktes) Zwischenblatt.

29 Das Gedicht veröffentlichte Poe unter dem Titel «To Ianthe in Heaven» 1839 in *Burton's Gentleman's Magazine*, später unter dem Titel «To One in Paradise».

30 Die berühmteste Tragödie des engl. Dramatikers George Chapman (1559–1634). Bei dem Zitat aus dem 5. Akt, 4. Szene, hat sich Poe etwas vertan; statt «bis Tod ihn marmorn macht» müsste es heißen: «bis Tod mich marmorn macht» (*«Till death hath made me marble»*).

31 Gemeint ist möglicherweise der süße Bordeaux-Weißwein aus dem Anbaugebiet Barsac. Wegen der geschilderten starken Wirkung könnte es sich aber auch sehr gut um den ungar. Obstbrand Barack (ungar. «Aprikose») handeln.

IV. Ein geplatzter Handel

1 Aus Shakespeares Komödie *Wie es Euch gefällt* (V,1).

2 Für einen Florentiner Adligen ist der ziemlich gewöhnliche span. Name eine merkwürdige Wahl. In der stark überarbeiteten Fassung von 1835 mit dem Titel «Bon-Bon» ist der Held Pierre Bonbon ein Restaurantbesitzer in der frz. Stadt Rouen.

3 Ein Wortspiel mit Bezug auf die geringe Körpergröße (1,35 m) des Protagonisten: «Rektaszension» (abgeleitet von lat. *ascensio recta*, «gerader Aufstieg») beschreibt in der Astronomie die Entfernung eines Gestirns nach Osten oder Westen, analog zu den irdischen Längengraden (Meridianen); außerdem ist *Ascension* der engl. Name für Christi Himmelfahrt.

4 Niccolò Macchiavelli (1469–1527), bedeutender ital. Philosoph, Politiker, Diplomat, Dichter und Schriftsteller, der in seinem Hauptwerk *Il Principe* (1513) kurz gesagt den Spruch «Der Zweck heiligt die Mittel» zur Maxime staatspolitischen Handelns erklärt. Das angebliche Zitat war bislang nicht zu verifizieren.

5 Die beiden Hauptströmungen der antiken griech. Philosophie: die auf seine metaphysische Ideenlehre gegründete Philosophie Platons (um 428–um 348 v. Chr.) und die von Erfahrung und realer Beobachtung (Empirie) ausgehende Philosophie des Aristoteles (384–322 v. Chr.).

6 Gottfried Wilhelm Leibniz (1640–1716), dt. Philosoph, Mathematiker, Jurist und Historiker, war ein Universalgelehrter und einer der bedeutendsten Philosophen seiner Zeit. Als Vordenker der Aufklärung

war er von großem Einfluss auf die klassische dt. Philosophie, den dt. Idealismus und die Literatur der Weimarer Klassik. Mit dem «Unvereinbaren» meint Poe möglicherweise Leibniz' Erkenntnis, dass es Gutes gebe, welches nur zum Preis der Existenz von Übel zu haben sei.

7 Georg von Trapezunt (1395–1472) war ein griech. Gelehrter und Philosoph, der in Italien wirkte. Als Übersetzer griech. Autoren und Verfechter der aristotelischen Philosophie trug er entscheidend zur Wiederentdeckung der griech. Literatur in Italien bei. Basilius Bessarion (1403–1472) war Kardinal, ab 1463 lat. Patriarch von Konstantinopel und ein überzeugter Vertreter des Platonismus. Er leistete Bedeutendes als Humanist, Theologe, Kirchenpolitiker und Publizist und gilt als führender Vermittler und Repräsentant griech. Kultur.

8 Gaius Valerius Catullus (84–54 v. Chr.) war u.a. Autor der von Carl Orff vertonten Gedichtsammlung *Carmina*; Sauternes und Médoc sind berühmte Weinbaubereiche im Bordeaux-Gebiet.

9 Auf der linken (der inneren) Seite aufgerauter Baumwollflanell.

10 Pan Ispan ist wohl eine Erfindung Poes. Ein Yatagan ist ein türk. Krummschwert aus Damaszenerstahl. «Effendi» bezeichnete ursprgl. einen türkischen Würdenträger, zu Poes Zeiten aber nicht mehr als einen bürgerlichen Herrn.

11 Frz. «alles zusammen», im Engl. hat der Ausdruck die Bedeutung «Gesamteindruck».

12 Die Drucklettern sind im Original ausgefranst; andere Lesarten sind «St. Urfino» oder «St. Urtino».

Heilige lassen sich für alle drei Lesarten nicht nachweisen.

13 Gemeint ist Bambus.

14 Der florentin. Dichter Luigi Pulci (1432–1484) machte sich in seinem Hauptwerk, dem komischen Epos *Il Morgante maggiore*, über christliche Glaubensdogmen lustig. Das Zitat ließ sich bislang nicht verifizieren und ist vermutlich Poes Erfindung.

15 Ein in der Antike gebräuchlicher spitzer Stift aus hartem Material (meist Eisen, Bronze, Knochen oder Elfenbein, gelegentlich auch Silber), mit dem vor allem auf Wachstafeln geschrieben wurde.

16 Ein jüd. Gelehrter dieses Namens ist unbekannt, ebenso ein Werk mit dem Titel «Ptolemaiad». Der Held einer berühmten Gothic Novel von William Beckford (1760–1844) heißt Vathek.

17 Der wohl einzige Verweis Poes auf den großen chines. Philosophen (551–479 v. Chr.).

18 Anspielung auf eine Stelle im Essayband *The Koran* des ir. Schriftstellers Richard Griffith (1704–1788), ein kurioses Werk, das in Deutschland 1778 als eine Arbeit seines viel berühmteren Freundes Laurence Sterne ausgegeben wurde. Gemäß besagter Stelle war ein Priester im 16. Jh. in griech. Schriften auf den Satz ὁ νοῦς ἐςτιν άϋλός («Der Geist ist immateriell») gestoßen und hatte das Wort άϋλός («immateriell») fälschlicherweise als αὐλός («Flöte») gelesen. Davon überwältigt, versuchte er danach in 15 Abhandlungen zu beweisen, dass die menschliche Seele eine Pfeife sei. Poes Teufel ist schlauer, denn er stellt das λ auf den Kopf, und so wird aus άϋλός («immateriell») αυγος («Licht»). Der Satz heißt nun «Der Geist ist

ein Licht». Freilich hatte Poe nicht mit dem Setzer gerechnet, der in Ermangelung griech. Lettern (oder aus Nachlässigkeit) lateinische verwendete und den Satz bei der ersten Veröffentlichung so entstellte, dass er keinen richtigen Sinn ergab. Poe hat deshalb bei der späteren Veröffentlichung der Geschichte unter dem Titel «Bon-Bon» versucht, die Sache ausführlicher darzustellen (vgl. Kemp).

19 Vgl. Anm. 17, «Wie man Geld auftreibt».

20 Phöniz. Geschichtsschreiber, der noch vor der Zeit des Trojanischen Kriegs gelebt haben soll. Sein Werk ist lediglich aus zweiter Hand durch den – ebenfalls nur äußerst fragmentarisch überlieferten – Historiker Philon von Byblos (2. Jh. n. Chr.) überliefert.

21 Lat. «Der Unterweltgötter schallendes Gelächter ist wohl das Niesen der Sterblichen».

22 Aufzählung berühmter antiker Dichter, zunächst die griech. Komödiendichter Kratinos (um 519–422 v. Chr.) und Platon (geb. um 500 v. Chr.), zwei Zeitgenossen des Aristophanes; Platon, genannt «der Komödiendichter», war etwa 20 Jahre älter als der gleichnamige Philosoph. Es folgen vier römische Dichter: neben Catull (vgl. Anm. 8, «Ein geplatzter Handel») der Poet Publius Ovidius Naso (43 v. Chr.–um 18 n. Chr), genannt Ovid, der Komödienverfasser Titus Maccius Plautus (gest. 184 v. Chr.) und Quintus Horatius Flaccus (65–8 v. Chr.), genannt Horaz, als Verfasser von Satiren, Oden, Epoden und Episteln wohl der bedeutendste röm. Dichter der Augusteischen Zeit.

23 Lat. wörtlich «Gesang zum Hundertjährigen». Ho-

raz verfasste den Hymnus *Carmen saeculare* im Auftrag des Kaisers Augustus für die Jahrhundertfeier 17 v. Chr.

24 Lat. *quirites* war eine feierlich-poetische Bezeichnung für die Bürger des antiken Rom.

25 Publius Terentius Afer (um 190–159/158 v. Chr.), dt. Terenz, ist neben Plautus der berühmteste röm. Komödienautor.

26 Lat. «sich über nichts wundern» bzw. «Gleichmut»; angeblich die Antwort des Pythagoras, als ihn jemand fragte, was er durch sein Nachdenken erringe.

27 Speziell für die Wasserarbeit bei Fischern und Jägern geeignete Jagdhunde; bei dem von Poe als «groß» bezeichneten Exemplar könnte es sich um einen St.-John's-Wasserhund gehandelt haben, eine im 19. Jh. bei Fischern besonders beliebte, heute nicht mehr gezüchtete Neufundländerart.

28 Hippokrates (um 460–um 370 v. Chr.) ist wohl der berühmteste Arzt der Antike.

29 Aus dem Milchsaft der Asantpflanze gewonnenes Gummiharz, das unbehandelt äußerst unangenehm riecht. In der röm. und byzant. Küche wurde es als Gewürz verwendet.

30 Lat. «bei lebendigem Leib».

31 Nimrod, im AT ein Sohn oder Nachkomme von Kusch, dem Sohn Hams, wird als «gewaltiger Jäger vor dem Herrn» sowie als Eroberer und Städtegründer (u. a. Ninive in Mesopotamien) beschrieben. Peisistratos (um 600–528/527 v. Chr.) begründete nach einem Staatsstreich in Athen ein Tyrannenregime, das unter seinen Nachkommen bis 510 v. Chr. fortdauerte. Mit «der Jude» ist vermutlich Herodes der

Große (um 73–4 v. Chr.) gemeint, bekannt v.a. wegen des ihm im Matthäusevangelium zugeschriebenen Kindermords in Bethlehem.

32 «Machia» meint Macchiavelli (vgl. Anm. 4, «Ein geplatzter Handel»), «Maza» Jules Mazarin (1602–1661), Kardinal und als Nachfolger Richelieus Premierminister von Frankreich, «Richel» Armand-Jean du Plessis, Premier Duc de Richelieu (1585–1642), kurz Kardinal Richelieu, frz. Premierminister unter Ludwig XIII. Domitian, eigentlich Titus Flavius Domitianus (51–96), war röm. Kaiser von 81 bis 96, Elisabeth I. (1533–1603) Königin von England von 1558 bis 1603.

33 Der bürgerliche Name des frz. Philosophen und Schriftstellers Voltaire (1694–1778).

V. Siope – Eine Fabel

1 Im Original: *«Ours is a world of words: Quiet we call / Silence – which is the merest word of all.»* Diese Verse aus seinem Gedicht «Al Aaraaf» hat Poe nur in der Erstveröffentlichung beibehalten.

2 Bezeichnung für einen Staub oder Sand mitführenden, sehr heißen Wüstenwind im nordafrik.-arab. Raum.

3 Als Bezeichnung für den Fluss Kongo bis ins 19. Jh. gebräuchlich. Mit Libyen ist nicht der heutige Staat (gegr. 1951) gemeint, sondern die zu Poes Zeit weithin unbekannten Gebiete des Maghreb, der Sahara, West- und Zentralafrikas.

4 Ionische Insel, der Legende nach der Geburtsort

des Apollon und der Artemis. In seiner Erzählung «Ligeia» (1838) vergleicht Poe die Schönheit der Titelfigur mit «Fantasien, welche die schlummernden Seelen der Töchter von Delos umschwebten».

5 Nach Hiob 40,19 eine Art Flusspferd, das, wie auch sein Gegenstück Leviathan, «... als erstes der Werke Gottes» geschaffen wurde; Inbegriff tierischer Macht und Stärke.

6 Nach antikem Mythos sind Sibyllen Prophetinnen. Eine erste nachweisbare schriftliche Beschreibung einer Sibylle findet sich im Fragment eines Textes des Heraklit von Ephesos. Danach tauchen Sibyllen in Werken von Platon, Aristophanes und Euripides auf.

7 Dodona war ein antikes griech. Heiligtum und Sitz des Zeus-Orakels. Baalbek in der Bekaa-Ebene des Libanon ist seit dem 8. Jahrtausend v. Chr. besiedelt und für seine monumentalen Tempelanlagen berühmt.

VI. Das Manuskript in der Flasche

1 Anfangszeile des Gedichts *«A wet sheet and a flowing sea»* des schott. Dichters und Schriftstellers Allan Cunningham (1784–1842).

2 Die älteste in Europa entstandene Form des Skeptizismus, benannt nach dem antiken griech. Philosophen Pyrrhon von Elis (um 362–um 277 v. Chr.).

3 Lat. «Irrlichter».

4 Hauptstadt von Niederländisch-Indien bis 1942, danach in Jakarta umbenannt.

5 Ein rund 650 km langer Küstenabschnitt am Arabischen Meer im Südwesten Indiens; in dem feuchten Klima gedeihen u. a. wertvolle Edelholzarten.

6 Ind. Inselgruppe, damals zum ind.-brit. Distrikt Malabar gehörend, in der Lakkadivensee, einem Randmeer des Indischen Ozeans. Was die Exportwaren angeht, irrt Poe möglicherweise: Nach Otto Spamers *Illustrirtem Handels-Lexikon* trieben die Inselbewohner «Handel mit Kokosfasern, Stricken, Betelnüssen u. Kaurimuscheln» (Bd. 4, 1879).

7 Nautische Einheit, 1 fm (Faden) entspricht 1,8288 m, 15 fm also knapp 27,5 m.

8 Veralteter Ausdruck für aus Palmensaft gewonnenen Zucker (Palm-, Kokoszucker).

9 Bezeichnung für Australien vor der Inbesitznahme durch das British Empire im 19. Jh. Sie geht auf eine Forschungsexpedition der Niederländischen Ostindien-Kompanie im Jahr 1642 zurück, bei der allerdings nicht der Kontinent, sondern lediglich die südlich vorgelagerte Insel (heute Tasmanien) entdeckt und Neuholland getauft wurde.

10 Der obere Abschluss eines Schiffsmasts heißt Flaggenknopf.

11 Also knapp 1, 73 m.

12 Dem ital. Arzt und Anatom Luigi Galvani (1737–1798) gelang 1780 durch Experimente mit Froschschenkeln zufällig die Herstellung eines elektrischen Stromkreises. Dies war die Grundlage für die Entwicklung elektrochemischer Zellen durch den ital. Physiker Alessandro Volta (1745–1827), der als Erfinder der Batterie und als einer der Begründer der Elektrizitätslehre gilt.

13 Zu Baalbek vgl. Anm. 7, «Siope – Eine Fabel». Tadmor ist der hebr. Name für die antike Oasenstadt Palmyra im heutigen Syrien. Persepolis im Süden des heutigen Iran, gegründet 520 v. Chr., war eine der Hauptstädte des antiken Perserreichs.

VII. Metzengerstein

1 Das Zitat ist ein verkürzter Hexameter, den Martin Luther für sein Epitaph in der Wittenberger Schlosskirche bestimmte. Vollständiger Wortlaut: *Pestis eram vivus moriens tua mors ero Papa* («Lebend war ich dir eine Pest, sterbend werde ich dein Tod sein, Papst»).

2 Seelenwanderung, Reinkarnation.

3 Quelle des Zitats ist «Section 99 (de l'homme)» der *Caractères suivis des Caractères de Théophraste* (1688) des frz. Schriftstellers und Moralisten Jean de la Bruyère (1645–1696). Vollständig lautet es: *«Seul – tout notre mal vient de ne pouvoir être seul»* («Allein – unser ganzes Übel rührt daher, dass wir nicht allein sein können»).

4 «Die Seele wohnt nur einmal in einem empfindungsfähigen Körper; im Übrigen ist, was man für ein Pferd, einen Hund, einen Menschen hält, nichts weiter als die kaum greifbare Ähnlichkeit dieser Tiere.» Die Quelle dieses angeblichen frz. Zitats wurde bislang nicht identifiziert.

5 Ursprünglich im alten Rom ein alle fünf Jahre wiederkehrendes Sühneopfer; später allgemeine Bezeichnung für einen Zeitraum von fünf Jahren.

6 Im Original *«out-heroded Herod»*, ein Zitat aus Shake-

speares *Hamlet* (III,2). Poe benutzte den Ausdruck später auch in *William Wilson* und *The Masque of the Red Death*.

7 Wie der junge Metzengerstein neigte auch der junge röm. Kaiser Caligula (12–42 n. Chr.) zum Wahnsinn, zudem war auch er ein Pferdenarr, der angeblich sein Lieblingsrennpferd zum Konsul machen wollte.

8 Gemeint ist hier wohl «mit blutenden Nüstern», was auf große Anstrengung des Tiers schließen lässt.

9 In der islamischen Tradition Bezeichnung für den Engel des Todes.

VIII. Ein entschiedener Verlust

1 Im Original: *«Oh! breathe not, &c.»*. Titel und Beginn des Gedichts «O! Breathe Not His Name», das der ir. Dichter Thomas Moore (1779–1852) zu Ehren seines Freundes, des 1803 hingerichteten ir. Freiheitskämpfers Robert Emmet, verfasste; veröffentlicht in den zehnbändigen *Irish Melodies* (1807–1834).

2 Griech. «Beiwort», «Beiname».

3 Frz. «der Weg der Leidenschaften führt mich zur wahren Philosophie». Zitat aus Jean-Jacques Rousseaus *Julie ou la Nouvelle Héloïse* (1761), Teil II, 3. Brief.

4 Zu Hippokrates vgl. Anm. 28, «Ein geplatzter Handel». Schriften, die ihm eindeutig zugeordnet werden können, sind allerdings nicht bekannt.

5 Adelbert von Chamissos (1781–1838) Märchen *Peter Schlemihls wundersame Geschichte* handelt von einem, der seinen Schatten dem Teufel verkaufte. Deut-

sche Schauergeschichten waren beliebter Lesestoff in *Blackwood's Magazine.*

6 Frz. «Teufelei».

7 Dem griech. Philosophen Anaxagoras (499–428 v. Chr.) wird hier ein missverstandenes Diktum zugeschrieben, das erstmals 1696 in Pierre Bayles *Dictionnaire historique et critique* auftaucht. Tatsächlich sagte Anaxagoras, im weißen Schnee müsse Schwarzes sein, weil er sich beim Auflösen in schwarzes Wasser verwandle.

8 Der engl. Schriftsteller und Philosoph William Godwin (1756–1836) war ein entschiedener Verfechter der Französischen Revolution und ein für seine Zeit radikaler Anarchist, der nicht nur mit seinen theoretischen Schriften, sondern auch mit zahlreichen Romanen wie *Mandeville, a Tale of the Seventeenth Century* (1817) großen Erfolg hatte. Poe bezieht sich auf eine Passage im 3. Kapitel des dritten Buchs von *Mandeville.*

9 In Philadelphia gab es einen Drugstore-Besitzer B.R. Hewitt. Möglicherweise zielt Poe hier aber auf den Dichter und Herausgeber John Hill Hewitt aus Baltimore ab, der 1829 eine abfällige Kritik zu Poes Gedicht «Al Aaraaf» veröffentlicht hatte.

10 John Augustus Stones (1801–1834) Tragödie *Metamora* hatte am 15. Dezember 1829 Premiere in New York und am 22. Januar 1830 in Philadelphia. Edward Eddy, ein Hauptdarsteller des New Yorker Bowery Theatre, verfasste nach J.F. Coopers gleichnamigem Roman das Theaterstück *Miantinomoh, or the Wept of Wish-ton-Wish,* das am 12. November 1830 im Bowery Theatre uraufgeführt wurde.

11 Wahrscheinlich ein Druckfehler; gemeint ist wohl die Hymne an Diana (Artemis) des griech. Dichters Kallimachos von Kyrene, latinisiert Callimachus Cyrenius (um 310–nach 245 v. Chr.).

12 Phalaris, von ca. 570 bis 555 v. Chr. Tyrann von Akragas (heute Agrigent), sperrte seine Feinde in einen großen ehernen Stier, unter dem ein Feuer entzündet wurde.

13 Im Original *«the suggestion of my tormentor was pronounced to be a true bill»*; Anspielung auf den US-amerik. Rechtsgrundsatz, wonach ein Gerichtsverfahren erst dann eröffnet werden kann, wenn der Wahrheitsgehalt der Anklage(schrift) erwiesen oder zumindest wahrscheinlich ist.

14 Die ital. Sängerin Angelica Catalani (1779–1849) war wegen ihrer atemberaubenden Koloraturen weltberühmt.

15 Auch Mige-gush oder Magain, altpers. Bezeichnung für eine Person, deren Ohren abgeschnitten waren. Poe erzählt die Geschichte etwas verdreht, tatsächlich geht sie laut dem griech. Geschichtsschreiber Herodot so: Der grausame pers. König Kambyses II. (um 558–522 v. Chr.), Sohn Kyros' II., ließ heimlich seinen Bruder Smerdis (pers. Bardiya) ermorden. Als Kambyses bei einem Unfall selbst zu Tode kam, machten die zoroastrischen Priester (Magi) einen der ihren, der wie Smerdis aussah, zum König. Er hatte aber keine Ohren, und so flog der Schwindel auf und der falsche Smerdis wurde getötet.

16 Lat. *pinxit*, «hat es gemalt», ist ein der Signatur von Malern voran- oder nachgestellter erläuternder Zusatz.

17 Beliebtes Motiv der griech. Mythologie in Malerei

und bildender Kunst: Marsyas wollte sich mit Apollon in einem musikalischen Wettstreit messen und unterlag. Zur Strafe wurde er an einer Fichte aufgehängt, und Apollon zog ihm bei lebendigem Leib die Haut ab.

18 Salmānu-ašarēd V., von 726 bis 721 v. Chr. König des assyr. Reichs, eroberte und zerstörte Samaria, die Hauptstadt des Königreichs Israel (vgl. AT 2 Kön 17,3 ff. und 18,9).

19 Die von dem griech. Geschichtsschreiber Diodor (erste Hälfte 1. Jh. v. Chr.) geschilderte legendäre Figur des Sardanapalus ist vermutlich ein Konglomerat der historischen assyr. Könige Aššur-bāni-apli (Regierungszeit: 669–631/627 v. Chr.), seinem Bruder Šamaš-šuma-ukin (668–648 v. Chr.) und seinem Sohn Sin-šar-iškun (627–612 v. Chr.). Die Eroberung der assyr. Hauptstadt Ninive durch die Babylonier und Meder fand 612 v. Chr. statt.

20 Zu Lustrum vgl. Anm. 5, «Metzengerstein». Der ägypt. Pharao Psammetich I. regierte von 664–610 v. Chr. Aristäus ist das Pseudonym des unbekannten Verfassers eines in der zweiten Hälfte des 2. Jh. v. Chr. entstandenen Briefs, der früh als Fälschung erkannt wurde: Der Briefschreiber, angeblich ein Grieche, in Wirklichkeit aber ein ägypt. Jude aus Alexandria, schildert und rechtfertigt in dem an einen angeblichen Freund namens Philokrates gerichteten Schreiben die Übersetzung des Pentateuch aus dem Hebräischen ins Griechische (Septuaginta). Die Stadt Asdod bzw. Aschdod, an der Hauptstraße von Palästina nach Ägypten gelegen, war in vorchristlicher Zeit eine der fünf Städte der Philister. Herodot er-

zählt, dass Psammetich, der König von Ägypten, Asdod 29 Jahre belagerte.

21 Vgl. Anm. 12, «Das Manuskript in der Flasche».

IX. Der Herzog de l'Omelette

1 Im Original: *«And stepped at once into a cooler clime.»* Aus dem ersten Buch des Lehrgedichts *The Task* (1785), dem Hauptwerk des engl. Rechtsanwalts und Dichters William Cowper (1731–1800).

2 Der engl. Dichter John Keats (1798–1821) starb an Tuberkulose. Er selbst glaubte jedoch, dass die dramatische Verschlechterung seines Gesundheitszustands, die nach dem Erscheinen seines epischen Gedichts *Endymion* (1818) einsetzte, nicht wegen der Krankheit, sondern der heftigen Attacken seiner Kritiker erfolgte.

3 Antwort: Der frz. Schauspieler Zacharie Jacob (1608–1667), genannt Montfleury. Ihn lässt der frz. Rechtsanwalt, Dichter und Literaturkritiker Gabriel Guéret (1641–1688) in seiner 1668 erschienenen Satire *Parnasse réformé et la Guerre des Auteurs* im Hades ausrufen, man werde von ihm sagen, er sei nicht am Fieber, der Gicht oder einer anderen Krankheit gestorben, sondern wegen der Tragödie *Andromaque* (1667) des frz. Dramatikers Jean Racine.

4 Singvogel, auch Gartenammer genannt.

5 Frz. «Die Geschichte ist kurz».

6 Marcus Gavius Apicius (25 v. Chr.–42 n. Chr.) war ein röm. Feinschmecker und Verfasser des ältesten erhaltenen röm. Kochbuchs.

7 In der Figur des Herzogs de l'Omelette parodiert Poe den – zu seiner Zeit sehr bekannten – US-amerik. Schriftsteller, Dichter und Herausgeber N.P. Willis (1806–1867). Willis soll sich des Besitzes einer kostbaren Ottomane gerühmt haben, die angeblich eine Kopie derjenigen im Hause des Gouverneurs von Quebec war (vgl. Daughrity, S. 60). Joseph-Michel Cadet (1719–1781) war zwar kein Gouverneur, aber als Kommissionär (und ausgebildeter Metzger) im Dienst der frz. Krone in Quebec in den Jahren 1745 bis 1759 von geradezu lebenswichtiger Bedeutung für die Verproviantierung des frz. Militärs in der kanad. Provinz, insbesondere mit Fleisch. Als Monopolist erwarb sich Cadet ein Vermögen, das ihm, als er 1760 nach Frankreich übersiedelte, dort einen Prozess wegen Veruntreuung eintrug. Er entging der Verurteilung durch Zahlung von fast vier Millionen Livres als «Rückerstattung».

8 Willis ließ die Leute glauben, er habe einen Diener, Antoine.

9 Frz. «Diesen artigen Vogel, den du seiner Federn entkleidet hast, servierst du ohne Papiermanschetten!». Damals war es in der frz. Küche üblich, Geflügel ungerupft zu garen und im Federkleid mit Papiermanschetten zu servieren.

10 Vermutlich ein von Poe erfundener Titel, abgeleitet vom poln. Gesellschaftstanz Mazurka, der zu Beginn des 19. Jh. in Paris im Rahmen des Cotillon, eines Gesellschaftsspiels in Tanzform, populär wurde.

11 Der im badischen Kippenheim als Sohn eines Schneiders geborene Johann Georg Stulz (1771–1832) stieg in London zum millionenschweren Modekönig

auf, dessen in der Clifford Street ansässiges Modeatelier noch Jahrzehnte nach seinem Tod Adel und Hof belieferte. Als spendabler Wohltäter seiner badischen Heimat wurde Stulz kurz vor seinem Tod von Großherzog Leopold von Baden damit geehrt, dass er den Namen des ausgestorbenen Geschlechts von Ortenberg seinem eigentlichen Namen zufügen durfte. Rombert ist ein vermutlich von Poe erfundener Name. Frz. *robe de chambre* bedeutet «Hausmantel», «Morgenrock».

12 Um das Haar in Locken zu legen, wurde es strähnenweise in Papilloten (Papierstreifen) eingeschlagen und mit dem Brenneisen gepresst.

13 Eine biblische dämonische Gestalt, vgl. 2 Kor 6,15. In John Miltons berühmtem epischem Gedicht *Paradise Lost* (1667) ist Belial der Gefährte Satans und die schönste himmlische Gestalt.

14 Frz. «ganz wie es sein soll».

15 Gemeint ist wohl «Coleridge *parmi les nues*» («Coleridge hoch in den Wolken»). Der engl. Dichter, Kritiker und Philosoph der Romantik Samuel Taylor Coleridge (1772–1834) hatte sich 1798 in Deutschland intensiv mit dt. Literatur (Gotthold Ephraim Lessing, Friedrich Schiller) und Philosophie (u.a. August Wilhelm Schlegel, Friedrich Schelling und Immanuel Kant) auseinandergesetzt und blieb auch danach ein eifriger Vermittler der hier als «wolkig» geschmähten Philosophie des Deutschen Idealismus. In späteren Veröffentlichungen der Geschichte hat Poe an dieser Stelle einen deutlichen Bezug zur neuengl. Stadt Boston als Heimstätte des von ihm abgelehnten Transzendentalismus hergestellt.

16 Auch Géber: Feueranbeter, Magier, Anhänger der altpers. Religion des Zoroaster.

17 Frz. «alle zusammen», hier in der Bedeutung «bunt zusammengestelltes Interieur».

18 Mit Kypris ist die in Zypern aus dem Schaum des Meeres gestiegene griech. Liebesgöttin Aphrodite gemeint. Astarte ist der Name der Liebesgöttin in der phöniz. Mythologie, im AT wird sie meist im Plural, Astarot, genannt.

19 Frz. «Es stimmt, er merkte sich alle diese Dinge – aber!».

20 Frz. «Der arme Herzog!».

21 Frz. «Stutzer», «Geck».

22 Frz. «und wer lächelt so bitter?».

23 Frz. «Aber nun heißt es handeln».

24 Florette waren einstmals reine Übungswaffen mit stumpfer Klinge und umhüllter Spitze.

25 Daughrity (S. 61) vermutet hinter «B.» Joseph T. Buckingham (1779–1861), den Willis in seinem Werk *Ephemera* (1854) als *«the kind, but truthful and consistent critic of my youth»* bezeichnete. Buckingham war Gründer und langjähriger Herausgeber der Tageszeitung *Boston Courier*, in der er eine kleine Fehde mit Willis wegen dessen Manieriertheiten ausgetragen hatte.

26 Frz. «Er hat seine sechs Männer getötet.... mag er entfliehen. O Schreck!».

27 Frz. «Aber er spielt!».

28 Gemeint ist wohl Abbé Louis-Edouard-Camille Gualtier (1746–1818), der auch Gaultier genannte Verfasser zahlreicher pädagogischer Werke.

29 Frz. «dass der Teufel es nicht wagt, ein Écarté-Spiel

auszuschlagen». Écarté, eine Art Skat für zwei Personen, war um 1830 in Sachen Glücksspiel der letzte Schrei in der eleganten Welt der Pariser Salons.

30 François d'Aix, Seigneur de La Chaise (1624–1709), genannt Père Lachaise, war ein frz. Jesuit und nach seiner Ernennung zum Beichtvater Ludwigs XIV. 1675 eine politisch einflussreiche Persönlichkeit am frz. Hof. 1701 wurde er Mitglied der wissenschaftlichen Forschungsgesellschaft Académie royale des Inscriptions et Médailles (heute Académie des inscriptions et belles-lettres).

31 Frz. «Tja, und wenn ich gewinne…! Man bereite die Karten vor!». Oder: «… mögen die Karten präpariert sein.»

32 Anspielung auf die kriegerischen Auseinandersetzungen zwischen dem span. König und Kaiser des Heiligen Römischen Reichs Karl V. (1500–1558) und dem frz. König Franz I. (1497–1547).

33 Frz. «hob ab» (die Karten).

34 Frz. «aber mit einem Anflug von Stolz».

35 Frz. «Sie sind dran».

36 Frz. «während er den König vorwies».

37 Vgl. Anm. 10, «Wie man Geld auftreibt».

38 Frz. «wenn er nicht de l'Omelette wäre, hätte er nichts dagegen, der Teufel zu sein».

X. Epimanes

1 Frz. «Jeder hat seine Tugenden». Die Tragödie *Xerxes* von Prosper Jolyot de Crébillon (1674–1762) erschien 1714.

2 Zahlreiche Herrscher des Seleukidenreichs trugen den Namen Antiochos, angefangen beim Vater von Seleukos I. (vgl. Anm. 7). Antiochos IV. (um 215–164 v. Chr.), von 175 bis 164 v. Chr. König von Syrien, galt Diodor zufolge als mächtigster König seiner Zeit. Er gab sich selbst den Beinamen Epiphanes (griech. «der Erschienene»), was bereits zu seiner Zeit die Verspottung als Epimanes («der Wahnsinnige») provozierte. Poe benutzte den Spottnamen als Titel seiner Erzählung. Gog lautet im AT (vgl. Ez 38 u. 39) der Name des Fürsten von Mesech und Thubal, der im Land Magog wohnt.

3 Zu Kambyses und Kyros vgl. Anm. 15, «Ein entschiedener Verlust».

4 Der Erzähler bezieht sich hier auf eine Zeitrechnung des ir. anglikanischen Theologen James Ussher (auch Usher; 1581–1656), der eine Vielzahl theologischer und historischer Werke verfasste, darunter eine Weltgeschichte, in welcher mit dem 4004. Jahr der Weltära die christliche Zeitrechnung begann. Das 3830. Jahr meint demnach das auf die Krönung des Antiochus Epiphanes folgende Jahr 174 v. Chr.

5 Gemeint ist Antiochia am Orontes im antiken Syrien (heute Antakya, Türkei), die bekannteste und bedeutendste Stadt unter den – sämtlich von verschiedenen Königen der Seleukidendynastie (vgl. Anm. 7) gegründeten – antiken Orten dieses Namens.

6 Tatsächlich beherbergte Daphne, eine reiche Vorstadt Antiochias, ein bedeutendes Apolloheiligtum und einen berühmten, den Nymphen – darunter Daphne – geweihten Hain.
7 Seleukos I. Nikator (um 358–281 v. Chr.), makedon. Feldherr unter Alexander dem Großen, begründete das Seleukidenreich, das er ab 305 v. Chr. als König regierte. Die Seleukiden beherrschten im 3. und 2. Jh. v. Chr. in der Nachfolge Alexanders des Großen das Gebiet von Kleinasien bis Baktrien (heute Afghanistan).
8 Auf Feldzügen im vorderasiat. Raum hielten sich röm. Kaiser mehrfach in Antiochia auf, so Lucius Verus von 162 bis 166 n. Chr. und Flavius Valens längere Zeit in den 370er-Jahren.
9 Das kultische Zentrum des antiken Sonnengotts Elagabal war die syr. Stadt Emesa (heute Homs), wo ein heiliger Stein verehrt wurde. Marcus Aurel Antoninus (204–222), von 218 bis zu seiner Ermordung röm. Kaiser, zog sich die Feindschaft der konservativen Bürgerschicht zu, weil er den (orientalischen) Elagabal-Kult in Rom etablieren wollte. Erst lange nach seinem Tod verlieh man ihm den Beinamen Elagabal (auch Heliogabalus), der zum Inbegriff der Lasterhaftigkeit und Dekadenz der röm. Kaiserzeit wurde.
10 Mittelalterlicher Ausdruck für einen Soldaten, der als voll gepanzerter schwerer Reiter diente.
11 Timarchos (gest. 160 v. Chr.) riss im Seleukidenreich die Königswürde an sich; von etwa 163 bis zu seinem Tod beherrschte er Teile des Reichs.
12 Asima oder Ashima ist von der Forschung als (Schicksals-)Göttin belegt, die von den Bewoh-

nern der Stadt Hamat in Samaria (heute der nördliche Teil des Westjordanlands) verehrt wurde (vgl. 2 Kön 17,30). Nach talmudischer Auslegung soll die – als männlich betrachtete – Gottheit Asima die Gestalt eines Lamms oder aber eines Bocks oder Satyrs gehabt haben. Auf dem hier geschilderten Bildnis ist allerdings ein Affe dargestellt, was den Erzähler zu dem kühnen etymologischen Trugschluss verleitet, der Götzenname leite sich von σιμια, «Affe», ab, wobei *simia* allerdings mitnichten ein griech., sondern ein lat. Wort ist. Unter diesen Vorzeichen wirkt seine herablassende Zurechtweisung der «Altertumsforscher» noch komischer.

XI. Eine Geschichte aus Jerusalem

1 Mit der Ersetzung von *«ascendere»* durch *«descendere»* veränderte Poe das Zitat aus *De bello civili* (II, 375 f.; dt. *Der Bürgerkrieg*) des röm. Dichters Marcus Annaeus Lucanus (dt. meist Lukan): Statt «ließ auf die raue Stirn er das ungeschorene Grauhaar nieder sich senken» (Übersetzung Julius Krais), heißt es bei Poe «sträubte sich ihm das ungeschorene Grauhaar». Mit seiner Kurzübersetzung *«A bristly bore»* erlaubt sich Poe einen weiteren Jux, indem er *«bore»* («Langweiler») mit dem phonetisch identischen *boar* («Eber») zu einem unübersetzbaren Wortspiel verquickt.

2 Schriftgelehrter einer speziellen theologischen, philosophischen und politischen Schule im antiken Judentum.

3 Abel-Schittim bezeichnet im AT (4 Mos 33,49) eine

Ortschaft in der Moab-Ebene nördlich des Toten Meers. Den für angloamerik. Ohren anstößigen Namen Abel-Shittim änderte Poe in späteren Fassungen zu Abel Phittim. – Tammus, benannt nach dem babylon. Fruchtbarkeitsgott, ist der zehnte Monat des bürgerlichen und der vierte des religiösen jüdischen Kalenders. Er entspricht in etwa dem Monat Juni des gregorianischen Kalenders. Bei der Jahresangabe 3941 bezieht sich Poe nicht auf die jüdische Zeitrechnung, sondern auf die Zeitrechnung Usshers (vgl. Anm. 4, «Epimanes»), wonach das Jahr 3941 dem Jahr 63 v. Chr. des gregorianischen Kalenders entspricht.

4 Eine populäre volksetymologische Deutung des Namens («Stadt des Friedens)», wonach die Kurzform des Stadtnamens (Salem) mit dem hebräischen Wort *schalom* verwandt sein soll.

5 Der Pentateuch sind die fünf Bücher Mose im AT. Hebr. *Adonai*, «Herr», ist eine Umschreibung für JHWH bzw. Jehova, Gottes Eigenname, den fromme Juden aus Ehrfurcht vor Gottes Heiligkeit nicht aussprechen.

6 Da ihr Stammvater Ben-Ammi durch Inzucht gezeugt wurde (vgl. 1 Mos 19,30–38), ist den Ammonitern die Teilnahme an religiösen Versammlungen von Juden «auf ewig» verboten (vgl. 5 Mos 23,4).

7 Als erster röm. Eroberer war der Politiker und Feldherr Gnaeus Pompeius Magnus (106–48 v. Chr.) nach langer Belagerung im Jahr 63 v. Chr. in Jerusalem eingezogen.

8 Hier wohl in der Bedeutung «Kulturbanause» gemeint.

9 Eigentlich ist Adoni-Besek ein kanaanäischer König im AT (vgl. Ri 1,5–7).

10 Im AT (Jos 15,7 und 18,7) Bezeichnung für ein Grenzgebiet zwischen den Stämmen Juda und Benjamin.

11 Der erste und der letzte Buchstabe des hebr. Alphabets. Das aus dem zehnten Buchstaben, Jod, entstandene griech. Iota (Jota), ursprgl. «der kleinste Buchstabe», wird im übertragenen Sinn zur Bezeichnung von etwas sehr Geringem verwendet.

12 Beiname des Gottes Apollon, der als Phoibos Apollon («der Leuchtende», lat. *Phoebus*) mit dem griech. Sonnengott Helios gleichgesetzt wurde.

13 Lat. Ausruf: «bei Pollux!», «bei Gott!».

14 Elohim ist im Tanach, der hebr. Bibel, die Bezeichnung für Gott; der Zusatz «El» stammt von Poe.

15 Bild oder leicht zu transportierende Figur eines Familiengottes (Weissagungs- und Schutzgottheit) semit. Nomaden (vgl. z.B. 1 Mos 31,19).

16 Die ersten sieben heidnischen Götter sind dem AT (2 Kön 17,30–31) entnommen: «Die von Babel machten Sukkoth-Benoth; die von Chut machten Nergal; die von Hamath machten Asima; die von Awa machten Nibehas und Thartak; die von Sepharvaim verbrannten ihre Söhne dem Adrammelech und Hnammelech, den Göttern derer von Sepharvaim.» Zu Asima vgl. Anm. 12, «Epimanes». Die Namen der restlichen Götter entstammen dem zweiten Band von Horace Smith' (vgl. Anm. 7, «Der Folio Club») Roman *Zillah*.

17 Ironische Anspielung auf die Ausgießung des Heiligen Geistes zu Pfingsten.

18 Zwar bedeutet *katholim* im modernen Hebräisch

«katholisch», «Katholik», doch dürfte Poe bei diesem Begriff weniger an die Konfession als an eine Untergruppe der Leviten gedacht haben, die «Katholikin» (auch «Kohanim») genannten Altardiener im Jerusalemer Tempel. Vermutlich bezieht er sich hier direkt auf Horace Smith' *Zillah* (I, 43): *«the two Katholikin, or overseers of the Treasury were comparing their accounts together»*.

19 Vgl. 1 Mos 18: «... ich will euch Güter geben in Ägyptenland, dass ihr essen sollt das Mark im Lande».

20 Vgl. Mt 5,22: «... wer aber zu seinem Bruder sagt: ‹Racha!›, der ist des Rats schuldig ...»

21 En Gedi (hebr. «Böckleinquelle») ist eine Oase in der Judäischen Wüste, die bereits im 4. Jahrtausend v. Chr. besiedelt war (vgl. Jos 15, 1 Sam 24, Hld 1,14). Das Tal Josaphat bezeichnet einen Abschnitt des Kidrontals, das zwischen Jerusalemer Tempelberg und Altstadt und dem Ölberg in einem Bogen durch die Wüste Juda bis ans Tote Meer verläuft (vgl. Joel 3,2 und 3,12).

22 Vgl. 1 Mos 4,4: «und Abel brachte auch von den Erstlingen seiner Herde und von ihrem Fett.»

23 Vgl. 2 Mos 28,15: «Das Amtschild sollst du machen nach der Kunst, wie den Leibrock, von Gold, blauem und rotem Purpur, Scharlach und gezwirnter weißer Leinwand.»

24 Baschan oder Basan, «Land der Riesen», war ein Gebiet im Land Kanaan (vgl. Ps 22,12: «Es umringen mich große Stiere, mächtige Ochsen von Basan umzingeln mich»; Schlachter 1951).

25 Alle Instrumente – im Original *shawm, psaltery, harp, huggab, cythern, sackbut* – sind in Horace Smith' *Zillah*,

Bd. 1, genannt. Die *«huggab»* wird dort als eine der Panflöte ähnelnde «hebräische Orgel» beschrieben; *«sackbut»* ist nicht die Sackpfeife, sondern eine Barockposaune. (Vgl. Dan 3,5: «Wenn ihr hören werdet den Schall der Posaunen, Drommeten, Harfen, Geigen, Psalter, Lauten und allerlei Saitenspiel...»)

26 Ausruf im dritten Band von *Zillah*, woher auch die Worte von Poes Trio *(«El Elohim! – it is the unutterable flesh»)* stammen; dort ruft sie der Vater der Titelheldin aus, als bei einem Gastmahl Mark Antons ein wilder Eber serviert wird.

27 Nach 1 Mos 29,33 bedeutet der Name Simeon «Gott hat gehört». Zu Boanerges vgl. Mk 3,17 (Berufung der Jünger Jesu): «und Jakobus, den Sohn des Zebedäus, und Johannes, den Bruder des Jakobus, und gab ihnen den Namen Boanerges, das ist gesagt: Donnerskinder».

XII. Berühmt – Eine Erzählung

1 Im Original: *«– all people went / Upon their ten toes in wild wonderment.»* Poe zitiert hier, wohl bewusst falsch, Bischof Joseph Halls (1575–1656) «Satire III» (V. 19–20) aus dem *Virgidemiarum* (1597): *«Genus and Species long since barefoote went / Upon their ten-toes in wilde wanderment.»*

2 Junius ist das bis heute nicht gelüftete Pseudonym des Verfassers einer Serie politischer Briefe, die von 1769 bis 1772 im Londoner *Public Advertiser* erschienen. Der Mann mit der Maske war ein berühmter Staatsgefangener unter Ludwig XIV., der sein Ge-

sicht hinter einer eisernen Maske verbarg; auch seine Identität ist bis heute nicht geklärt.

3 Gemeint ist London.

4 In der Medizin ist die Nosologie die Lehre von der medizinischen Einteilung der Erkrankungen, abgeleitet von griech. *nosos*, «Krankheit». Hier wird der Begriff jedoch in einer volksetymologischen Ableitung vom engl. *nose* im Sinne von Nasenlehre verstanden.

5 Gemeint ist wohl der röm. Gelehrte Plinius der Ältere (gest. 79 n. Chr.), der das enzyklopädische Naturkundewerk *Naturalis historia* verfasste. Der griech. Universalgelehrte Aristoteles (385–322 v. Chr.) war einer der einflussreichsten Philosophen der Geschichte. Der schott. Theologe Alexander Ross (um 1590–1654) verteidigte vehement die aristotelische gegen die kopernikanische Lehre und bekämpfte den engl. Arzt, Philosophen und Dichter Sir Thomas Browne (1605–1685). Dieser verfasste zahlreiche Werke, in denen er seine vielfältigen Kenntnisse auf den unterschiedlichsten Gebieten der Naturwissenschaften, der Medizin und Religion sowie der Esoterik in einem ganz eigenen Stil, geprägt von Witz und feinem Humor, niederlegte. Minutius Felix (Marcus Minucius Felix) war ein röm. Jurist nordafrik. Herkunft, der um das Jahr 200 mit *Octavius* eine Apologie des Christentums verfasste. Der span. Jesuit Martin Antoine del Rio (1551–1608) zeichnete sich als Hexentheoretiker aus. Aus der Provence stammte der frz. Adlige und Großmeister des Johannesordens Foulques de Villaret (gest. 1327), der wegen Lasterhaftigkeit und Despotismus von seinen eigenen

Leuten aus dem Orden verstoßen wurde. Der dän. Universalgelehrte Casparus Bartholinus (1585–1629) ist Autor der *Anatomicae Institutiones Corporis Humani* (1611). Hinter dem nirgends lokalisierbaren Hermanus Pictorius werden aufgrund eines offenbar fehlenden «s» die Namen zweier Personen vermutet, des ndl. Botanikers Paulus Hermannus (1640–1695) und des dt. Arztes Georg Pictorius (1500–1569); vgl. Thomas Ollive Mabbott (Hg.), *The Collected Works of Edgar Allan Poe*, Bd. 2, 1978, S. 184.

6 Die zoologische Bezeichnung für «Rüssel».

7 Nach Cicero (106–43 v. Chr.) die poetische Inspiration wie auch die religiöse Eingebung.

8 Poe zählt hier die seinerzeit führenden brit. Zeitschriften auf: *Quarterly Review*, *The New Monthly Magazine*, *Edinburgh Review* und *Blackwood's Magazine*.

9 Der Name ist eine wörtliche Übersetzung des engl. *deep blue* ins Französische. Die namengebende blaue Farbe deutet an, dass es sich bei den drei Damen um «Blaustrümpfe» handelt, also um intellektuell gebildete, emanzipierte Frauen. Der zunächst nicht abwertende Begriff geht zurück auf einen als skandalös erachteten modischen Fauxpas – das Tragen blauer Woll- statt schwarzer Seidensocken – eines männlichen Besuchers des intellektuellen Zirkels von Elizabeth Montagu (1718–1800). Aufgrund dieses Vorfalls bürgerte sich der Name Bluestocking Society für den – um 1750 nach Pariser Vorbild ins Leben gerufenen – Salon der Londoner Schriftstellerin und Mäzenin ein, wo sich Frauen wie Männer zu literarischen und politischen Gesprächen trafen.

10 Vgl. Anm. 10, «Der Geisterseher».

11 Poe übernimmt hier, wie Hayes (S. 181) belegt, fast wortwörtlich eine Passage der 1832 erschienenen Erzählung «Conversations with an Ambitious Student in Ill Health», bei welcher deren Autor, der brit. Romancier und Politiker Edward Bulwer-Lytton (1803–1873), die pythagoreische Einheit, das heraklitische Feuer, die primitive Intelligenz sowie Empedokles' Begriffe der Affinität und Distanz, Epikurs Lehre von den Atomen und Platos Vorstellungen von Seelenwanderung und Präexistenz ebenso verspottet wie die Homöomerien (die «Samen der Dinge», aus denen die sinnliche Erscheinungswelt aufgebaut ist) des Anaxagoras.

12 Im Jahr 325 berief der röm. Kaiser Konstantin I. (gest. 337) erstmals ein ökumenisches Konzil ein, das in Nicäa unweit von Byzanz stattfand. Es endete mit der Formulierung des nicäischen Glaubensbekenntnisses, dessen Bestimmung es war, vermöge der Postulierung der Wesenseinheit Christi mit dem Vater die Kircheneinheit wiederherzustellen. Der alexandrinische Presbyter Arius (um 260–327) – Poe nennt ihn Arianus, möglicherweise aufgrund einer Verwechslung mit dem Märtyrer Arianus von Alexandria (gest. 287) – widersetzte sich dieser Lehre und fand in dem Bischof Eusebius von Nikomedia (gest. 341) einen ihm wohlgesinnten Verteidiger und Beschützer, der allerdings das nicäische Bekenntnis unterstützte. Der sogenannte Konsubstantialismus (Lehre von der Wesensgleichheit des Sohnes mit dem Vater) sowie die nur durch ein Iota unterschiedenen Begriffe Homoousios (Wesensgleichheit) und Homouioisios (Wesensähnlichkeit) spielten auf dem nicäischen

Konzil bei den rabulistischen Glaubensdisputationen zur Trinitätslehre eine bedeutende Rolle.

13 Das «Rocher de Cancale» war ein von ca. 1800 bis 1845 existierendes berühmtes Pariser Restaurant im heutigen 2. Arrondissment.

14 Château Latour ist eines der berühmtesten Weingüter der Welt, mit Markbrunnen ist möglicherweise Marcobrunn gemeint, eine berühmte Weinlage im Rheingau – Rheinwein war zu Poes Zeit bei Briten und US-Amerikanern ungemein beliebt. Bœuf miro(n)ton ist ein traditionelles frz. Eintopfgericht mit Rindfleisch, die Sauce velouté (Samtsauce) eine weiße Sauce der klassischen frz. Küche, Pied de porc (Schweinshaxe) à la Sainte-Menehould eine Spezialität des frz. Departements Marne. Die Marinade à la Saint-Florentin hingegen ist eine Poe'sche Kreation, ebenso die Zubereitungsform «en mosaïque».

15 Eine Aufzählung berühmter Maler, nämlich der Italiener Cimabue (vgl. Anm. 20, «Der Geisterseher»), Giuseppe Cesari (1568–1640), bekannt als Cavalier d'Arpino, Vittore Carpaccio (1465–1525), Michelangelo Merisi da Caravaggio (1571–1610), Francesco Albano (1578–1660), Tizian (eigentlich Tiziano Vecellio, um 1490–1576) sowie der Niederländer Peter Paul Rubens (1577–1640) und Jan Steen (1626–1679). Bei dem von Poe Agostino genannten Maler handelt es sich möglicherweise um den Italiener Agostino delle Prospettive, der um 1525 in Bologna lebte, vielleicht aber auch um den Mailänder Agostino Milanese bzw. di Bramantino aus der zweiten Hälfte des 15. Jh.

16 Der Name des «großen Geologen» ist eine Verballhornung der engl. Bezeichnung *feldspar* für die im

Dt. Feldspat genannte Gruppe von Silikatmineralen. Es folgen durchweg korrekte geologische Bezeichnungen für Gesteinsformen.

17 In der Tat gibt es Inschriften, die eine Gleichsetzung der thrak. Jagdgöttin Bendis mit Artemis und Diana belegen. Bubastis hingegen war eine altägypt. Stadt, die dort verehrte (Fruchtbarkeits-)Göttin hieß Bastet.

18 Aischylos (525–456 v. Chr.) ist der älteste der großen Dichter der griech. Tragödie, vor Sophokles und Euripides; von seinen angeblich 90 Dramen sind 79 dem Namen nach bekannt und nur sieben noch vollständig erhalten. Isaios (Ende 5. Jh.–Mitte 4. Jh. v. Chr.), att. Redenschreiber, dem 64 Reden zugeschrieben werden, von denen zwölf erhalten sind. Lysias (um 445–um 380 v. Chr.), griech. Redenschreiber, unter dessen Namen heute 32 Reden – teilweise unvollständig und acht vermutlich unecht – überliefert sind. Theophrastos von Eresos (um 370–um 286 v. Chr.), griech. Philosoph und Naturforscher. Apollonios von Perge (um 265–190 v. Chr.), griech. Mathematiker und Verfasser eines Werks über den Kegelschnitt. Pindar (um 520–nach 446 v. Chr.), griech. Dichter, den schon die Gelehrten im antiken Alexandria zum «Kanon der neun Lyriker» zählten. Mit Homer dem Jüngeren erlaubt sich Poe einen Scherz: Während man Homer als Schöpfer der *Ilias* und *Odyssee* kennt, hat man von einem jüngeren Tragödiendichter dieses Namens noch nie gehört.

19 Als Neuplatonismus gilt eine von Plotin (205–270) Mitte des 3. Jh. gegründete Philosophenschule, die, aufbauend auf den Lehren Platons, in der Spätantike

das gesamte philosophische Denken dominierte. Vertreter dieser Richtung waren Porphyrios (um 233–um 303), Iamblichos von Chalkis (um 242–um 323), Proklos Lycius (412–485), Hierocles von Alexandria (erste Hälfte 5. Jh.), Syrianus (gest. 437) und der im späten 2. Jh. lebende Maximus von Tyros. In der engl. Textvorlage ist, vermutlich aus Versehen, zwischen Maximus und Tyrius [sic!] ein Komma gesetzt, das Poe bei der Wiederveröffentlichung 1840 tilgte.

20 Der Perfektibilismus, die «Lehre von der menschlichen Vervollkommnung», war eine beherrschende Theorie zur Zeit der Aufklärung, die wesentlich die Formulierung und Ausrufung der Menschenrechte am 26. August 1789 beförderte. Poe nennt hier fünf prominente Anhänger dieser Lehre: den frz. Staatsmann und Ökonomen Anne Robert Jacques Turgot (1727–1781), den walis. Moralphilosophen und Nonkonformisten Richard Price (1723–1791), den engl.-amerik. Theologen, Philosophen, Chemiker und Physiker Joseph Priestley (1733–1804), den frz. Philosophen, Mathematiker und Politiker Marie Jean Antoine Nicolas Caritat, Marquis de Condorcet (1743–1794) und die frz. Schriftstellerin Germaine de Staël (1766–1816), Verfasserin eines viel gelesenen Werks über Deutschland und die Deutschen. Mit der Hinzufügung des «Ehrgeizigen Studenten...» zu dieser illustren Reihe erlaubt sich Poe einen literarischen Spaß auf Kosten Edward Bulwer-Lyttons und dessen Erzählung (vgl. Anm. 11).

21 Der Londoner Gesellschaftsclub, benannt nach seinem Gründer William Almack (gest. 1781), existierte von 1765 bis 1871 und war einer der ersten Clubs, die

sowohl Männer als auch Frauen als Mitglieder aufnahmen. Er verfügte über mehrere Etablissements, deren berühmtestes sich in der King Street befand. Assembly Rooms boten vor allem den Damen der höheren Schichten erstmals die Möglichkeit zu geselligen Zusammenkünften und kulturellen Darbietungen (abgesehen von Oper und Theater) außerhalb des rein privaten Rahmens.

22 Die Herrschaften schmachten «Oh, hübsch» (frz.), «Gott behüte!» (span.) und «Teufel!» (ital.). Der Nachname der Französin bedeutet «Nicht Allein», der des Spaniers «Stilett» (allerdings ist *stiletto* ein ital. Wort – später ins Engl. übernommen –, das span. wäre *estilete*), der Italiener heißt «Gehörnter Steinbock».

23 Im Original «Tousand Teufel».

24 Im Original «Donner und Blitzen».

25 Frz. «Tier», hier in übertragener Bedeutung: «Dummerchen!».

Nachwort

Edgar Allan Poes *Tales of the Folio Club* sind ein unvollendetes Frühwerk, an dem der Autor seit etwa 1830 arbeitete. Als er das Projekt in Angriff nahm, war er in literarischen Kreisen ein noch weitgehend unbeschriebenes Blatt. Nur zwei kleine Gedichtbände, die sich beide schlecht verkauften und deren erster anonym erschienen war, konnte der 21-Jährige damals vorweisen.

Aufgewachsen bei Pflegeeltern in Richmond, Virginia, hatte sich der früh verwaiste Sohn eines Schauspielerehepaars, des Amerikaners David Poe jr. (1784–nach 1809) und der Engländerin Elizabeth Arnold (1787–1811), als Student seinem Ziehvater, dem wohlhabenden Tabakhändler John Allan (1779–1834), durch lockeren Lebenswandel und Schulden entfremdet. Zwar tilgte Allan die Schulden, doch verweigerte er fortan jede weitere finanzielle Unterstützung. Poe war also in einer zutiefst desperaten Situation. Nur seine Tante Maria Clemm geb. Poe (1790–1871), deren Tochter Virginia Eliza (1822–

1847) Poe 1836 heiraten sollte, kam ihm zu Hilfe. In ihrem bescheidenen Heim in Baltimore fand er nicht nur ein Unterkommen, sondern auch den nötigen Rückhalt, während er mit den *Erzählungen des Folio Club* sein Debüt als Erzähler vorbereitete.

Wegen seiner finanziellen Probleme war Poe verständlicherweise daran interessiert, sich so rasch wie möglich Einkünfte zu verschaffen. In der Hoffnung auf den Gewinn des Preisgelds in Höhe von hundert Dollar reichte er fünf seiner bis dahin fertiggestellten Folio-Club-Geschichten bei einem Erzählwettbewerb ein, den die in Philadelphia erscheinende Zeitschrift *Saturday Courier* Ende Mai/Anfang Juni 1831 ausgeschrieben hatte: «Metzengerstein», «The Duke de l'Omelette», «A Tale of Jerusalem», «A Decided Loss» und «The Bargain Lost». Doch Ende Dezember 1831 entschied die Jury zugunsten der Romanze «Love's Martyr» der New Yorker Lehrerin Delia S. Bacon (1811–1859), die als Autorin bereits eine gewisse Bekanntheit erlangt hatte. Als Poe 1839 einen ihrer anonym erschienenen Romane rezensierte, meinte er, für diese Prosa sei «leider eine Zwangsjacke unerlässlich», was keine späte Rache war, denn er hatte ja keine Kenntnis von ihrer Urheberschaft.

Seine beim Wettbewerb unterlegenen fünf eigenen Erzählungen veröffentlichte der *Saturday Courier* zwischen Januar und Dezember 1832. Poes Bekanntheit jedoch wurde dadurch nicht gefördert, denn die Zeitschrift verschwieg seine Urheberschaft und setzte an die Stelle seines Namens «Written for the Saturday Courier».

Eine sechste Erzählung, «Epimanes», bot Poe im Mai 1833 Joseph und Edwin Buckingham, den Herausgebern des *New England Magazine*, zur Veröffentlichung an. Im Begleitschreiben erklärte er, sie sei Teil einer Sammlung von elf durch eine Rahmenhandlung verbundenen Erzählungen. Bei dem Rahmen handle es sich um die abendliche Zusammenkunft von elf Mitgliedern eines fiktiven literarischen Clubs. Beim gemeinsamen Abendessen lese jeder den anderen eine eigene Erzählung vor, danach folge jedes Mal eine gemeinsame Diskussion, mit welcher eine «Burleske über die Literaturkritik» beabsichtigt sei. Diese Rahmenhandlung ist allerdings nicht erhalten geblieben – oder Poe hat sie, was wahrscheinlicher ist, nie geschrieben, weil sich für das Projekt kein Verleger finden ließ.

Sechs weitere Erzählungen reichte er im Sommer 1833 bei einem vom *Baltimore Saturday Visiter* ausgeschriebenen Erzählwettbewerb ein, bei dem er mit der Story «MS. Found in a Bottle» den Sieg davontrug und sein erstes Honorar – in Höhe von 50 Dollar – verbuchen konnte. Das Urteil der Jury vom 12. Oktober 1833 spricht erstmals von den *Tales of the Folio Club*. Die preisgekrönte Story sei ebenso Teil dieses Projekts wie auch die nicht minder preiswürdigen fünf anderen Geschichten Poes.

Leider sind die Titel der restlichen fünf Erzählungen nicht überliefert, die zweifellos zu jener Sammlung von Erzählungen «aus der Feder von Edgar Allan Poe» gehörten, für die der *Baltimore Saturday Visiter* bereits am 26. Oktober 1833 mit einer Anzeige zur Subskription warb. Sie sollte den Titel «The Folio Club» tragen und einen Dollar kosten. Kaum war die Anzeige erschienen, machte Poe jedoch einen Rückzieher.

Eine Woche später, am 2. November 1833, meldete der *Baltimore Saturday Visiter*: «Mr. Poe hat die vorgesehene Veröffentlichung seiner ‹Folio Club›-Erzählungen abgelehnt. Wie wir hörten, beabsichtigt er, sie in Philadelphia herauszubringen.»

Seine Entscheidung, die wohl durch Vermittlung eines der Juroren, des Politikers und Schriftstellers John Pendleton Kennedy (1795–1870) aus Baltimore, zustande gekommen war, sollte Poe bald bereuen. Denn der renommierte Verlag Carey & Lea in Philadelphia, der Interesse an dem Projekt signalisiert hatte, wollte sich danach lange nicht entscheiden, weil er wegen der Vorveröffentlichung mehrerer Erzählungen offenbar kalte Füße bekommen hatte. Immer wieder vertröstet, riss Poe schließlich Ende 1835 der Geduldsfaden. Er forderte das Manuskript zurück, um es im nächsten Anlauf dem Verlag Harper & Brothers in New York anzubieten. Auch dort konnte man sich nicht zum Druck entschließen. Ebenso beim New Yorker Verlag Saunders & Otley, von dem es Poe im Herbst 1836 zurückforderte, um es, nunmehr erweitert um sechs Erzählungen von neu hinzugekommenen Club-Mitgliedern, in einem letzten Versuch dem Drucker Harrison Hall in Philadelphia zu offerieren. Eine Antwort dieses Herrn ist nicht überliefert – vermutlich hat er sich die Mühe auch gar nicht gemacht.

Sang- und klanglos begraben, blieben die *Tales of the Folio Club* danach lange unbeachtet. Erst über fünfzig Jahre nach Poes Tod im Jahr 1849 lenkte James A. Harrison (1848–1911), der Herausgeber der 17-bändigen Poe-Gesamtausgabe, der sogenannten Virginia Edition, die Aufmerksamkeit wieder auf das gescheiterte Projekt. 1902 veröffentlichte er ein vierseitiges, undatiertes Manuskriptfragment des Dichters, das er im Nachlass des Verlegers, Literaturkritikers und Schriftstellers Rufus Wilmot Griswold (1815–1857) entdeckt hatte. Es enthielt je zur Hälfte den Beginn einer Rahmenerzählung mit dem Titel «The Folio Club» und das letzte Drittel einer in diesen Rahmen einzufügenden Erzählung («Siope – A Fable»).

Die einleitende Erzählung «The Folio Club» liefert, obwohl nur Fragment, den Schlüssel zur Rekonstruktion der *Tales of the Folio Club*. Hier werden Ort und Zeit der Handlung benannt, und wir erfahren so manches über die Geschichte des Clubs, seine Ziele und Regeln. Vorgetragen wird dies von einem namenlosen Ich-Erzähler, der sich als Nachfolger des ausgeschiedenen «Augustus Scratchaway» und somit als jüngstes Club-Mitglied zu erkennen gibt.

Er stellt die übrigen zehn aktiven Mitglieder des Folio Club der Reihe nach vor, und zwar in ebender Reihenfolge – die Forschung ist sich in diesem Punkt weitgehend einig –, in der die Herren ihre Erzählungen in der abendlichen Tafelrunde vortragen werden.

Im Folgenden sollen die Identitäten der jeweiligen Erzähler entschleiert sowie Poes satirische Absichten verdeutlicht werden.

I. Der Folio-Club

Hier schildert der namenlose Ich-Erzähler acht Mitglieder mit individuellen körperlichen, beruflichen oder literarischen Eigenheiten sowie recht drolligen Namen, die natürlich Pseudonyme sind und mehr oder minder verklausuliert auf den literarischen Geschmack des Betreffenden anspielen. Zwei namenlos Gebliebene werden nur durch Kleidung, Größe und Augenfarbe beziehungsweise durch ihre Leibesfülle und eine literarische Vorliebe charakterisiert.

Vorbilder der Herrenrunde des Folio Club wird Poe ebenso häufig in der Realität wie in der Literatur gefunden haben. Was Letztere angeht, dürfte das ehrwürdigste Vorbild ein von der Londoner Wochenzeitung *Spectator* (1711–1712/1714) etablierter fiktiver Club gewesen sein, bei dem die Unterhaltungen der Mitglieder Anlass waren für ironisch-humoristische Betrachtungen über gesellschaftlich-politische Tagesfragen.

Eine spätere englische Quelle, die Poe wohl kannte, war der nach 1760 in Fortsetzungen veröffentlichte Briefroman *Citizen of the World* von Oliver Goldsmith. Darin schildert ein chinesischer Besucher seinen Landsleuten in der fernen Heimat die in seinen Augen merkwürdigen Sitten und Gebräuche der Engländer, unter anderem das Treiben eines literarischen Clubs, der manche Ähnlichkeit mit dem Folio Club aufweist (vgl. Haage, S. 75 f.). Ein fiktionales, Poe zweifellos vertrautes Vorbild waren die in Deutschland zwischen 1817 und 1821 entstandenen *Serapionsbrüder* E. T. A. Hoffmanns.

Angesichts eines in Amerika im 19. Jahrhundert weitverbreiteten literarischen Clubwesens dürften reale Vorbilder aber doch stärkeren Einfluss auf Poe ausgeübt haben. So gab es in Philadelphia bis 1827 einen lockeren Zusammenschluss von Ärzten und Juristen, getragen von der 1801 gegründeten Zeitschrift *The Port Folio*. Weil man sich immer dienstags traf, nannte sich der Verein Tuesday Club. Bei ihren oftmals feuchtfröhlichen Zusammenkünften erfreuten sich die Clubmitglieder häufig ebenso gern an ins Lateinische übersetzten Kinderreimen wie an hochgestochenen Abhandlungen über klassische Rhetorik (vgl. Smyth, S. 21).

Wie bei Poes Folio Club pflegten sich die Mitglieder des Tuesday Club hinter drolligen Clubnamen zu verstecken, was ihnen offenbar eine stete Quelle des Vergnügens war. In Baltimore, wo sich Poe 1829 und nach dem kurzen Abstecher an die Militärakademie West Point seit April 1831 aufhielt, amüsierte derselbe Ulk die Mitglieder des Delphian Club, eines von 1816 bis 1825 existierenden literarischen Vereins, der nach der offiziellen Auflösung in gelockerter Form noch längere Zeit als Tusculum Club von dem Rechtsanwalt, Herausgeber und Autor William Gwynn (1770–1854) fortgeführt wurde. Gwynn leitete damals eine der meistgelesenen Zeitungen in Baltimore, die *Federal Gazette and Daily Advertiser*, bei der auch Neilson Poe (1809–1884), ein Cousin des Dichters, angestellt war (er heiratete 1831 Josephine, die

Schwester von Edgars späterer Ehefrau Virginia E. Clemm). Eine zweite verwandtschaftliche Verbindung zu dem Club existierte in Gestalt des erfolgreichen Holzhändlers Henry Herring (1791–1868), dem Ehemann von Poes früh verstorbener Tante väterlicherseits Elizabeth Poe (1792–1822). Sowohl durch ihn wie auch durch Neilson Poe bekam Edgar Zugang zum Tusculum Club, wo er bald ein häufiger Gast war. Dort machte der als Dichter und Schriftsteller noch völlig unbekannte Poe die Bekanntschaft illustrer Literaten wie zum Beispiel des «amerikanischen Plutarch» Jared Sparks, des Journalisten, Dramatikers und Poeten Samuel Woodworth, des Ex-Justizministers und Autors William Wirt oder des Politikers und Schriftstellers John Pendleton Kennedy – Letzterer verhalf 1833 als Preisrichter Poe zu dessen ersten Dichterlorbeeren und einem bescheidenen Anfangshonorar.

II. Wie man Geld auftreibt oder: Schwindeln als eine der exakten Wissenschaften betrachtet

Dem einleitenden Rahmenfragment zufolge eröffnet Mr. Snap als aktueller Vorsitzender des Folio Club die Reihe der an diesem Abend vorgetragenen elf Erzählungen. Leider bricht das Manuskript genau an der Stelle ab, da seine Erzählung beginnen soll, und so bleiben wir im Unklaren, womit er seine Club-Kollegen unterhielt. Beim Versuch, diese weiße Stelle in der Überlieferung zu schließen, wurde der Erzählername Snap (zu Deutsch «stehlen», «Diebstahl», «schlauer Fuchs») zum Wegweiser, der klar auf «Raising the Wind; or, Diddling Considered as One of the Exact Sciences» deutete.

Veröffentlicht wurde die Geschichte erstmals am 14. Oktober 1843 im *Philadelphia Saturday Courier*. Ihr genaues Entstehungsdatum ist nicht zu ermitteln, manches spricht jedoch dafür, dass Poe schon Ende 1831, als er sich am Erzählwettbewerb des *Saturday Courier* beteiligte, an der Geschichte arbeitete, sie aber erst 1843 mit einigen aktualisierten Anspielungen (zum Beispiel dem Motto und der amüsanten Gegenüberstellung von Homer und «Flaccus») veröffentlichte.

Mr. Snaps Charakterisierung («ein sehr hagerer Mann mit Hakennase, der vormals im Dienst der ‹Down-East Review› stand») war für Poes Zeitgenossen leicht zu entschlüsseln: Der Begriff *Down East* bezeichnet im amerikanischen Englisch die nördlichen Neuenglandstaaten – mit Boston als kulturellem Zentrum –, für deren Bewohner sich der Spitzname «Yankee» eingebürgert hat, weshalb die Spur direkt zu John Neal (1793–1876) führte. Der umtriebige und vielseitige Journalist, Autor und Literaturkritiker war der Gründer einer kurzlebigen, 1828/1829 in Boston erscheinenden Zeitschrift namens *The Yankee* (dann *The Yankee and Boston Literary Gazette*, ab 1829 dem Bostoner *New England Galaxy and Masonic Magazine* eingegliedert). Was das Äußere angeht, ist Poes Mr. Snap, wenn die existierenden Porträts nicht täuschen, Neals exaktes Ebenbild. In Baltimore zählte Neal, der sich gelegentlich auch als Kaufmann, Jurist, Boxer und Architekt betätigt hatte, zu den prominentesten Mitgliedern des literarischen Delphian Club – sein Clubname lautete Jehu O'Cataract. In den USA war er zudem der eifrigste Propagandist, zeitweise auch der Sekretär des englischen Sozialreformers Jeremy Bentham (1748–1832).

Mr. Snap hat keine Scheu, sein Vorbild kenntlich zu machen, indem er gleich zu Beginn der Erzählung auf John Neal verweist und dessen Bewunderung für Bentham hervorhebt. Was er danach zum Besten gibt, entspricht zwar nicht so ganz einer üblichen Prosaerzählung, ist aber als vorgeblich wissenschaftlicher Essay eine vergnügliche, ganz der Zielsetzung des Abends entsprechende Abhandlung über Sinn, Zweck, Formen, Mittel und Möglichkeiten des Schwindelns und Betrügens. Thematisch und formal entspricht Mr. Snaps Vortrag durchaus den Forderungen, die John Neal als eingefleischter Utilitarist an «nützliche» Literatur stellte, da es sich thematisch um ein dem Alltagsleben entnommenes Stück Prosa handelt, das sich alltäglicher Sprache bedient. Ein weiteres Indiz, das auf Neal hinweist, ist die für diesen Autor typische Verquickung essayistischer und narrativer Elemente, die Poe hier karikierend aufgreift.

Obwohl «Raising the Wind» unverkennbar John Neals Stil parodiert und Mr. Snap ebenso eindeutig John Neals Alter Ego ist, sind Poes Satirepfeile aus gutem Grund eher gutmütig als giftig und verletzend. Denn der humorvolle, temperamentvoll-spontane John Neal war vielleicht nicht der Eleganteste und Geistreichste seiner Zunft, aber als Kritiker und Herausgeber doch von beträchtlicher Wirkung auf die amerikanische Literatur. Ihm verdankte Poe auch die ersten ermutigenden Kritikerworte, nachdem er Neal im Frühherbst 1829 sein Gedicht «Fairyland» zugesandt hatte. Spöttisch, aber doch wohlwollend sprach Neal daraufhin im September im *Yankee* von erlesenem Nonsens, der gleichwohl die Hoffnung wecke, dass «Poe ein schönes, vielleicht sogar bedeutendes Gedicht schreiben könnte – wenn er sich nur etwas Mühe gibt» (vgl. Zumbach, S. 184).

III. Der Geisterseher

Mit der Romantik brach gegen Ende des 18. Jahrhunderts auch eine Welle der Italienbegeisterung über die literarische Welt Europas und Nordamerikas herein. Die Folge war nicht nur ein veritabler Strom von Bildungstouristen, der sich aus allen Himmelsrichtungen nach Italien ergoss, sondern auch eine rasch anschwellende literarische Produktion von Schriften aller Art über dieses meistverklärte Land romantischer Sehnsüchte. Venedig war mit seinem bröckelnden Charme, den Kanälen, Palästen und dem Gewirr enger Gassen, aber auch der Tollheit des Karnevals und dem Schauer dunkler Ecken schnell zu jenem Schauplatz geworden, den Dichter und Schriftsteller für ihre Erzeugnisse bevorzugten.

Mit seiner in der Lagunenstadt angesiedelten Novelle *Der Geisterseher* (1787–1789) hatte Friedrich von Schiller in Deutschland den Ausbruch des Venedigfiebers begünstigt, von dem auch E. T. A. Hoffmann etwas später angesteckt wurde. Auf dessen 1817 geschriebene Erzählung «Doge und Dogaresse» – 1819 veröffentlicht im dritten Abschnitt des zweiten Bandes der Sammlung *Die Serapionsbrüder* – nimmt Poe durch unverkennbare Anleihen bei der Story ebenso direkten Bezug wie mit dem Titel «The Visionary» auf Schillers Novelle (vgl. Bittner, S. 90).

In England waren es die beiden an den Ufern des Mittelmeers früh verstorbenen Dichter Lord Byron (1788–1824) und Percy Bysshe Shelley (1792–1822), die mit ihren Werken zur Ausbreitung der Italienbegeisterung beitrugen. Insbesondere Byron steigerte das Venedigfieber als Verfasser des Versepos *Childe Harold's Pilgrimage* (1812–1818) und der Dramen *Marino Falieri* und *The Two Foscari* (beide 1821), noch mehr aber als Bonvivant, der seit 1816 in Venedig lebte und dort durch seine Liebesaffäre mit der verheirateten Gräfin Teresa Guiccioli, die der italienischen Freiheitsbewegung der Carbonari angehörte, für Furore sorgte. Dieses seinerzeit als skandalös empfundene amouröse Verhältnis steht im Hintergrund von Poes Erzählung, deren Held – für die Zeitgenossen unverkennbar – Züge des Dichters Lord Byron aufweist.

Ebenso leicht wie die Enthüllung Lord Byrons als Vorbild für den «Helden» der Geschichte fällt die Zuordnung des Erzählers. Bei diesem handelt es sich unbestritten um Mr. Convolvulus Gondola, der im Rahmenfragment als «ein junger, ziemlich weit gereister Gentleman» charakterisiert wird. Unverkennbar klingt sein Name nach der Stadt der Gondeln, obwohl er doch tatsächlich die Bezeichnung für eine von über zweihundert Windenarten ist. Nichtsdestoweniger ist der Name treffend gewählt, denn Mr. Convolvulus Gondola zeichnet sich in der Tat vor allem durch seine gewundene, um nicht zu sagen geschwollene Sprache aus. Im Bemühen, den Leser zu beeindrucken, purzeln die Wortwiederholungen und Alliterationen nur so daher, ebenso wie die wortreichen Vergleiche und übertriebenen Bilder sowie das jederzeit ins Komische abgleitende Pathos.

Aufgrund der stilistischen Eigenheiten, aber auch wegen der kaum verhüllten Fiktion des Byron'schen Liebeslebens ist man sich einig, dass Poe mit dem Erzähler Mr. Convulvulus Gondola eine Karikatur des irischen Dichters, Schriftstellers, Übersetzers und Balladensängers Thomas Moore (1779–1852) beabsichtigte. Als enger Freund hatte Moore nach Byrons Tod nicht nur dessen Nachlass verwaltet, sondern 1830 auch eine Biografie des Dichters veröffentlicht. Deren elaborierter Stil und ehrfürchtig unkritische Haltung gegenüber Byron wird von Poe hier ebenso satirisch aufs Korn genommen wie der damals – auch in Amerika – übertrieben schwärmerische Byron-Kult.

«Jung» konnte man freilich zum Zeitpunkt, als Poe an seiner Erzählung arbeitete, den damals über fünfzigjährigen Moore nicht nennen. Vielleicht erlaubte sich Poe damit einen Scherz, traf doch das zweite Charakteristikum des «weit gereisten Gentlemans» durchaus auf Moore zu. Denn der hatte sich nach Beendigung seines Studiums in Dublin und London 1803 als Verwaltungsbeamter zunächst auf den Bermudas, danach in den USA und Kanada aufgehalten und die Erfahrungen dieser Reisen in dem 1806 veröffentlichten Werk *Epistles, Odes and other Poems* verarbeitet. Zudem war Moore für seinen aufwendigen Lebensstil bekannt, dem manche satirischen Spitzen in Poes Erzählung gelten.

IV. Ein geplatzter Handel

Teufelsgeschichten gibt es seit mehr als tausend Jahren, doch zu voller Blüte gelangte das Genre in der Romantik. Besonders fruchtbar war der Boden in Deutschland, wo der Herr der Hölle bereits im Titel von Werken wie Jean Pauls *Auswahl aus des Teufels Papieren* (1789), E.T.A. Hoffmanns *Die Elixiere des Teufels* (1815/16) und Wilhelm Hauffs *Mitteilungen aus den Memoiren des Satans* (1825) auftaucht. Der junge Poe kannte diese Werke, wenn auch nicht direkt aus der Lektüre des deutschen Originals, so doch indirekt aus Rezensionen in Literaturzeitschriften.

Eine besonders ergiebige Quelle hierfür war das 1817 im schottischen Edinburgh von dem Verleger William Blackwood (1776–1834) gegründete *Blackwood's Magazine*, das lange zu den erfolgreichsten Unterhaltungsmagazinen im englischsprachigen Raum zählte und erst 1980 zu existieren aufhörte. Man weiß, dass Poes Stiefvater dieses Blatt abonniert hatte und der Dichter damit bereits in seiner Jugend entscheidende Leseerfahrungen machte. Konzipiert als konservative Gegenstimme zur *Edinburgh Review*, hatte *Blackwood's Magazine* mit seiner gelungenen Mischung aus Information und Unterhaltung in pointiert satirischen oder kritischen Artikeln, Rezensionen und Essays sehr rasch eine breite Leserschaft gewonnen. Von Anfang an öffnete sich das Blatt weit für die deutsche Romantik und sorgte durch Rezensionen und den Abdruck von Gedichten und Erzählungen für eine wachsende Bekanntheit deutscher Autoren im englischsprachigen Raum.

Eine besondere Attraktion von *Blackwood's Magazine* waren die eingestreuten Erzählungen, die oft dem populären Horrorgenre entstammten und mit der Sensationslust der Leser spielten. Aufgrund ihrer Beliebtheit hatten Erzählungen à la *Blackwood* großen Einfluss auf zeitgenössische englischsprachige Autoren. Der Erfolg von *Blackwood's Magazine* beruhte weniger auf dem journalistischen Können seines Gründers William Blackwood als vielmehr auf dessen gelungener Wahl eines engagierten Mitarbeiterstabs. Die redaktionelle Leitung teilten sich der schottische Anwalt und Literaturkritiker John Wilson (1785–1854), der meist unter dem Pseudonym Christopher North schrieb, und der ebenfalls schottische Schriftsteller John Gibson Lockhart (1794–1854), der unter anderem eine Biografie seines Schwiegervaters, des schottischen Dichters und Romanciers Sir Walter Scott (1771–1832), verfasste.

Zum engsten Mitarbeiterkreis des Blattes zählte der Schotte Robert Macnish (1802–1837), ein ausgebildeter Chirurg, der ab 1820 erste schriftstellerische Versuche unternahm und 1826 ständiger Mitarbeiter von *Blackwood's Magazine* wurde. Einer seiner ersten Beiträge war die im selben Jahr veröffentlichte Teufelsgeschichte «The Metempsychosis», die Poe ebenso zu seiner *diablerie* inspiriert haben dürfte wie die beiden unmittelbar danach veröffentlichten Erzählungen «The Man with the Nose» und «The Barber of Gottingen». Alle drei haben Göttingen zum Schauplatz, einen der Studienorte von Poes Pedro Garcia. Wie alle Erzählungen und Skizzen Macnishs zeichnen sie sich durch Humor, trockenen Witz, scharfe Beobachtung und warme Anteilnahme aus.

Stilistisch geistesverwandt, teilte Macnish mit Poe auch sonst manche Neigung. Als Mediziner verfasste er viel beachtete Werke wie *The Anatomy of Drunkenness* (1827), *The Philosophy of Sleep* (1830) und eine *Introduction to Phrenology* (1835) – Letzteres eine Auseinandersetzung mit der damals überaus populären, auch Poe nachhaltig beeinflussenden Phrenologielehre des Anatomen Franz Joseph Gall (1758–1828), der zufolge geistig-seelische Eigenschaften bestimmten Hirnarealen zugeordnet werden können.

Bei der Gestalt des selbstverliebten Dandys Pedro Garcia wie auch dessen geschmacklicher Vorlieben in kulinarischer, modischer und dekorativer Hinsicht stand der in Poes Erzählung

«Der Herzog de l'Omelette» noch einmal porträtierte Dichter und Schriftsteller Nathaniel Parker Willis (1806–1867) Pate. Als Objekt der Satire ist seine Person jedoch nur von untergeordneter Bedeutung. Denn tatsächlich nimmt Poe in dem witzigen Disput zweier Schöngeister die Philosophie des deutschen Idealismus aufs Korn. Dabei erweist sich der faustische, mit in allen philosophischen Wassern gewaschene Pedro Garcia eher als Gourmand, der konsequent epikureische Satan eher als Gourmet. Satans Geschmackssicherheit – und dies ist die Pointe der Geschichte – hält ihn davon ab, sich auf einen Handel mit dem sturzbetrunkenen Metaphysiker einzulassen. Dessen Seele kann er sich gleichwohl am Ende einverleiben, nachdem der erboste Philosoph mit einem Flaschenwurf, der eigentlich den Teufel treffen sollte, sich selbst ins Jenseits befördert hat.

Erzähler dieser amüsanten Teufelsgeschichte ist De Rerum Naturâ, Esqr., der seinen Namen dem Titel des antiken, die hedonistische Lehre des griechischen Philosophen Epikur (341–270 v. Chr.) propagierenden Lehrgedichts *De Rerum Natura* des römischen Dichters und Philosophen Lukrez (97–55 v. Chr.) verdankt. Das

Namenssuffix weist ihn als «Esquire» aus, das heißt als Person, die in England zum niederen Adel, in den USA zu den Juristen gerechnet wird. In jedem Fall handelt es sich bei ihm um jemand, der einen speziellen gesellschaftlichen Status genießt. Ungewöhnlich ist auch sein Accessoire einer Brille mit grünen Gläsern, die er wohl weniger wegen einer Sehschwäche benötigt als vielmehr aufgrund einer Lichtscheu, die er mit Pedro Garcias Gegenspieler teilt. Gleichwohl ist De Rerum Naturâ natürlich nicht der Teufel höchstpersönlich, der sich in die Erzählerrunde des Folio Club eingeschlichen hätte. Satanische Neigungen sind dem merkwürdig aussehenden Erzähler jedoch durchaus eigen, dessen Lebensmaxime nicht faustischer Erkenntnisdrang, sondern eher mephistophelischer Lustgewinn zu sein scheint.

V. Siope – Eine Fabel

Mit der Charakterisierung des Erzählers als «sehr kleiner Mann im schwarzen Anzug mit sehr schwarzen Augen» lieferte Poe kundigen zeitgenössischen Lesern gleich den Schlüssel zur Lösung des Rätsels. Denn seit Oliver Goldsmith' *Citizen of the World* (1760) und Washington Irvings Erzählung «The Little Man in Black» (1807) wusste man, dass sich hinter einem «kleinen schwarzen Mann» der Autor des Werks selbst verbarg (vgl. Haage, S. 194).

Tatsächlich trug Poe Zeitgenossen zufolge vorwiegend schwarze Kleidung, doch hatte er weder «sehr schwarze» Augen, noch war er «sehr klein». Die Farbe seiner Augen war dunkel und tendierte entweder zu Braun oder Grau. Seine Körpergröße wird in den Militärakten mit fünf Fuß acht Zoll (rund 1,73 Meter) angegeben, eine – damals durchschnittliche – Länge, die er für sich selbst in einem Brief an Joseph M. Field vom Juni 1846 bestätigte und auch dem Erzähler von «Das Manuskript in der Flasche» zuwies.

Dass der Erzähler als Doppelgänger des Autors Poe beabsichtigt war, ergibt sich ziemlich eindeutig aus dem griechischen Titelwort «Siope», das man als Anagramm *«is Poe»* enträtseln kann. Auf Poe verweist zudem das der Erzählung vorangestellten Motto, das er seinem Gedicht «Al Aaraaf» entnahm, dem titelgebenden Stück seiner 1829 erschienenen Gedichtsammlung, die er, obwohl er bereits 1827 den kleinen Gedichtband *Tamerlane and Other Poems* publiziert hatte, als seine erste Veröffentlichung bezeichnete. Schließlich ist der Untertitel ein Fingerzeig auf eine Art Selbstporträt: Mit dem Begriff «Psychologische Autobiografisten» erweckt Poe den Anschein, als gäbe es eine etablierte literarische Gruppe oder Richtung dieses Namens, dabei handelt es sich um eine reine Erfindung. Poe wollte damit wohl auf jene damals auffallend häufig erscheinenden Werke anspielen, die vorgeblich Autobiografisches und Psychologisches zum Inhalt hatten, zum Beispiel Thomas de Quinceys *Confessions of an English Opium Eater* (1822) oder Benjamin Disraelis *Contarini Fleming; a Psychological Romance* (1832).

Zu dieser Kategorie rechnete Poe wohl auch die 1830 im Londoner *New Monthly Magazine* erschienene Erzählung «Monos and Daimonos, A Legend» von Edward Bulwer-Lytton (1803–1873). Von dieser Lebensbeichte eines zum Verbrecher gewordenen Mannes ließ sich Poe, wie zahlreiche Anleihen belegen, geradezu unübersehbar inspirieren. Freilich ist seine Erzählung «Siope – Eine Fabel» alles andere als eine Kopie. Wo Bulwer-Lytton eine auf Spannung angelegte, recht eindimensionale Geschichte erzählt, brilliert Poe mit einer vielschichtigen, alle Genregrenzen überschreitenden Traumszene, angesiedelt in einem orientalischen Nirwana, belebt von Fabelwesen und Gespenstern und untermalt von den Klängen einer irritierenden Melodie, wie wir sie von Poes eigenen Gedichten im Ohr haben.

Freilich überspannt der Autor hier seine Mittel doch in einer Weise, die mit dem übergewichtigen und gespreizten Sprachduktus, dem dunklen Geraune, der überbordenden Bilderfülle an Selbstparodie grenzt. Schon Wilson (1931) hat die überzeichneten Bilder und Vergleiche in dieser Geschichte als regelrecht lächerlich empfunden und deshalb eine Satire auf die amerikanischen Transzendentalisten in ihr vermutet. Ob dies stimmt, sei dahingestellt, denn eigentlich kam diese – oft als schwärmerisch geschmähte – Denkrichtung erst ab Mitte der 1830er-Jahre durch den US-amerikanischen Philosophen und Schriftsteller Ralph Waldo Emerson (1803–1882) auf.

Vielleicht ist die Vermutung zutreffender, dass Poe sich mit dieser Geschichte einen Scherz in eigener Sache erlaubt, indem er sich als angeblich «sehr kleinen» Erzähler präsentiert, der in der Wahl seiner Stilmittel aber den Mund ein wenig zu voll nimmt. Die darin erkennbare Lust am Paradox spricht sowohl für seine Fähigkeit zur Selbstironie als auch für eine gehörige Portion Selbstsicherheit respektive Eitelkeit. Beides hat sicherlich zur Doppelgesichtigkeit dieser Geschichte beigetragen, die zum einen Selbstparodie, zum anderen des Autors stolze Demonstration seines Könnens beim virtuosen Spiel mit Schauerelementen ist.

Ihre Doppelnatur kommt freilich nur im Rahmen der *Erzählungen des Folio Club* richtig zur Geltung. Fehlt dieser Bezug – wie in allen späteren Veröffentlichungen und Übersetzungen –, lassen sich Leser nur allzu leicht von der Gruselatmosphäre beeindrucken, was die Tatsache belegt, dass «Siope – A Fable» noch heute von vielen als eine der besten unheimlichen Erzählungen Poes geschätzt wird.

Seefahrergeschichten gibt es, seit Menschen mit Schiffen die Meere befahren. Die Entdeckung neuer Kontinente, koloniale Bestrebungen und die damit einhergehende Ausweitung des Seehandels hatten seit Beginn des 18. Jahrhunderts beim Lesepublikum den Hunger nach Seefahrergeschichten beständig genährt. Im 19. Jahrhundert stand das im englischsprachigen Bereich *sea fiction* genannte Genre in voller Blüte. Parallel dazu hatte sich seit Daniel Defoes *Robinson Crusoe* (1719) ein Subgenre entwickelt, dessen Leserschaft sich an Berichten von Schiffsunglücken ergötzte. Gerade in den USA sicherte diese spezielle Gattung der *shipwreck literature* den Verlegern gute Geschäfte, was sicherlich damit zusammenhängt, dass in einer Einwanderungsgesellschaft wie der amerikanischen die Schrecknisse und Gefährdungen der wochen-, oft monatelangen Meeresüberquerungen zu den Grunderfahrungen eines Großteils der Bevölkerung zählten. Eines der damals folgenreichsten Werke der Schiffbruchliteratur war Archibald Duncans 1804 in London veröffentlichte mehrbändige Sammlung *The Mariner's*

Chronicle, die rund dreißig Berichte von Schiffbrüchen enthielt. Das Werk, bereits 1806 in den USA als Raubdruck verbreitet, wurde danach wiederholt aufgelegt und diente als Vorbild für gleichartige Sammlungen.

Angesichts der Beliebtheit der *sea fiction* und der Schiffbruchliteratur nimmt es nicht wunder, dass Poe für den vom *Baltimore Saturday Visiter* am 15. Juni 1833 ausgeschriebenen Erzählwettbewerb mit «MS. Found in a Bottle» eine Seefahrergeschichte einreichte, die in einem gewaltigen Schiffsuntergang kulminiert – und damit nicht nur das Preisgeld errang, sondern auch die erfolgreichste seiner frühen Erzählungen schuf, die so häufig nachgedruckt wurde wie keine andere der Folio-Club-Erzählungen.

Poes Inspiration konnte bei dieser Erzählung aus zahlreichen Quellen schöpfen. Im Titel klingt Edward Bulwer-Lyttons Erzählung «A Ms. Found in a Madhouse» (1828) nach, und inhaltlich gibt es manche Parallelen zu der 1828 veröffentlichten Erzählung «A Picture of the Sea» von William Gilmore Simms (1806–1870), den Poe später als Amerikas besten Romancier rühmen sollte. Ein früherer Seemann war der Dichter, Schriftsteller und Journalist William

Leggett (1801–1839), der 1835 unter dem Titel *Naval Stories* eine Reihe von Seefahrergeschichten, darunter die Schiffbrucherzählung «The Encounter», veröffentlichte, die zuvor in der von ihm redigierten *New York Evening Post* erschienen waren.

Stärker als diese dürfte Poe jedoch eine Erzählung beeinflusst haben, die 1821 im Edinburgher *Blackwood's Magazine* unter dem Titel «Vanderdecken's Message Home» erschien und erstmals den seit Ende des 18. Jahrhunderts literarisch tradierten Mythos vom Fliegenden Holländer in erzählerischer Form aufgriff. Verfasser dieser Fliegender-Holländer-Variante war der schottische Arzt und Reiseschriftsteller John Howison (1797–1859), dessen zwischen April 1821 und Dezember 1822 anonym erschienene Beiträge als herausragende Beispiele der von dem Blatt gepflegten *tales of terror* gelten.

Gegenüber diesen Vorläufern zeichnet sich Poes Gestaltung des Stoffs durch eine irritierend-zweideutige Erzählweise aus. So lässt der Verfasser der Flaschenpost keine Gelegenheit aus, seine Rationalität zu betonen und durch fast ein Übermaß an präzisen Informationen und Beobachtungen seine Gewissenhaftigkeit und Nüchternheit unter Beweis zu stellen. Andererseits hält er den Untergang des Schiffs, auf dem er sich befindet, noch im Anblick des eigenen Todes geradezu seelenruhig auf Papier fest und findet außerdem Zeit, seine Aufzeichnung einer Flasche anzuvertrauen. Dass er diese wohl nicht zufällig zu ebendiesem Zeitpunkt parat hatte und es um seine Zurechnungsfähigkeit von vornherein nicht zum Besten bestellt gewesen sein könnte, deutet Poe durch spitzbübisch eingestreute versteckte Hinweise an, zum Beispiel mit der Angabe, das Schiff habe neben anderem «ein paar Kistchen mit Opium» geladen, oder mit dem vorangestellten Motto aus einem beliebten Gedicht des schottischen Schriftstellers Allan Cunningham (1784–1842). Da ist das *«wet sheet»* des Originals wohl weniger im Sinne seines Autors als «nasses Segel» zu verstehen als eher im Sinne des Matrosenslangs des 19. Jahrhunderts als eine «Pulle» Rum oder Gin.

Die ambivalente Erzählweise weckt beim Leser den Eindruck, irgendetwas an dieser Erzählung sei faul oder, um es auf Englisch zu sagen, *fishy*. Möglicherweise verpasste Poe daher seinem Erzähler Mr. Solomon Seadrift das Aussehen eines Fischs. Bei dessen Namensgebung dürften zwei Werke Pate gestanden haben, die seinerzeit für einiges Aufsehen gesorgt hatten: die 1820 unter dem Titel *Symzonia: A Voyage of Discovery* erschienene Beschreibung einer Seefahrt zum Mittelpunkt der Erde sowie der 1831 veröffentlichte Bericht *Sir Edward Seaward's Narrative of his Shipwreck, and Consequent Discovery of Certain Islands in the Caribbean Sea.* Als Autor des Buchs von 1820 wird ein Kapitän Adam Seaborn genannt, dem Buch von 1831 soll das Tagebuch der Jahre 1733 bis 1749 eines gewissen Sir Edward Seaward zugrunde liegen – die Ähnlichkeit der Namen beider «Autoren» mit dem von Mr. Solomon Seadrift ist nicht zu übersehen.

Ebenfalls unübersehbar sind stoffliche Ähnlichkeiten zwischen Poes Erzählung und diesen beiden Publikationen, denen überdies gemeinsam ist, dass ihre jeweilige Urheberschaft etwas zweifelhaft ist. So wurde aufgrund der Tatsache, dass in Adam Seaborns Bericht die von dem Kapitän John Cleeve Symmes jr. (1779–1829) vertretene Theorie der hohlen Erde eine maßgebliche Rolle spielt, der – heute stark angezweifelte – Schluss gezogen, Symmes sei der eigentliche Verfasser des Buchs. Bei dem 1831 mit großem Erfolg veröffentlichten Tagebuch von Sir Edward Seaward firmiert als Herausgeberin die mit Walter Scott befreundete schottische Schriftstellerin Jane Porter (1776–1850).

Spätere Briefe und Rezensionen Poes belegen, dass er Sir Edward Seawards Tagebuch kannte und Jane Porter durchaus schätzte. Die Lord-Byron-Verehrerin war als Autorin zahlreicher historischer Romane und Verfasserin zahlloser Zeitschriftenbeiträge damals eine herausragende literarische Persönlichkeit, zu deren Leidwesen jedoch schon sehr bald der fiktionale Charakter des angeblichen Tagebuchs ans Licht kommen sollte. Etwas länger dauerte es, bis die Forschung entdeckte, dass der eigentliche Verfasser des Manuskripts ihr Bruder war, der in Bristol ansässige Arzt William Ogilvie Porter (1774–1850), der sich in jungen Jahren längere Zeit in der Karibik aufgehalten hatte.

Diese Horrorgeschichte über zwei verfeindete ungarische Adelsfamilien, deren eine die andere noch über den Tod hinaus besiegen kann, gilt weithin als eine typisch «deutsche» Schauergeschichte, nicht zuletzt weil Poe bei späteren Veröffentlichungen der Erzählung den Untertitel «In Imitation of the German» hinzufügte. Nicht so einig sind sich die Gelehrten über den Charakter der Erzählung. Die einen sehen in «Metzengerstein» aufgrund der Zugehörigkeit der Story zu den Folio-Club-Erzählungen eine Parodie des Gothic-Novel-Genres, die anderen finden, es handle sich um eine ernsthafte, besonders sorgfältig komponierte und raffiniert sich in die Tradition der Gothic Novel einfügende Kurzgeschichte.

Unter dem Blickwinkel ihrer Zugehörigkeit zu den *Erzählungen des Folio Club* betrachtet, kann kein Zweifel darüber bestehen, dass Poe mit dieser Erzählung eine satirisch-parodistische Absicht verfolgte. Übertrieben sind nicht nur die skurril aufgeplusterten Familiennamen der beiden konkurrierenden Familien Metzengerstein und Berlifitzing, bei deren Erfindung

Poe weniger an stimmige deutsche Namen für zwei Adelsgeschlechter als an zwei seine amerikanisch-britische Leserschaft belustigende Zungenbrecher dachte. Übertrieben sind auch die extremen Charaktere, der bedeutungsschwangere Ton, die geschwollene Sprache und eine dezidierte Künstlichkeit des Vortrags, die immer ins Lächerliche abzustürzen droht und dem Namen des Erzählers Horribile Dictu (lateinisch für «man wagt kaum, es auszusprechen») somit alle Ehre macht.

Bei der Bestimmung inhaltlicher Vorbilder kann man nur ganz allgemein auf das den Charakter der Erzählung prägende Genre der Schauerliteratur verweisen. Reine Klangelemente sind es daher, wenn Poe mit der Titelendsilbe an Mary Shelleys Roman *Frankenstein* (1818) beziehungsweise mit dem Vornamen Wilhelm an die Ballade «Lenore» (1773) von Gottfried August Bürger anknüpft. Wie sehr Poe den Göttinger Dichter schätzte, belegen seine eigenen Gedichte «Lenore» (1843), das dem Tod einer schönen jungen Frau gilt, und «The Raven» (1845), dessen Erzähler seiner verblichenen Geliebten namens Lenore nachtrauert. Poe dürfte Bürgers Werk in der Übersetzung Walter Scotts kennengelernt haben, ebenso Johann Wolfgang Goethes Sturm-und-Drang-Drama *Götz von Berlichingen*, das bei der Namensgebung der Grafen von Berlifitzing unverkennbar Pate stand. Goethes und Bürgers Werke sollten nachhaltig zum Ausbruch des *German fever* zuerst in England und wenig später auch in den USA beitragen.

Bei Horribile Dictu, dem schon durch den Namen als Horrorspezialist ausgewiesenen und angeblich in Göttingen graduierten Erzähler, erkennt man eine gewisse Wesensverwandtschaft mit dem englischen Dichter Samuel Taylor Coleridge (1772–1834). Coleridge, dem man nachsagte, sein Geist sei «eher deutsch als englisch», wurde zwar nicht in Göttingen graduiert, er hatte sich an der dortigen Universität 1798/1799 aber eingehend mit dem Studium deutscher Philosophen wie Kant, Schlegel und Schelling beschäftigt. Mit den dabei aufgegriffenen Ideen sollte er bald eine nachhaltige Wirkung auf den – für Poe *horribile dictu* – amerikanischen Transzendentalismus ausüben.

Coleridge schrieb nie eine Erzählung im Stil deutscher Schauerromane, hat aber als Kenner des *German gothic*-Genres eine nicht hoch genug einzuschätzende Rolle bei dessen Verbreitung im englischen Sprachraum gespielt (vgl. High). Als Rezensent der Romane von Ann Radcliffe und Matthew Gregory Lewis sowie als Freund Mary Shelleys und William Godwins kannte er natürlich auch die englische Gothic Novel aus dem Effeff. Wie gut Coleridge auf der Klaviatur der Schauerromantik spielen konnte, zeigen seine Gedichte, neben dem «Ancient Mariner» zum Beispiel «Christabel» und «Khubla Khan», die enormen Einfluss auf die zeitgenössische Literatur und insbesondere die Gothic Novel ausübten.

Poes Spott zielt nicht auf den Dichter Coleridge ab, höchstens auf dessen Rolle als Wegbereiter einer deutschen Schauerromantik, deren Erzeugnisse Poe in «Metzengerstein» durch parodistische Übertreibung bloßstellt. Als er im Herbst 1839 alle seine bis dahin entstandenen Kurzgeschichten, darunter auch «Metzengerstein», in dem Sammelwerk *Tales of the Grotesque and Arabesque* veröffentlichte, distanzierte er sich im Vorwort entschieden von solchen Geschichten, deren «Kennzeichen jene Art von Pseudohorror» ist, «den wir als deutsch qualifizieren, weil man sich daran gewöhnt hat, einige zweitrangige Schriftsteller der deutschen Literatur mit dieser Schrulle zu identifizieren». In seinen Geschichten hingegen komme «der Schrecken nicht aus Deutschland, sondern aus der Seele».

VIII. Ein entschiedener Verlust

Spätestens seit Mary Shelleys *Frankenstein*, 1818 anonym erschienen, und John Polidoris 1819 unter Byrons Namen veröffentlichtem Roman *The Vampyre* waren lebende Tote ein beliebtes Motiv der englischsprachigen Literatur. Darin zum Ausdruck kommende Ängste fanden zudem im 19. Jahrhundert weitere Resonanz angesichts einer wachsenden Anzahl von Berichten über die – bei den damals beschränkten diagnostischen Möglichkeiten zur Bestimmung des Todeseintritts – durchaus real existierende Gefahr, lebendig begraben zu werden. In gleichem Maße erregten zeitgenössische Berichte über Experimente, bei denen leblose Körperteile von Tieren und Menschen mithilfe elektrischer Stromstöße in Bewegung versetzt wurden, die Fantasie und weckten Hoffnungen oder Befürchtungen im Hinblick auf die Wiederbelebung Verstorbener.

Das Edinburgher *Blackwood's Magazine* verstand es früh, diesbezügliche Ängste und Hoffnungen der Leserschaft mit immer neuen Berichten und Erzählungen zu befeuern. Auch Poe, der in seinen Geschichten beharrlich die Motive des lebenden Toten und vorzeitig Begrabenen aufgreifen sollte, wurde ohne Zweifel von entsprechenden Erzählungen in *Blackwood's Magazine* beeinflusst. Dies belegt bereits sein erster Ausflug in diese Richtung mit der Erzählung «Ein entschiedener Verlust», deren inhaltliche Parallelen mit den Kurzgeschichten «The Buried Alive», erschienen in *Blackwood's Magazine* im Oktober 1821, und «Le Revenant», erschienen im April 1827, unübersehbar sind. «The Buried Alive» ist der Bericht eines Mannes, der infolge einer Fieberattacke in einen todesähnlichen Zustand versetzt wurde, dabei aber bei vollem Bewusstsein blieb. Als lebendig Toter erfährt er nun die Schrecknisse der Beerdigung, des Eingesperrtseins in einem Sarg unter der Erde, die «Befreiung» durch Grabräuber und die Verbringung seines Körpers zu einem Anatomielabor, wo ihn galvanische

Experimente wieder zum Leben erwecken. In «Le Revenant» schildert ein junger Mann, der wegen Urkundenfälschung zum Tod durch den Strang verurteilt wurde, seine Gedanken und Erfahrungen vor, während und nach der Hinrichtung sowie seine Wiederauferstehung durch das wundersame Eingreifen eines unbekannten Gönners.

Wie in den beiden Vorlagen befleißigt sich auch Poes Ich-Erzähler bei der Wiedergabe seiner schauerlichen Erlebnisse eines distanziert-nüchternen Tons, der bei ihm aber angesichts der haarsträubend komischen Geschehnisse geradezu sarkastisch wirkt. Kein Zweifel, Poe will zwar die Vorbilder in *Blackwood's Magazine* nachahmen, gleichzeitig aber auch die übertriebene Sensationslust der von diesem Blatt gepflegten *tales of terror* verspotten. Zur Verdeutlichung seiner gegen *Blackwood's Magazine* gerichteten Satire integrierte Poe bei späteren, erheblich umgearbeiteten Veröffentlichungen den Namen der Zeitschrift bereits in den Titel der Erzählung: «Loss of Breath – A Tale à la Blackwood» (1835) und «Loss of Breath – A Tale neither in nor out of Blackwood» (1846). Auch mit zwei 1838 veröffentlichten Geschichten,

«How to Write a Blackwood Article» und «A Predicament», sollte er gegen die seinem Empfinden nach zu grobschlächtige Effekthascherei des Blattes polemisieren.

Der überdeutliche Bezug von «A Decided Loss» zu *Blackwood's Magazine* lässt keinen Zweifel daran, dass als Erzähler nur das im Rahmenfragment als «Mr. Blackwood Blackwood, Verfasser gewisser Artikel für ausländische Zeitschriften» bezeichnete Club-Mitglied infrage kommen kann. Den realen Verleger des Blattes William Blackwood dürfte Poe damit nicht gemeint haben. Auch nicht John Galt (1779–1839) und Henry Thomson, die Poe unbekannt gebliebenen Verfasser von «The Buried Alive» und «Le Revenant», deren Geschichten dem Prinzip der Zeitschrift folgend anonym veröffentlicht worden waren. Falls er sich für die Rolle des Erzählers doch einen bestimmten Mitarbeiter vorstellte, könnte dies am ehesten der gebürtige Ire Willliam Maginn (1794–1842) gewesen sein. Denn Maginn, einer der witzigsten und brillantesten Mitarbeiter von *Blackwood's Magazine*, prägte in den 1820er-Jahren nicht nur mit seinen zahllosen Beiträgen das Erscheinungsbild des Blattes, wie Latané in seiner Maginn-

Biografie aufzeigt, er war auch zeitweise Korrespondent, Mitarbeiter und Mitherausgeber anderer englischer Publikationen und erfüllte damit Mr. Blackwood Blackwoods Charakterisierung als «Verfasser gewisser Artikel für ausländische Zeitschriften».

IX. Der Herzog de l'Omelette

Zielscheibe dieser mit französischen Brocken ziemlich überwürzten Feinschmeckerburleske über einen französischen Gourmet, der dem Teufel beim Kartenspiel ein Schnippchen schlägt, ist der amerikanische Dichter, Schriftsteller und Herausgeber Nathaniel Parker Willis (1806–1867). Drei Jahre älter als Poe, zählte der heute nur noch Spezialisten geläufige Autor bereits Ende der 1820er-Jahre zu den tonangebenden Literaten Amerikas. Populär wurde er als Herausgeber des von ihm im April 1829 gegründeten *American Monthly Magazine*, auch wegen seiner Kolumne «Editor's Table», in der er sich mit Vorliebe selbst bespiegelte.

Kundige Leser dürften damals keine Schwierigkeit gehabt haben, im Herzog de l'Omelette einen Doppelgänger von Willis zu erkennen. Genüsslich schreibt Poe ihm all die Launen, Spleens und Marotten zu, die damals der literarischen Welt über Willis – auch durch dessen Zutun – bekannt waren: sein mit französischen Brocken gespickter Stil, seine Eitelkeit, Extravaganz und Vorliebe für exotische Tapisserien, exquisites Essen und ausgefallene Möbel. Angeblich parfümierte er seine Schreibfedern mit Rosenwasser, hatte im Büro stets eine Flasche Rüdesheimer Wein als Stimulans griffbereit und bei der Arbeit eine Entourage bestehend aus zwei Hunden und einem südamerikanischen Truthahn.

Möglicherweise war eine Triebfeder für Poes Karikatur des Dandys à la Willis die Ablehnung, die sein Gedicht «Fairyland» durch Willis im «Editor's Table» des *American Montly Magazine* vom November 1829 erfahren hatte. Gleichwohl wirkt Poes Satire trotz aller Süffisanz nicht ätzend oder boshaft, eher humorvoll und nachsichtig. Und man wird den Eindruck nicht los, dass Poe, zu dessen energischen Befürwortern sich Willis später entwickeln sollte, insgeheim darüber frohlockt, dass dieser selbstverliebte Dandy Seine Satanische Majestät am Ende durch gekonntes Falschspiel übertölpelt.

Erzähler der Geschichte kann nur Mr. Rouge-et-Noir sein, der Verlierer bei der letzten Zusammenkunft des Folio Club. Für diese Annahme spricht nicht nur sein französischer Name, sondern auch die darin anklingende Bezeichnung für ein (angeblich von Kardinal Mazarin am französischen Hof eingeführtes) Kartenspiel. Als weitere herausstechende Eigenschaft wird Mr. Rouge-et-Noir zugeschrieben, dass er «Lady Morgan bewunderte».

Diese heute in Vergessenheit geratene Dame war zu ihrer Zeit eine mondäne literarische Erscheinung, deren Werke viel bewundert, aber auch heftig kritisiert wurden. Als Tochter eines irischen Schauspielers in Dublin um 1780 als Sidney Owenson geboren (ihr genaues Geburtsdatum ist nicht bekannt), stieg sie zunächst mit irisch-patriotischen Romanen zum Liebling der Dubliner und Londoner Society auf. Noch größeren Erfolg errang Lady Morgan (1812 hatte sie den Philosophen und Mediziner Sir Thomas Charles Morgan geehelicht) mit ihren geistreichen Reisebeschreibungen *France* (1817), *Italy* (1823), *The Book of the Boudoir* (1829) und *France in the Years 1829–1830* (1830), in denen sie sich anmutig, humorvoll und witzig über Zeitgenossen, Institutionen, Sitten und Gebräuche auslässt.

Zu den amerikanischen Bewunderern der Lady, die 1852 im ungefähren Alter von 82 Jahren starb, zählte Nathaniel Parker Willis. Anlässlich des Erscheinens von Lady Morgans *Book of the Boudoir* veröffentlichte er im November 1829 in seiner Zeitschrift eine hymnische Rezension, die mit den Worten begann: *«We kiss the fair hand of Lady Morgan …»*

X. Epimanes

Im Jahr 1832 erschien in London die mehrbändige Erzählsammlung *Tales of the Early Ages* des englischen Schriftstellers Horace Smith (1779–1849). Heute in Vergessenheit geraten, war er seinerzeit ein Bestsellerautor historischer Romane. Erfolg hatte er auch mit besagtem Werk, das mit der im antiken Rom des 1. Jahrhunderts spielenden Erzählung «The Involuntary Prophet – A Tale of the First Century» beginnt. Darin tritt ein schwülstig referierender Erzähler als Cicerone auf, der den «höchst geneigten und fantasiebegabten Leser» mit seiner «Zauberfeder» zur Erkundung des antiken Rom auf den «fröhlichen Schwingen der Imagination» einlädt. Von ähnlichem Wortschwall begleitet, nimmt Poe den Leser seiner Erzählung «Epimanes» auf eine Besichtigungstour der antiken Stadt Antiochia Epidaphne mit, die auf bizarre Weise im Getümmel des in der Verkleidung eines Kameloparden vor blutgierigen Bestien um sein Leben rennenden syrischen Königs endet.

Vortragen lässt Poe die Erzählung von Chronologos Chronology, einem Bewunderer von Horace Smith. Seinem Namen macht er alle Ehre, indem er den Leser bereits zu Beginn der Erzählung mit einer auf peinlichste Genauigkeit bedachten, jedoch höchst kuriosen Datierung des Geschehens verwirrt. Wie Smith' Cicerone, so ist auch Poes Erzähler unablässig bestrebt, den Leser zu beeindrucken: mit einer überaus gestelzten Diktion, der Dramatisierung des Geschehens durch überbordendes, oft banales Frage-Antwort-Dialogisieren, dem selbstgefälligen Demonstrieren historischer, oft abseitiger Kenntnisse, aber auch den häufigen Versuchen der Vereinnahmung des Lesers durch direkte Anrede. Im Unterschied zur Vorlage sind diese stilistischen Merkmale bei Poe aber in einer Weise überzeichnet und karikiert, dass an der Absicht, Horace Smith zu parodieren, kein Zweifel bestehen kann.

Von den im Rahmenfragment aufgeführten zehn Club-Mitgliedern ist Chronologos Chronology das einzige, dem eine Anredeabkürzung weder voran-, noch nachgestellt und das auch nicht als «Gentleman» bezeichnet wird. Ein gesellschaftlicher Außenseiter also, dessen sehr große Nase sowie die Herkunft aus Kleinasien unschwer erkennen lassen, dass sich hinter Chronologos Chronology ein Jude verbirgt.

Bei der Suche nach einem realen Vorbild stieß die Forschung (vgl. Hammond) auf den in Philadelphia geborenen Mordecai Manuel Noah (1785–1851). Der Sohn jüdischer portugiesischer Einwanderer war Journalist, Publizist, Dramatiker, Anwalt, Richter, Hafenbeamter, Offizier, Diplomat und Philanthrop – ein Tausendsassa, der als der einflussreichste Jude in den USA in der ersten Hälfte des 19. Jahrhunderts gilt. Als Bewunderer von Horace Smith ist Noah freilich nicht aufgefallen, auch nicht als Verfasser historischer Romane, noch führte ihn sein zweijähriger Aufenthalt als US-Konsul in Tunis nach Kleinasien.

So hatte Poe bei seinem Erzähler Chronologos Chronology wohl doch eher den aus einer sephardisch-jüdischen Familie stammenden englischen Schriftsteller und späteren Politiker Benjamin Disraeli (1804–1881) im Sinn. Der war 1826 mit seinem Romanerstling *Vivian Grey* schlagartig berühmt geworden und hatte 1830/1831 auf einer «Grand Tour» diverse Gegenden rund um das Mittelmeer bereist, von Gibraltar über Konstantinopel und Jerusalem bis nach Ägypten. Vorausgegangen war 1828 die Veröffentlichung seines zweiten Romans, *The Voyage of Captain Popanilla*, eine in einem morgenländischen Fantasieland angesiedelte Satire auf britische Lebensart, Kultur, Politik, Religion und koloniale Bestrebungen. In diesem Roman taucht erstmals ein Fabelwesen auf, für das Disraeli den Namen *«Camelopard»* erfand und das er 1833 noch einmal in dem Roman *Alroy, or the Prince of the Captivity – A Wondrous Tale* zum Leben erwecken sollte.

Poe hat in «Epimanes» dieses kuriose Tier von Disraeli übernommen. Dass er im Zuge dessen auch die Idee einer politischen Satire aufgriff, legen Interpretationen nahe, die in der Erzählung eine politische Satire auf den demokratischen Politiker Andrew Jackson (1767–1845) sehen, der von 1828 bis 1837 Präsident der USA war (vgl. Whipple).

XI. Eine Geschichte aus Jerusalem

Ziel des Spotts bei dieser Geschichte ist ebenfalls der englische Autor Horace Smith, den Poe später, als er dessen Roman *The Moneyed Man* im August 1841 in *Graham's Magazine* rezensierte, als «den vielleicht gelehrtesten aller englischen Romanschriftsteller und fraglos einer der besten in jeder Hinsicht» rühmen sollte. Smith' 13 Jahre zuvor veröffentlichter historischer Roman *Zillah, a Tale of the Holy City* (1828) dürfte Poe jedoch kaum ein solches Lob entlockt haben. Geradezu lustvoll nimmt er in «A Tale of Jerusalem» dieses Werk mit einer derben Parodie aufs Korn, bei der er nicht nur den Kolumnentitel des Originals wortwörtlich übernimmt, sondern sich auch sonst reichlich bedient: beim Plot, bei den Anspielungen, den Charakteren und nicht zuletzt deren geschwollener Sprache (vgl. Wilson).

Zum Erzähler dieser während der Belagerung von Jerusalem im Jahr 63 v. Chr. spielenden Geschichte bestimmte Poe keinen Horace-Smith-Anhänger, sondern einen Bewunderer Sir Walter Scotts, jenes Mannes also, der die Gattung des historischen Romans im angelsächsischen Raum zu erster Blüte brachte. Poe schätzte den schottischen Romancier, und so erfolgt denn auch der Vortrag des Erzählers aus ironischer Distanz. Dieser ist zwar namenlos, wird aber durch seine Leibesfülle charakterisiert – ein Hinweis, der das Inkognito ein wenig lüftet. Denn Poe spielt damit auf die Kurzgeschichte «The Stout Gentleman – A Stage-Coach Romance» («Der dicke Herr – Ein Reiseabenteuer», Leipzig 1856) an, die der amerikanische Schriftsteller Washington Irving (1783–1859), ein Bewunderer und Freund Walter Scotts, 1822 in seiner Erzählsammlung *Bracebridge Hall* veröffentlichte.

Als eine weitere Verbeugung vor Irving, den Poe sehr schätzte und dessen «stilistische Schönheit» er im Dezember 1835 in einer Rezension von Irvings *The Crayon Miscellany* rühmen sollte, könnte man die im Vorderen Orient angesiedelte Erzählhandlung betrachten. Für diese Region hatte Irving bereits in der zweiten Hälfte der 1820er-Jahre aufgrund seiner Beschäftigung mit der Geschichte Spaniens und insbesondere der Alhambra ein starkes Interesse entwickelt. Dies schlug sich deutlich in seiner 1832 veröffentlichten Erzählsammlung *Tales of the Alhambra* nieder, die nicht unwesentlich die Modewelle des Orientalismus begünstigte, welche damals auf Kunst und Literatur übergriff.

XII. Berühmt – Eine Erzählung

Inspirationsquellen für diese Erzählung waren vor allem zwei englische Schriftsteller: Benjamin Disraeli mit seinem Romandebüt *Vivian Grey* von 1827 und Edward Bulwer-Lytton mit dem Roman *Pelham, or, The Adventures of a Gentleman* von 1828 und der Erzählung «Too Handsome for Anything». Der studierte Rechtsanwalt Disraeli, der nach 1835 eine politische Karriere aufseiten der Konservativen einschlug und später zweimal das Amt des britischen Premierministers innehatte, gab 1826 ein sensationelles

Debüt mit *Vivian Grey*, einer Art Bildungsroman, der den langen, kurvenreichen Aufstieg des Titelhelden zum erfolgreichen Politiker nachzeichnet. Bulwer-Lytton, der später – aufseiten der Liberalen – ebenfalls in die Politik einstieg, hatte sich schon länger schriftstellerisch betätigt, bevor ihm 1828 mit dem sichtlich von *Vivian Grey* beeinflussten *Pelham* der schriftstellerische Durchbruch gelang. Im 33. Kapitel dieses Romans schildert ein Gesellschaftslöwe namens Lord Russelton, wie er dank seiner großen Nase in der Londoner Gesellschaft reüssierte.

Schon in den 1880er-Jahren hatte Poes Biograf George E. Woodberry (1855–1930) auf die große Nähe von «Lionizing» zu Bulwer-Lyttons Erzählung «Too Handsome for Anything» hingewiesen, die 1832 auf dem US-Markt in einer Ausgabe zusammen mit Bulwers «Conversations with an Ambitious Student in Ill Health» erschienen war, Letzteres ein Buch, auf das Poe mit der Figur des «Ehrgeizigen Studenten von ziemlich schlechter Gesundheit» überdeutlich anspielt. Spätere Analysen, zum Beispiel von Alexander Hammond, unterstrichen eindrucksvoll Woodberrys Befund und belegten detailliert, dass Poe sich recht umfänglich an «Too Handsome for Anything» orientierte, und zwar nicht so sehr thematisch-inhaltlich als vielmehr formal-stilistisch.

Poe schätzte Edward Bulwer-Lytton sehr, dessen Werk für ihn eine Quelle war, aus der er – wie auch Arno Schmidt 1970 in *Zettels Traum* bemerkte – oft und gern schöpfte. Auf Bulwer-Lyttons Einfluss im Fall «Siope – A Fable» wurde bereits hingewiesen. In dem Roman *Pelham*, lange ein Publikumsrenner, schildert Bulwer-Lytton das abenteuerliche Leben des Erzählers Henry Pelham, eines aristokratischen Dandys, der sich durch großtuerische Selbstsicherheit und unverfrorene Eitelkeit in der Welt der Politik durchsetzt. Klatschhaft und flott erzählt, ist *Pelham* auch heute noch eine erfrischend unterhaltsame Beschreibung der präviktorianischen Londoner *society* und ihrer *darlings* wie Beau Brummell und Lord Byron. Der snobistische Titelheld des Romans wurde nicht nur zum Vorbild für spätere Dandys wie Oscar Wilde, sondern auch für den mit Bulwer-Lytton befreundeten Disraeli, der nach Erscheinen des Romans *Vivian Grey* anfing, sich mit extravaganter Kleidung und einer mit Witz,

Sarkasmus und Paradoxien gespickten Sprache in der Rolle des Dandys zu gefallen. Höhepunkt dieser Selbstinszenierung war 1831 die durch Bulwer-Lytton vermittelte Einführung Disraelis in die Salons von Lady Blessington, die Poe in «Lionizing» ziemlich unverhüllt als *«Duchess of Bless-my-soul»* karikiert.

Die gebürtige Irin Marguerite Gardiner, Countess of Blessington (1789–1849) hatte auf ihren Reisen in Kontinentaleuropa den Dichter Lord Byron kennengelernt und war danach seine eifrigste Fürsprecherin. Nach dem Tod ihres zweiten Ehemanns Charles Gardiner, 1. Earl of Blessington (1782–1829) rief sie in London ihre schnell berühmt gewordenen Soireen ins Leben, zu denen Gegner Lord Byrons keinen Zugang hatten. Abgehalten wurden diese Veranstaltungen entweder in ihrer Londoner Wohnung in Mayfair oder – von Poe namentlich genannt – bei Almack's Assembly Rooms in St. James's, Westminster. Neben Disraeli und Bulwer-Lytton zählten Charles Dickens, Alfred de Vigny, Alphonse de Lamartine, Prinz Charles-Louis-Napoléon Bonaparte (der spätere Kaiser Napoleon III.) und nicht zuletzt der amerikanische Schriftsteller Nathaniel P. Willis zu den zahlreichen Berühmtheiten ihrer Salons. Willis hatte sich 1831 in London aufgehalten und seine Reiseeindrücke, darunter seine Besuche in den Salons der Lady Blessington, in einer Serie von Briefen im *New York Evening Mirror* veröffentlicht.

Weil er ihn schon als Erzähler von «The Duke de l'Omelette» satirisch aufs Korn genommen hatte, dürfte Poes Satire hier kaum auf Willis abgezielt haben. Auch Bulwer-Lytton ist wohl nicht das eigentliche Ziel Poes, der mit «Lionizing», wie er gegenüber John P. Kennedy in einem Brief vom Februar 1836 ausdrücklich feststellte, «streng genommen eine Satire auf Salonlöwen» beabsichtigte. Tatsächlich handelt es sich bei «Lionizing» um eine recht unverhüllte Satire auf Disraeli und dessen Roman *Vivian Grey*.

Disraeli findet sich in dieser Geschichte mit der Figur des Ich-Erzählers Thomas Smith verspottet, dessen Namen Poe ausgerechnet dem Roman *Vivian Grey* entlehnte: Im ersten Kapitel des zweiten Buchs beschreibt Disraeli ein Dinner zu Ehren des reichen, aber beschränkten Politikers Marquess of Carabas, bei dem ein «Moderomancier» namens Mr. Thomas

Smith auftaucht, der angeblich «hin und wieder drei Bände veröffentlicht, wovon die eine Hälfte die Abenteuer eines Gentlemans auf dem Lande und der andere eineinhalbe Band die Abenteuer desselben Gentlemans in der Hauptstadt behandelt». Überdeutlich auf die jüdische Herkunft des realen Vorbilds Disraeli anspielend, stattet Poe nun seinen Thomas Smith mit einer überaus stattlichen Nase aus, die dem Besitzer in der Tat zu einem Alleinstellungsmerkmal verhilft (und mit der Poe durchaus darauf anspielt, was einem solchen Riechorgan im Volksmund nachgesagt wird). Dank ihrer beginnt Poes Thomas Smith als Autor alsbald eine Karriere, die mancherlei Parallelen zur politischen Laufbahn von Disraelis Protagonisten *Vivian Grey* aufweist. Im Grunde ist Poes Geschichte eine Kurzfassung von Disraelis Roman, die das Vorbild in Inhalt und Struktur karikierend nachahmt und anstelle der Politik die Welt der Künstler und Gelehrten zum Schauplatz hat.

Disraelis anonym veröffentlichter Roman *Vivian Grey* war bei seinem Erscheinen eine literarische Sensation, deren Glanz jedoch verblasste, als die wahre Identität seines Autors bekannt wurde und Disraeli zunehmend harsche Kritiken einstecken musste. Ein ähnliches Schicksal wird auch dem naseweisen Club-Neuling zuteil, der sich mit der *success story* seines fragwürdigen Helden Thomas Smith im Folio Club einen Platz sichern zu können glaubte.

In einem Brief an den Drucker Harrison Hall in Philadelphia im September 1836 hat Poe das Ende der Rahmengeschichte so skizziert: Derjenige, dessen Geschichte als die schlechteste von allen angesehen wird, widersetzt sich dem allgemeinen Urteil, schnappt sich die übrigen Manuskripte vom Tisch und rennt aus dem Haus, fest entschlossen, alles drucken zu lassen, um gegen die Entscheidung der Club-Mitglieder beim Publikum Berufung einzulegen.

Dass die literarische Herrenrunde mit ihrem Bannstrahl gegen den Club-Neuling ein krachendes Fehlurteil getroffen hat, ist natürlich eine weitere ironische Volte Poes. Denn mit der slapstickhaften Komik, dem sich geradezu überstürzenden Tempo und der treffsicheren Satire auf Promiklatsch, -tratsch und -hype ist «Lionizing» eine der besten Erzählungen, wenn nicht sogar die beste, die in der Folio-Club-Runde vorgetragen wird. Poe dreht mit dieser

Erzählung nicht nur dem präpotenten Club-Neuling eine Nase, sondern nimmt auch alle literarischen Jungstars, die sich auf ihre Nasen oder sonst etwas zu viel einbilden, genüsslich auf die Schippe.

So erweist sich der junge Edgar Allan Poe mit seinem Frühwerk *Tales of the Folio Club* als ein Schriftsteller, der so gar nicht seinem überkommenen Bild entspricht. Statt einer tragischen, in dämonische Fantasiewelten ausschweifenden und seelische Abgründe ausleuchtenden Persönlichkeit tritt dem Leser hier ein aufmüpfiger, witziger und extrem belesener Jungautor entgegen. Selbstbewusst und voller Stolz auf das eigene Können erhebt er Anspruch auf Mitgliedschaft in der aktuellen Literaturszene, spießt gekonnt die Marotten der literarischen Platzhirsche auf und treibt ihre Manier auf die Spitze. Versiert in allen Stilarten der zeitgenössischen Literatur, teilt er freigebig nach allen Seiten aus und erweist sich trotz seiner Jugend als vollendeter Meister seiner Kunst. Dass man sich als Spötter eher selten Freunde macht, lässt Poes späterer Lebensweg unschwer erkennen. Dem heutigen Leser mögen Poes literarische

Sticheleien, auch wenn sich deren Zielobjekte nicht jedem sogleich erschließen, umso mehr Vergnügen bereiten.

Rainer Bunz

Editorische Notiz

Die vorliegende Edition ist die erste Rekonstruktion von Edgar Allan Poes *Tales of the Folio Club* in deutscher Übersetzung. Grundlage sind – neben den noch erhaltenen Manuskriptresten – die Erstveröffentlichungen von Poes frühen Erzählungen. Diese unterscheiden sich teilweise erheblich von jenen Fassungen, die Poe für spätere Wiederveröffentlichungen erstellte und auf denen alle bislang erfolgten Poe-Übersetzungen ins Deutsche basieren. Bestrebt, alle Bezüge der Geschichten zum ursprünglich satirischen Kontext der *Erzählungen des Folio Club* zu tilgen, hat Poe in den späteren Fassungen oftmals nicht nur Namen und Begriffe verändert, sondern mitunter auch gravierende Kürzungen oder Erweiterungen am Text vorgenommen. Weil somit bisher vorliegende deutsche Übertragungen ausschieden, wurden für die Rekonstruktion der elf Folio-Club-Erzählungen deren Erstfassungen erstmals ins Deutsche übersetzt.

Mit seiner Erzählsammlung wollte Poe die literarischen Strömungen seiner Zeit satirisch auf die Schippe nehmen. Demzufolge bedient er sich bei seinen Erzählungen der damals beliebten Genres, ahmt bekannte Vorbilder nach, zieht sie ins Lächerliche. Verbunden werden sollten diese Erzählungen durch eine Rahmenhandlung. Sie präsentiert eine fiktive literarische Vereinigung mit elf Mitgliedern, deren jedes einzelne eine besondere Facette der englischsprachigen Erzählliteratur um 1830 verkörpert. Reihum tragen die Teilnehmer selbst verfasste Kurzgeschichten vor, worauf jeweils eine kurze Diskussionsrunde folgen sollte. Die geplanten Passagen zu den Diskussionsrunden sind, mit Ausnahme des einleitenden Rahmenfragments «The Folio Club», allerdings entweder alle verloren gegangen oder nie geschrieben worden.

Bei der ersten Ankündigung einer Veröffentlichung der Folio-Club-Erzählungen Ende Oktober 1833 (im *Baltimore Saturday Visiter*) hatte Poe zwölf Erzählungen abgeschlossen. «Metzengerstein», «The Duke de l'Omelette», «A Tale of Jerusalem», «A Decided Loss» und «The Bargain Lost» hatte er bereits im Sommer 1831 beim *Philadelphia Saturday Courier* eingereicht, die sechste, «Epimanes», im Mai 1833 dem *New England Magazine* und sechs weitere, darunter «MS. Found in a Bottle», im Oktober 1833 dem *Baltimore Saturday Visiter* angeboten. Bei fünf der Letzteren ist man wegen nicht genannter Titel auf Vermutungen angewiesen. Mit Sicherheit wird man dazu die Erzählung «Siope – A Fable» zählen können, von der ein handschriftliches Manuskriptfragment existiert, verfasst zur gleichen Zeit wie das Manuskript «The Folio Club» mit dem Beginn der Rahmenhandlung. Da Poe den Titel *Tales of the Folio Club* erst nach Mai 1833 verwendet, kann man die Fertigstellung beider Manuskripte auf die Monate Mai bis September 1833 datieren. Bei den noch offenen drei Erzählungen dürfte es sich um «Lionizing», «The Visionary» und «Raising the Wind» handeln. «Lionizing», zuerst im Mai 1835 im *Southern Literary Messenger* veröffentlicht, hat Poe später einmal als den *Tales of the Folio Club* zugehörig bezeichnet; «The Visionary», im Januar 1834 in der Frauenzeitschrift *Godey's Lady's Book* erschienen, war zweifellos schon ein halbes Jahr vorher fertiggestellt. Dies dürfte auch auf «Raising the Wind» zutreffen, obwohl die Veröffentlichung erst zehn Jahre später im *Saturday Courier* erfolgte.

Das seitdem an dem verschwundenen Projekt erwachte Interesse der Poe-Forschung hatte ab Mitte der 1960er-Jahre geradezu einen Wettstreit der Wissenschaftler um die Lösung aller Rätsel bei diesem Werk zur Folge – bei vielen, wenn auch nicht allen, sieht man inzwischen klarer. Das gilt auch für Versuche, das verloren gegangene Werk zu rekonstruieren. Neben theoretischen Abhandlungen, in denen diskutiert wird, welche Erzählungen Poe aufnehmen wollte, welchen Erzählerfiguren diese zugeordnet werden sollten und welchen Vorbildern Erzähler und Erzählungen folgten, gab es auch konkrete Textwiederherstellungen in Buchform. Diese wenigen Unternehmungen – darunter auch eine 1978 an der Tübinger Universität entstandene – blieben bislang auf Fassungen in englischer Sprache beschränkt.

Inhalt

Titel der (unpublizierten) amerikanischen Ausgabe:
«Tales of the Folio Club» (1833)

Diese Buchausgabe der *Manesse Bibliothek*
wurde von Greiner & Reichel in Köln
aus der Berthold Bembo gesetzt,
von der Druckerei Friedrich Pustet in Regensburg
auf FSC-zertifiziertem Papier
gedruckt und in Fadenheftung gebunden.
Umschlag und Vorsatz gestaltete
das Münchner Favoritbuero
unter Verwendung von Motiven
von © CSA-Archive/Getty Images
Printed in Germany 2021
ISBN 978-3-7175-2480-9

www.manesse-verlag.de

Klimaneutral*
Druckprodukt
ClimatePartner.com/14044-1912-1001

MIX
Papier aus verantwortungsvollen Quellen
FSC
www.fsc.org
FSC® C014889

Penguin Random House Verlagsgruppe GmbH FSC® N001967

Jerome K. Jerome
DREI MANN IN EINEM BOOT
Übersetzung: Gisbert Haefs
Nachwort: Harald Martenstein

James Joyce
DUBLINER
Übersetzung: Friedhelm Rathjen
Nachwort: Ijoma Mangold

Franz Kafka
DAS SCHLOSS
Nachwort: Norbert Gstrein

Sinclair Lewis
BABBITT
Übersetzung: Bernhard Robben
Nachwort: Michael Köhlmeier

Sinclair Lewis
MAIN STREET
Übersetzung: Christa E. Seibicke
Nachwort: Heinrich Steinfest

Longos
DAPHNIS UND CHLOE
Übersetzung und Nachwort: Kurt Steinmann

Joaquim Maria Machado de Assis
DAS BABYLONISCHE WÖRTERBUCH
Übersetzung: Marianne Gareis und
Melanie P. Strasser
Nachwort: Manfred Pfister

Katherine Mansfield
FLIEGEN, TANZEN, WIRBELN, BEBEN
Übersetzung: Irma Wehrli
Nachwort: Dörte Hansen

Thomas Morus
UTOPIA
Übersetzung: Jacques Laager
Nachwort: Peter Sloterdijk

Edgar Allan Poe
DIE ERZÄHLUNGEN DES FOLIO CLUB
Übersetzung und Nachwort: Rainer Bunz

Marcel Proust
DER GEWENDETE TAG
Übersetzung: Christina Viragh und Hanno Helbling
Nachwort: Christina Viragh

Rafik Schami (Hg.)
AUF DIE FREUNDSCHAFT

Olive Schreiner
DIE GESCHICHTE EINER AFRIKANISCHEN FARM
Übersetzung: Viola Siegemund
Nachwort: Doris Lessing

Sei Shōnagon
KOPFKISSENBUCH
Übersetzung und Nachwort: Michael Stein

Mary Shelley
FRANKENSTEIN
Übersetzung: Alexander Pechmann
Nachwort: Georg Klein

John Steinbeck
DER WINTER UNSERES MISSVERGNÜGENS
Übersetzung: Bernhard Robben
Nachwort: Ingo Schulze

Jonathan Swift
GULLIVERS REISEN
Übersetzung: Christa Schuenke
Nachwort: Dieter Mehl

Iwan Turgenjew
DAS ADELSGUT
Übersetzung: Christiane Pöhlmann
Nachwort: Michail Schischkin

Lǎo Zǐ
DAO DE JING
Übersetzung und Nachwort: Michael Hammes

William Maginn

Jane Porter

R. Macnish